我们与四野产生内心共鸣的,不仅仅是粮食、果蔬,更是那些能唤起我们生命萌动、感知岁时节律的美好事物……

傅菲 自然志系列

关关四野

傅菲 / 著

山西出版传媒集团
北岳文艺出版社
·太原

图书在版编目（CIP）数据

傅菲"自然志"系列．关关四野／傅菲著．—太原：北岳文艺出版社，2022.6

ISBN 978-7-5378-6541-8

Ⅰ.①傅… Ⅱ.①傅… Ⅲ.①散文集—中国—当代 Ⅳ.①I267

中国版本图书馆 CIP 数据核字（2022）第 050794 号

傅菲"自然志"系列：
关关四野

傅菲 / 著

//

出品人
郭文礼

选题策划
贾江涛

责任编辑
贾江涛　汪恒江

书籍设计
张永文

印装监制
郭　勇

出版发行：山西出版传媒集团·北岳文艺出版社
地址：山西省太原市并州南路 57 号　邮编：030012
电话：0351-5628696（发行部）　0351-5628688（总编室）
经销商：新华书店
印刷装订：山西新华印业有限公司

开本：890mm×1240mm　1/32
字数：180 千字
印张：8.5
版次：2022 年 6 月第 1 版
印次：2022 年 6 月山西第 1 次印刷
书号：ISBN 978-7-5378-6541-8
定价：49.00 元

本书版权为本社独家所有，未经本社同意不得转载、摘编或复制

目录

第一辑 雨雪霏霏

霜露来信　　　/ 003

荒路去远山　　　/ 010

草结种子，风吹叶子　　　/ 018

窗外　　/ 024

夜宿万福寺　　　/ 031

风声是一种纪年　　　/ 039

夏日星空　　/ 045

第二辑 鸟鸣嘤嘤

白鹭　　/ 055

黑领椋鸟　　/ 063

白头鹎　　/ 074

黑水鸡　　/ 081

山斑鸠　　/ 089

乌八哥　　/ 096

褐河乌　　/ 104

第三辑 幽幽南山

草盛豆苗稀　　/ 113

相仿的南方　　/ 119

草木上的神山　　/ 126

宽鳍鱲之殇　　/ 133

神的面孔　　/ 141

白溪　　/ 150

去野岭做一个种茶人　　/ 155

第四辑 关关四野

每一只鸟活着都是奇迹　/ 165

鸟声中醒来　/ 176

落日　/ 182

鹊鸟情歌　/ 188

桂湖　/ 198

野池塘　/ 204

关关四野　/ 211

附：做一个大自然的布道者
　　——论傅菲的生态散文　/ 汪树东 / 219

跋：自然心灵　/ 241

第一辑 雨雪霏霏

霜露来信 \ 荒路去远山 \ 草结种子，风吹叶子 \ 窗外 \ 夜宿万福寺 \ 风声是一种纪年 \ 夏日星空

霜露来信

露是寒的，是沁进肌肤的寒。在清晨，一滴露落在额头上，便陷下去，长出了毛细血管般的根须，深入到五脏六腑。植物就是这样衰老的。在雷打坞，林缘地带的荒草在快速结籽，草叶泛黄。荒草以狗尾巴草、鬼针草、垂序商陆、钻叶紫菀、一年蓬、青葙居多。在干燥、贫瘠、生硬的黄土地，它们最先来到这里，成为"原住民"。一枝黄花一蓬蓬地生长，金黄金黄的花密集，寒露给了它灿烂时刻。它的叶子打蔫，叶尖蜷缩，死亡之兆是一副垂丧的样子。它以花照见了自己的模样。

狗尾巴草垂着穗，两叶斜对生，分茎而上，叶青翠而有弹性。在清晨，露水悬在叶尖上，闪射白光。穗饱满而圆实，芒针绒绒，籽壳青青。金头扇尾莺抓住弧弯下来的草茎，摇摇摆摆而不坠，翅膀张起欲飞，嘘哩哩嘘哩哩鸣叫，像个踩风火轮的杂技演员。狗尾巴草是南方最普通的草，长于菜地边、田埂、荒地、鱼塘堤坝、墙垛、瓦楞、水泥缝。它是一种性格倔强的草，顽固、偏执。3月，它已返青，草芽从枯烂的茬探出，芽根裹着黑草衣。从它的叶脉里，看到了大地旺盛、贪婪、永不满足的欲望：凡是死去的，必给予新生。当它穗头下垂，暮秋已经来了。枫香树的叶片边缘，慢慢焦黑。

寒露是慢火，在悄悄地煨烤，煨烤万物。画眉鸟很早就在窗外叫了、叽呱哩、呱哩呱……我睡得迷迷糊糊，但鸟声真切。我下床，烧水煮茶。画眉在窗外的某一棵树上听到了天亮的声音——天亮不光光是色彩在迅速变化，也是声音在交替。鱼开始穿梭，跳出塘面，啪嗒啪嗒。珠颈斑鸠是叫早的更夫，打着一面破锣：咕咕咕——咕。种菜人用长柄木勺从水坑里掬水。我只有这个时辰，才听得到画眉鸟在叫。茶叶在热水里翻滚，腾腾的蒸汽从壶嘴噗噗噗冒出。一壶茶喝完了，画眉鸟也停止了鸣叫。继而是麻雀、白鹡鸰、黄山雀、黑枕王鹟、金头缝叶莺在"登台演唱"。听惯了画眉鸟的叫声，我对其他的鸟叫声暂时没有兴趣。画眉鸟啼唱得太热烈太持久，歌声圆润饱满，转音和滑音交替出现，如涧水出岫。喝罢茶，我去雷打坞。

唯有清晨，山林是湿漉漉的。巨石澹澹，裸露的地衣有了眼睛（露水多像水汪汪的眼睛）。钻叶紫菀焦缩的叶子暂时舒张，一束花籽被一泡露水裹着。草叶上的露水，打湿了裤脚衣袖。山坞有一块斜长狭小的地，被竹鸡林人垦了出来种菜。我不知道他为什么在这样的地方选地种菜。我认识他。我帮他挖过地下过菜籽。我叫他余师傅，他叫我上饶客。我第一次去雷打坞，是大暑之前。他在挖地，人热得像地面的蚯蚓。他戴一顶脱了帽檐的草帽，光着上身，仇恨似的对着手上的锄头发力。我从一丛枫香树林下去，见他扒山皮开荒。

我说："挖出地种些什么呢？"

"种些白菜、萝卜、菠菜。"他说。

我转过山,见一块地种满了辣椒、茄子、丝瓜。辣椒挂满了枝丫,半红半青。茄子干瘪,很小,有很多的虫斑。余师傅说:这些菜种得还可以吧。

太可以了。我说。我拿起他的锄头扒山皮。扒出的草根、矮灌木,堆在地头,开始烧荒。我浑身湿透了,汗如涌泉。

我说:"在这里种菜,要去半华里外挑水浇菜,很费力气。"

"力气总是要用的,不用会作废。"余师傅说。

看得出,余师傅是个乐观的人。他给新垦的地浇水,我施菜籽。菜籽拌上灰土末,匀细地撒下去。菜籽比芝麻还小,黑褐色,落下了地,它们有了愿望:发芽吧,不要就此死去。余师傅给撒菜籽的地面铺上稀稀的干芒草,预防鸟啄食。

每次在傍晚去雷打坞,我多数时候可以碰上余师傅。他热情地慢行摩托车陪我走一段路。他去给菜浇水。

寒露过后,我去看枫香树林,见辣椒、茄子、丝瓜全死了。死了的辣椒秆还挂着辣椒。辣椒白白的,空瘪瘪的,阳光生成的水嫩色泽被露水抽走抽空,只剩下纤维。白菜被移栽了,行距齐整。路边一棵大拇指粗的黄檫树,叶脱落。我举头望望四周山坡,清幽的杉树林有十余棵高大树木,完全脱了叶子。我不知道那是一些什么树,还是晚秋就失去了生机。

一场细雨,山里完全寒凉了。细雨是傍晚来的。我在看《国家公园:野生动物王国》纪录片,窗玻璃在沙啦沙啦响。我拉开玻璃,雨飘我脸上。我关了电脑去院子里,地面湿湿的黑黑的,泛着一层油亮的光。夜吟虫在喊喊喊地叫。天边翻滚着黑云,黑魆魆的山峦生出神秘的尊严。

翌日,我顾不上聆听画眉鸟鸣叫,早早去了雷打坞。鬼针草结了一包包的果籽,盖住了枝头。在一座山民储藏肥料的简易木屋旁,有十余棵白背叶野桐,我发现许多叶面聚集着一堆甲虫。聚在一起的昆虫,有三个种类:一种是瓜片形,两支长长的触须,四肢(肢脚分三节)可以弹起身体,凌空而飞,甲壳桨形,拇指甲大,壳色是熟透了的番茄色,带有形状不一的黄斑纹;一种是椭圆片形,小指甲大,壳色如熟枣,头如黑豆;一种是个头、形状、壳色均如菝葜。我抖了抖叶子,虫散开了,但并不飞走。黑头虫趴着不动,我扒开它,虫腹之下是黏黏的液体——一只刚死的虫,被其他虫吸了肉液。其实是一种叫蜡象的变态性昆虫,体大的是成虫,体小的是幼虫,黑头虫是幼虫在发育。这时,我才看清,树叶上粘着许多虫卵,鹅黄色,粟米一般大。这些虫卵,随着树叶凋零,进入地下冬眠,来年开春破蛹。死去的虫被分解,进入生命循环,它的肉液成了美食。我这样理解昆虫时,觉得死亡并非如想象中的那样可怕。

千金子单独一丛生长,一个根蔸长九根茎出来,叶子不剩,开出了棉白的穗花。它在风中轻轻地摆动,悠然而立。它有一个很有意味的别名,叫看园老。这是一个既温暖又悲伤的别名。千年的荒园废墟,它不疾不徐地长,千百年一个模样,挺拔摇曳,一岁一枯黄。一棵草,守着故园,守着寸土,守着四季的荒老。它还有一个别名,叫千金药解,是治蛇毒的良药。其实,棉白的不是穗花,穗粒早已脱落,被风送往风歇之处,穗毛散开,一身素白。在有霜的早晨,肉眼分不清素白的是穗毛还是白霜。从下往上看，千金子比最高的山梁还高。

其实，雷打坞很少见到千金子，蔓延而生的是沿阶草和败酱。沿阶草还是青郁葱茏，在碎石堆、黄土堆，大蓬大蓬地长。败酱则盛开着白花，一茎一簇，花团满枝。看到败酱花，我知道，霜降已经来了。霜降是消失与洇散，是熟稔与繁盛。霜是大地的色笔，在每一株植物上洋洋洒洒地精雕细刻。

霜来了，酸浆红透了。没有见过酸浆的人，不足以谈论晚秋。酸浆是一种耐旱、耐寒、耐热的茄科植物，茎直立，不分枝，茎节膨大。酸浆果在7月，便挂了出来，像野梨。一场白霜蒙下来，酸浆透红，灶膛火一样炽烈。一棵酸浆草挂几十个"红灯笼"。它虽是常见低海拔植物，但我已有十余年没见过它。在孩童时代，我去摘过酸浆果，漫山遍野地找。它通常在山中番薯地生长，和扛板归一起，长得疯狂野性。我把酸浆果塞在大玻璃罐里挤压，压榨出"红颜料"，涂在脸上，涂在手臂上。

在福建荣华山，我特意寻找过酸浆，找了几次，都空手而归。在雷打坞，我在一处被人开挖了的山体，遇见了它。山体被挖出了一块平地，因雨水的常年冲刷，表层泥浆被洗去，成了一块片石鳞峋的石片地。这样的地方，长楤木、白背叶野桐、盐麸木、苎麻、垂序商陆、芒和刚竹。刚竹还没长过来，它是统领林缘、路缘和荒地的最强大植物，一旦被它占领，寸草不生。我去石片地，是想看看地面是否有鸟巢。很多林鸟，在地面筑巢，如环颈雉、短耳鸮、云雀、红胁蓝尾鸲、歌鸲、棕扇尾莺。冬季即将来临，鸟过暖冬，已开始营巢。在荒僻、人迹罕至的开阔地，是鸟营巢的首选之地。一棵苎麻紧挨着一棵酸浆。酸浆高过了我的腰部，茎冠斜出了一节节的细茎，我数了一下，挂了二十七个酸浆果。酸浆果褪去了果皮，留下了一层薄薄的果衣，一个个细格成网状。果衣残留着浆红，网状纤维麻白麻黄。果囊里，是酸浆籽——浆水干涸，籽积淀了下来。在赣东的方言里，酸浆果被称作"灯笼泡"。酸浆是阳台或庭院的至美园艺植物，从挂果到红果，是一个漫长熬熟的过程。人生也是如此，需要很有耐性地熬，由霜催化，熬出自己绚美之色。

早霜很稀薄，远望而去，早霜还谈不上是一种物质，仅仅是一种颜色。厚实浑厚的山野，这个时候，变得纯粹。霜是月光白，白得迷蒙。我没有准确记录过早霜在草叶停留的时间。白露为霜。霜是露的晶体。我从雷打坞路口进去，霜铺满了荒草，走到野塘约一刻钟，太阳上山，霜消失了。我很细致地观察过霜消失的过程：白菜叶上的霜，晶体变小，圆缩，白色变淡。菜叶有了水渍，水渍洇开，往叶心洇，有了第一滴露，霜消失了。霜还原了露水。对植物而言，这是一个渗透、激发、催化、摧残的过程。草茎软化，耷拉下去，萎谢。荒路边，狗尾巴草倒伏下去，垂序商陆拦腰折断，一枝黄花成堆枯黄。枫香树林纷扬着稀稀拉拉的残叶。我们看到的秋境，是何等的残忍：暴露着惨败之相的草木，其实是一种本真的面目，与春夏之葱郁，是一种妥帖的对应。霜仅仅是一面幻镜，让万物照见自己衰败的一面。

野塘边的山矾树上，麻雀在育雏。它外出觅食，不慌不忙，在收割了的芝麻地啄食芝麻。我刚来山里，芝麻在收花，结荚壳。我还和收芝麻的人一起割芝麻，用稻草扎捆。芝麻在荚壳里叫：芝麻开门，芝麻开门。麻雀在食源丰富之地，一年可抱窝三次，一窝五至七只。我见过最多的一窝,有九只。晚秋是草籽最兴盛之时,颗粒饱满,油脂丰沛。鸟在尽情地吃,吃绝皇膳(方言,皇膳指皇帝的盛宴)一样,止不住嘴巴。山斑鸠窝扎草丛,一天不露头。鸟把吃下去的草籽、果核,带到了种子适合发芽的每一个地方。很多鸟都会在秋冬交替之际育雏,如白鹇鸽、野鸽。在寒冬,一部分鸟会被冻死,它们唯有旺盛地繁殖,才能抵消死亡。

画眉鸟有好几日不叫了,也可能它去别的地方安家落户了。人建房,是为了安家,安生才可安心。鸟营巢,是为了繁衍。人眠于榻,是安睡。鸟憩于树,是过夜。画眉鸟去了哪里,我不关心,虽然我有很多失落感,虽然我煮茶时还怀念一阵阵悠扬的鸣唱。

似乎整个世界都在枯败:酸模一节节烂下去,垂序商陆从根部开始往上死,溪涧断流,山樱裸了枝条,野芝麻萎缩得只剩下一团根,乌桕叶上盆结着死虫。这是自然的一环,也是原本的面目。枯败之象,让我们生出诸多的希冀。没有希冀,我们不堪忍受眼前一切。无法忍受,便无法度过更深的严寒。于是,我们盼着,望眼欲穿地盼着,盼到白发爬上双鬓。

霜露垂降,大地沉重,万物轻盈。

荒路去远山

去鬼打坞，只有一条路。余师傅骑一辆电瓶车，去鱼塘喂鱼，见我深一脚浅一脚走在泥浆路上，停了下来，问我：坐上来，我带你一程。我摆了摆手，诚恳地说：脚走了，才知道远山有多远。

从竹鸡林进山垄，是一条被推出来的机耕道，坑坑洼洼。路是2018年春推出来的，路基也没修。其实去山垄的人很少，仅仅只有几个养鱼和种菜的人。他们通常骑车，空手而去，劳动工具藏在木屋里。我可能是唯一徒步去山垄的人。余师傅见我几次，友好地问相同的问题：你是哪里人？你干什么？

上饶人，就去山里走走。我说。但我的回答，并不取得他的信任。世上哪有这种人？三天五天去山里，啥事也不干，山有什么可值得天天看呢？假如别人这样回答我，我也不信。他停下车，我就掏口袋，给他发烟。余师傅精瘦，皮肤黝黑，眼睛很有神，说话也很麻利。看他一眼，就知道他是一个十分精明的人。他穿劳动布短袖工装，纽扣扣得很齐整，说话语速有些快。他骑骑停停，回头看看我。他是个模板师傅，在工地钉一天模板赚四百块钱。

他对他的收入很满意。

　　机耕道路面宽，尘土扑扑。雨天，尘土化为黄泥浆。土是沙积土，贫瘠、坚硬。靠山边，有人沿路种了罗汉松、杨梅，大部分种下去的树，都死了。沙积土蓄水力太弱，新栽的树很难扎根。但有很多植物，轻易就活了下来，且活得丰茂多姿。如楤木、艾、大青、野苦荬、茅、七节芒。每一种生命体活着，都遵循着天道，无论是草木，还是昆虫，或者菌类，概莫例外。楤木是五加科灌木或小乔木，树皮棕灰色，疏生粗壮直刺，叶肥，叶背有刺芒，鸟也不敢栖于树上，故称鸟不宿。在其他树木难以存活的地方，它存活了下来。它根系发达，蒸发很少的水量，充分地接受阳光。它是树中的"仙人掌"。我用木棍劈楤木的枝杈，脆生生地断下一排。过了半个月，断杈上又发出嫩芽。春天久雨，姑娘背个腰篮，去山野采香椿幼芽、春笋、野水芹、蕨芽、蘑菇，去河边采地耳、枫杨树木耳，取山珍做野菜，餐餐吃。赣东人却不采楤木嫩芽。它和香椿幼叶一样，鲜美、齿香。

　　挖机耕道，是因有人在取土方。村里有一个叫死鬼的人，满口烟牙，走路要跌倒的样子，上午醉醺醺，下午醉醺醺，晚上醉醺醺。他醉醺醺地谈事，却毫不含糊。他偷偷摸摸取土方，拉到工地卖钱。一个矮山冈被他挖完了，留下一块麻骨地（地贫瘠如麻骨）。他把城市建筑垃圾拉到麻骨地填满，盖上浅浅的一层黄土。一个雨季下来，瓦砾、水泥砖、水泥墙板，裸露了出来。长满杉树林的矮山冈成了杂石乱陈的废墟。废墟长不了树，浅土层蓄不了水，便一直荒凉着，像脸上的一块黄疤。也不知是谁，在荒废地上，种枣树、杉树、樟树、桂花、桂竹，其他树全死了，只有十几株桂竹不死不活地长着，黄哀哀的，不发新枝，也不长笋。有人在废荒地建了一个水池（约二十平方米），垦出一片地，种芝麻种棉花，也种不起来。水池干涸着，无水引进来。竹鸡林人彻底废弃了这块地，任何东西也种不了，便骂死鬼：为了挣几个钱，把饭碗砸烂了，迟早有一天死在酒瓶里。

废荒地有十八亩，村人便取地名十八亩。长了不多的几株白背叶野桐、几丛沿阶草和稀稀拉拉的鬼针草、小蓬草、苘麻。一个半米多高的泥垛，像个打禾桶，长起了芒草，蓬蓬勃勃，一棵木姜子独抽而上，有了圆圆大的树冠。

我每天傍晚会去十八亩走走，除了荒凉，也没东西可看。这是中土岭与小打坞两条山垄围过来的垄嘴，可以清楚地眺望两边浑斜的山梁。夕阳从小打坞的山背落下去，跳荡着，浮出一片夕光。夕光很长，散射，抹在山脊上。山脊之下是清澈的晚暮。晚暮游弋一缕缕薄雾，往山尖飘荡而上。夕阳瞬息的壮丽，以桃花般的云彩披挂在山巅。远山凝重而浑厚。一根烟抽完，云彩蜕变为深蓝色、深灰蓝色、浅蓝色，飘散而去。天空空，成了茫茫苍穹，蝼蛄和蟋蟀此起彼伏地唱起了小夜曲。晚暮消失，夜光海水般荡漾。夕阳沉落的过程，令我无比震惊。

斜长、狭窄（仅容一个人行走）、杂草丛生的小路，从十八亩通往一片枫香树林。在 2017 年冬，我远远见过这片枫香树林。我站在竹鸡林后山的坟地远眺，枫香树林围住了山脚，红红的枫叶如一束火。一棵树就是一个竖立起来的火堆。火堆叠着火堆，如一圈篝火。

小路两边的杂草，是红蓼、苍耳、地胆草、蛤蟆草、马泡瓜、半枝莲、犁头草、石茅、猫爪草。从春分到冬至，它们按节律排着队开花，争先恐后似的。走在这样的小路上，人是不会寂寞的。我常常觉得自己是一个从天边归来的人，又将去天边。我是自己的天边。我是天边的分界线。海子是一个伟大的抒情诗人，他在《四姐妹》中写道：

>……
>到了二月，你是从哪里来的？
>天上滚过春天的雷，你是从哪里来的？
>不和陌生人一起来，
>不和运货马车一起来，
>不和鸟群一起来，
>……

海子是寂寞的，高洁的。令我伤悲的是，他的眼睛遥望远方，遥望天空，而不曾凝视脚下的土地。土地埋着铜长着麦子，也埋着鸟长着白茅。作为具体生活的人，我不会脱下脚上的鞋。鞋是路上的船。我自己摇橹。

事实上，这条小路，我走了无数次。但我始终不敢说，我多么熟悉它。看到遍地野花，我也不会激动。有一日，我遇上一个挑水浇菜的人，他挑着一担大水桶，往山边走。水桶太沉，他个头太小，他不断地换着肩膀挑。他的肩膀很宽很厚，扁担在他肩上嚓啦嚓啦脆响。我问他：这条小路，你走了多少年了？

他低着头挑担，说：这块菜地，我种了四十七年。我吃的蔬菜，都是从这里种出来的。吃不完的蔬菜,还分给邻居吃。我还种了番薯、芝麻。

我跟在他后面,脚踩在路面上松松软软。我说:路边野花很多,你平时会不会采野花回家啊。

草长草的花,我走我的路。挑水的人说。

嚓啦嚓啦。他的扁担在颤响。我一直跟着他去了菜地。他浇水,我看;他拔草,我也看。他问我:你平时没事吗?

在山里走,就是我最重要的事。我说。我发烟给他,给他点烟。他的手抱着我的火苗,看看我,说:你是个奇怪的人,我没见过比你更奇怪的人。

菜地边,就是大片的枫香树林。浇水的人说,十五年前,时兴育香菇,枫香树是育香菇最理想的树,村人便在山边种枫香树,香菇价贱,无人育了,枫香树长出了一片林。

我粗略数了一下,枫香树有四百多棵,沿山脚往山塘延伸。枫香树胸径在十五厘米至二十五厘米,树高十八米至二十二米。远望树林,觉得密匝匝,密得挤不进人。进了树林,才知道有多空荡荡。树距约有五米,树冠与树冠却毗连着,有的树冠还压着树冠。在林缘,有与枫香树等高的木荷、山矾和毛枝柞木。木荷与山矾都在暮春开花,毛枝柞木在仲夏开花。2021年10月8日,我和饶祖明去长田村小平家吃饭,他带我参观他的苗木场。他是一个爱种树的人,他种下的树有一部分他叫不上树名。他指着一棵阔叶树说:这个树,4月开花,花比桂花还香,开一个多月呢!

我摇了摇树干,树叶沙沙响。我说:这是山矾。

在去雷打坞的路边,我看到很多山矾。它一般生长在海拔五百米到一千二百米，喜阴湿，和槭科树、杉科树、松科树"居住"在一起。看过山矾开花的人甚少。香枫树遮蔽不了它。它是缓生树，它拼命往上冲，树干直而细，直条条的，在树缝间炸出树冠。枫香林下，是厚厚的积叶层。在靠近菜地边，有一棵枫香树腐朽霉烂了，剩下一截树干。树干长满了木耳。木耳一层叠一层，密密麻麻。树干四米多高，木耳叠了几百层。木耳在硬化，颜色也在退化，黑灰灰。

枫香树林的入口，堆了很多垃圾：白色的泡沫箱板，易拉罐，塑料袋，塑料油壶，饮料纸盒，塑料饼干盒。长尾山雀在垃圾堆里，跳来跳去。树林里，长尾山雀非常多，在树梢嬉戏鸣叫。我没发现其他鸟。我也没发现枫香树有鸟巢。

山梁在收缩，往上收缩成一个山尖。乌青青的杉树林覆盖了山梁。一条宽阔的黄土路顺着山坡而上，消隐在杉树林里。黄土路却无法行走，长了芒草、野山茶、葛藤、鹅掌柴、牡荆、山鸡椒，蜘蛛横七竖八地拉起了蛛网。这是深秋，蜘蛛被冻死在网上，晒干了，壳空空且透明。蛛网上的知了和蛾，被蛀空，被风吹得来回荡。

我只得劈开一条路，以木棍探路，登上了山梁。山梁之下的东坡，便是鬼打坞。据当地人说，鬼打坞是一个很阴邪的山坞，晚上会有鬼打架，如一群野猫在厮打，边打边吱吱吱叫。当然，我是不会相信鬼打架的。东坡是一片更为茂密高大的杉树林。站在山梁上，可以看见西边山坞向南延伸，越伸越阔，有了平坦之地。洎水河从东向西湾流，弯过凤凰山，消隐在群山与丘陵之间。群山苍莽，沧水横流，远处的人间寂灭。

这条路，我是每个星期都要走一趟的。午休之后，一个人，四顾茫茫地转着山走。山之外的事情，我既不打听，也不关心，值得我关心的事寥寥。我仅仅是一个在山间或田野走路的人，没有任何目的，没有任何想法。我穿着皮鞋或球鞋，穿着夹克或衬衫，戴着太阳帽，拿着手机。有一次，在枫香树林，我看见一只鹨子，飞着飞着，突然掉了下来。我不知道它为什么会掉下来。我去找，在山塘边的灌木丛，我找到了。它死掉了，身子还是热的。它飞得好好的，嘘嘘嘘地叫着，怎么死了呢？它死得毫无征兆。这让我莫名伤悲。很多事无法预料，正如很多事无法改变。我以为自己是一个从容平静的人，心仍不免悸动、抽痛。

容得下脚的地方，都可以称作路。去鬼打坞，还有另一条路。但我一直没有走过——从罗家墩翻山上去，过两个山头，便是雷打坞。

一次暴雨之后，我去鬼打坞。雨歇了，但雷声滚滚，风贴地卷起。机耕道淌着黄黄的泥浆，开挖的山体坍塌下来，杉树、泡桐树、乌桕树塌下了山坡。高压线在呜呜叫。荨麻、苘麻、大青、檫木，被风拦腰折断。秋雨似乎比春雨更疯狂。泥浆夹裹着烂树叶、断枝，汤汤而去。风把树叶上的雨珠扫了过来，打在脸上，打在草叶上。如果肉身是泥胎，人必被秋风夹裹的雨珠冲洗得瞬间垮塌。我在路上走，云在天上散。山菜地灌满了水，水漂着沉渣烂叶。

山坞只有我一个人。我走走停停，四处瞭望。上了山梁，太阳出来了，番茄色的云彩盘踞在山巅之上。天空一下子华贵了起来。云彩就在我头顶，我伸出手举起来，想把云彩拉扯下来，做我的围巾在胸前飘起来。我跳起来也不如一棵杉树高，啊啊啊，我叫了起来。假如这时有一个女人,可以听到我的欢叫,那她必是深爱我的人。我与她相伴此生。

在去远山的荒路上,我心里会滋生一种愿望:每走一次,都是在重塑自己。

草结种子，风吹叶子

扎竹器卖的老梁，约了我几次去河边钓鱼，我都没去。两垄茶叶没摘完，再过半个月，新芽老化，揉不出好茶叶。钓鱼是老梁的唯一爱好。他戴一顶宽边草帽，骑一辆烂了钢圈的自行车，上午又到我这里，说："桥头有一个好地方，鲫鱼很多，钓一天，肯定能钓半篓。"我有些心动。我操起渔具袋，背上鱼篓，去了。

桥是一座石桥，年代有些久远，桥身爬满了薜荔藤。桥头有一棵乌桕树，水桶一般粗。江水在这里汇聚，形成漩涡，湍急奔泻而下。原先有挖沙船在这里采沙，留下五六米的深坑，有不识水下地形的人，来游泳，被烂藤缠脚，成了冤魂。桃花正盛，乡野有惺松气息，让人困顿欲睡。江岸逼仄的田畴，油菜花像梵高笔头滴落的一团金色颜料。不远处的山林，开出了很多野花。

钓了两条鲫鱼，我收了竿。老梁说怎么不钓了呢，肥鱼熬汤补身，比炖鸡好。我说，鲫鱼择草孵卵，不忍为吃一条鱼而杀很多生，你捏捏鱼肚，里面都是鱼卵。老梁歪过头看我说，怎么钓得绝江里的鱼呢。

钓鱼的地方是一个滩头。滩头呈半弧形，早年有人在这里建了采沙场，已废弃好几年。滩头有十几个石堆，有五六个沙坑，沙坑有半亩地大。牛筋草铺满了滩头，绿茵茵一片。沙坑有积水，成了潭。之前，来过这里很多次，或在江边独坐，或钓鱼，但从没细细地留心过这个滩头。

滩头有足球场那么大，稀稀的鹅肠草和粗壮的落帚草，有些显眼。汛期，江水泱泱，会淹没河滩。山乡多雨，雨水汇流，江水一夜暴涨，横泻滔滔。江水退却，滩上沉淀了淤泥。淤泥里的种子要不了半个月就冒出新芽。我沿着河滩四周走，沿着河岸走——这是一个隐秘的世界，生动有趣，却不被人钟爱。

狗尾巴草、红花酢浆草、紫叶酢浆草、凤仙花、三色堇、大花美人蕉、朝颜、夕颜、铃兰、麦冬、早熟禾、稗草、鸡冠花、大花萱草、勋章菊、蒲苇、鼠曲草、艾草、益母草、车前草、地丁、田野水苏、灯盏草、羊蹄草、鬼针草、茼蒿、地毯、宽瓣毛茛、看麦娘、紫云英、铺地蜈蚣、小白酒草、稻搓草、叶下珠、红蓼、空心莲子草、一年蓬、菖蒲、夏天无、芦苇、水芹、野蔷薇——我粗略地记录了下，有好几十种草呢。哦，水潭里，还有水草、碎叶莲、金鱼藻、香蒲、浮萍、衣藻。

第二天，我带上软皮抄，去滩头采集草叶和花朵，采茶之事也不管了。我坐在石堆上给远方的朋友写信："你来我这儿玩，我发现了一个滩头，有很多普通植物，正是开花的季节。江水哗哗奔流，杂花繁叠。从我住的地方，走路到滩头，只要一个小时，路两边是平缓的山峦。我们去采野菜，也可钓鱼。野藠头很多，葱绿肥嫩，炒自己腌制的晒肉——南方人制作的一种干肉，适合下酒。草滩发了油茵茵的地耳,捡回来做酸汤,肯定美味。路边的文竹密密麻麻,小笋正冒头。你带一个画家来是最好的,可以写生。在城市咖啡馆谈论艺术,不如在滩头坐一下午。"

滩头成了我常去之地。我带杂工老张来挖勋章菊、三色堇和灯盏草,移栽到院子里。我喜欢移栽野草、杂树。有时,在早晨或傍晚,我骑一辆自行车,带一个篮子和笔记本,有时也带渔具。春天的原野给人深度迷失感,草木油绿,枝叶婆娑。江水被山梁挤压在一条宽阔的峡谷里,缓缓的山梁像水牛的脊背。各色的野花,迷乱人眼。休闲日,城里人开车,带上炊具,也来这里野炊。男人们下潭摸螺蛳、钓鱼,生火做饭。孩子在草地跑来跑去,或捡拾柴枝。女人们在照相。阡陌在田畴隐匿。山边几户人烟隐约可见。

一日,去滩头,见桥头的田里,摆了三十多只蜂箱。帐篷里一个男人正在刮蜂蜜。我见过很多养蜂人,我想同每一个养蜂人都成为朋友。他们是大地上追寻芳香的人。养蜂人戴着纱罩,弓着腰,把蜜刮进铁桶里。我走了进去,说:"师傅,怎么想到这里来呢?以前来过吗?"

"没来过。我开着卡车沿着峡谷走,到了这里,自然停了下来。你看看这两岸,照下来的阳光都是菊花色。"师傅说。他给我泡了一碗蜂蜜水,又说:"没有花,和没有阳光是一样的。"

"最美好的人生,便是与花草相处的人生。你有了这样的人生。"我说。养蜂人就是在大地低处飞翔的人。大自然作家苇岸在《养蜂人》里写道:"放蜂人是世界上幸福的人,他每天与造物中最可爱的生灵在一起,一生居住在花丛附近。放蜂人也是世界上孤单的人,他带着他的蜂群,远离人寰,把自然瑰美的精华,源源输送给人间。"我并不认同"放蜂人也是世界上孤单的人"。养蜂人的内心,有一个草绿色的宇宙,星星像萤火虫,绕着他发光。只有渴望喧嚣的人,才会孤单,享受自然的人怎么会孤单呢?

过了一个月,到了初夏的雨季了。雨季来了,养蜂人走了,我心里空落了许久。或许,他明年还会来的。

养蜂人走了,凤仙花开,江水浅了。水流清澈,河道露出了石桌般的巨石。傍晚,滩头来了在附近生活的乡人,在江里游泳。他们把衣服扔在石头上,裸着身子来来回回地游。也有女人来游泳,在下游的浅水里,穿纱裙泼水嬉戏取乐。夏天溽热,江风凉爽。

事实上,我并不怕炎热。我很多时候,在晌午去滩头。阳光带着芒谷的光泽,在江面变化着光波,粼粼闪耀。原野寂静,夏蝉在柳树上吱呀吱呀叫,叫声干裂但温软。水牛泡在樟树下的浅滩里,眯着眼睛,嘴巴不时噗出水花。少年背一个书包,吹着柳笛,沿着水岸小路,往学堂去。学堂在上游三里的村子里。少年走着,日复一日地走着,江水便跑进了他心里,像一列火车,把他带向未来的远方;江岸的绿草野花,在未来的远方,会一遍又一遍地开放在他梦里,即使他老了,这些花也不会凋谢。

潭里有鱼。鱼有鲫鱼、鲤鱼、翘白、鲩鱼。鱼进了潭,到第二年洪水再来,才能跑出去,跑到江里。大鱼是洪水带来的,洪水退了,鱼却困在潭里。潭成了牢笼。可鱼不知道潭是牢笼,它们沉潜在潭底的水草里。每次去,我带一些白米饭,撒在潭里。没有白米饭,便带馒头去,掰开,一小片一小片撮下去,撮着撮着,鲤鱼跳起来,张开嘴巴,把馒头片吞下去。

田畴空了,霜降来了。没几天,漫长的霜期来临。草叶卷起来，一日比一日枯黄。我带上信封，去收集草籽。采集一棵，在信封上写着植物名称，再卷折起来，装在布袋里。我收集各种植物的种子和叶子。晚上在书桌上，把信封打开，用筷子拨在白纸上，看着种子发呆。到了初春，我把这些种子，埋在院子的地里，铺上黄泥和细沙的混合物，盖上稀稀的稻草，等待它们发芽。

露白为霜。霜是消逝之物。我父亲曾对我说，霜是溶解剂里溶解性最强的东西，比硫酸还厉害。年少，我不懂。现在，我懂了。我们叫下雨，下雪，却不叫下霜。落霜叫打霜。霜是打下来的，软弱无骨却力道无穷，是化骨绵掌最厉害的一招。

我尤爱深秋，悲伤悠远。老张在收集草籽的时候忍不住感慨："怎么就到了秋天，花似乎都没开足。"开多长时间叫开足了呢？我问他。似乎也在问自己。小麦花开半天便凋谢得无影无踪。朝颜朝开夕死。依米花六年开一次，娇艳绚烂，两天后随风而谢，植株也腐烂而死。夏天无开到夏天便死了。四季海棠花期不衰，却抗拒不了秋风吹来。在时间的大海之中，一切都是颗粒般的漂浮物。

霜至，秋风日寒。江风也多了沧桑的意味。我在石磴上坐，看书或者看翻卷的江面。江面是最难翻阅的书。秋风一层一层碾压过来，如江浪。草叶刮了下来，卷进了水流，下落不明。秋风把油绿的原野变成了荒野，把繁花似锦的滩头变作了荒滩。在秋风吹拂之下，每一种植物都是孤独无援的。人也如此。有一次，清早，朝阳还沉在蒙蒙秋雾里，秋风呼呼地叫。我沿着江岸走。江水羸弱。桥头的乌桕如浴火焚烧。山冈上，板栗树空落着枝丫，斑头布谷在四处觅食，咕噜咕——咕——间歇性地叫。山野空无一人。

  鱼鹰贴着江面飞。我手上捧着荻花，去了学堂。学堂只是一座三层的房子，围了白色围墙，铁门紧锁。围墙画着屈原、李白、杜甫、苏东坡、王安石等历史文化名人的画像。教室里，有琅琅书声传来，清脆、欢快。我隔着铁栅栏，往里看。

  作为一片原野，或者一个滩头，其实在任何时候，都有自己独特的美。它所呈现的，是大自然在时间铜镜里的面影。风一直在吹，吹来雨水，吹来霜露。风每天都吹着万物，吹花开也吹花谢，催生也催死。

  在滩头，吹秋风，我会觉得自己变轻，如蒲公英。冬天很快会来，像一个约定了上门复仇的人，不会耽误自己的行程。我得预备木柴、烧酒，款待这个消失了一年的人。我还得预备种子，和渐渐鬓白的发。

窗外

我是一个无处可去的人,除了窗外的森林。我不去森林了,便坐在饭厅看着窗外。窗是大玻璃窗,有一个外伸的窗台,窗台之下是两棵桂花树。楼略高,我看不到桂花树,看不到近物,远眺尖帽形北山。松杉遍野,四季不动声色,始终默然如静物。起床了,见松杉林;喝茶了,抬眼见松杉林;看天色了,还是见松杉林。有时,我在饭厅坐一个下午,对着松杉林,北山在眼际虚化,一切不见了踪影。玻璃上蒙着豆粒大的水珠,我用手抹了抹,水珠还在。水珠在玻璃的另一面,轻轻的细雨遮住了北山。

可以独坐一个下午的人,其实和一棵桂花树没什么区别。我不知道自己是被什么带到了这个窗下,又将被什么带去何处。"何处",让人困顿和迷惑。我用了差不多二十年时间,去了很多地方,或暂居,或孤行,最后还是在这扇窗前安安静静坐了下来。"何处"似乎是一个不是答案的答案。似乎,我放弃了路途,放弃了路途中的那些人。

窗台上,摞着水杯、镜子、饭盒、书籍。那十几本书籍随我辗转了好第几个地方,但我很少翻动过,甚至有几本还没拆封。那些书籍和药丸差不多,病没发作,药丸是无效的,一旦突然发作,药丸可以给心肺提供动力。

一日,我在静坐,对着北山发呆。发呆可以让自己松懈下来。我听到窗外有三五个妇人在叽叽喳喳。这个院子,很少有人来。我拉开窗户,见她们在院子里种法国冬青做篱笆。我下了楼,在屋角见两个六十多岁的老汉在挖洞种树。我问种树的师傅:大热天地,种树成活率太低了,可惜了这么多树。

树是竹柏、山矾、樟树、垂丝海棠、枸骨树、紫荆、桂花。一个老汉用铁锹挖洞,另一个老汉用洋铲铲土。洞挖得浅,树根栽不深,土也堆得松。我天天看他们栽树浇水。我知道,那些树存活下来的希望很渺茫。我说:树洞掏得深,水浇透,再栽树下去,土压实,再浇水,树才容易生根,水分可以多保持一些时间。

一个老汉说:栽下去了,是死是活,由它们吧。

暑天栽树,得清晨浇水,天天浇,树才有存活的可能。可栽树人不讲究,每天下午浇水,拿着水管,嘟嘟嘟地喷射。暴日之下浇水,树死得更快。

大地蒸腾热浪。我哪里也去不了。我约朋友去梨花堂,朋友也懒得搭理我,说:这么热的天,烤蚂蚁一样,跑去梨花堂干什么?

梨花堂是一个废弃的高山小村,很多年无人居住了。那里有原始森林和大片的茶园,我很想去看看。但我终究没去。

树栽种下去了,篱笆栽完了,院子再也没人来。每天临近傍晚,灰胸竹鸡在山边叫得很凶:嘘呱呱——嘘呱呱——我讨厌它的叫声,歇斯底里,根本不顾及我在静坐。它就像一个隐居深山的敲钟人。

我端了一个碗下楼,给葱浇水。在山矾树下,我种了三个葱蔸,全活了。我每天给葱浇水,一棵浇一碗。葱长到半寸高,山矾树的叶子全黄了。我折一根细枝,啪一声,脆断,火柴秆一样脆。山矾树死了。叶黄,不卷不落。三棵竹柏也死了,树叶深绛,不卷不落。竹柏修了冠盖,看起来像一朵巨大的雀斑蘑菇。

山矾树有五米多高,树杈分层向上生,渐渐收拢成一个树冠。在它没有死的时候,树叶繁茂,树冠如一股喷泉。长尾山雀很喜欢在树上嬉戏,喊喊欢叫。但它慢慢黄了下去。叶黄,是一个漫长的过程,甚至很不容易被发觉。厚实的绿叶遮住了树杈,主叶脉却泛起金线似的黄丝。叶脉的金黄之色,慢慢向通向叶缘的支叶脉扩散,如荒火在野地蔓延。叶子半青半黄,叶绿色素日复一日消退,最终杳无影迹,叶子黄如一片金箔。不注意叶色的人,在某一天突然发现树叶黄得让人震颤,才猛然知道,这棵树还没活过一个季节。

我是每天都要注意叶色的人。叶色即生命之色,也即时间之色。时间是有气味的,也是有颜色的。树在不同的季节,会有不同的气味和颜色。如山矾,在暮春初夏之时,树皮、树叶都会生发一种淡雅的清香,叶色则是凝重的新绿;暑气来临,清香消失,继而是涩香,叶色则是淳厚的深绿;入秋之后则是芳油香,叶色则是油油的墨青绿。

山矾是我喜欢的树。窗外的这棵山矾树,是我唯一见过的死树。它的树叶一直黄着。我每天打开窗户,看满树的黄叶,叶就那么黄着,黄着,黄到我心里。

看一个人，是这样的：不厌其烦地看，这个人便住进了心里。心里有一个神庙，供奉着诸神，不厌其烦去看的人，成了诸神之一。看星空也是这样：无数的繁星，密集而疏朗，只有风、水流、眼神得以流过其间，高古而亲切，神秘而透明。星空便倒映在心里，成了湖泊。看一棵树也是这样：树被镂刻进身体，自己是树的替身，或者说，树是自己的替身。

万物皆为我们的镜像。在万物中，我们可以找到另一个自己，一个隐藏很深的自己，一个陌生又熟悉的自己。

窗外，北山既遥且近。可以目视的地方，都很近。我可以清晰地看见山体森林分布的状况、山梁的走向、山巅的形状。甚至可以看清主要分布的树种：湿地松、黄山松、杉树、枫香树、朴树、乌桕树、黄檀树、梓树、油桐、泡桐。在傍晚，我沿着山边小路，抄过一道矮山梁，便进入了鱼篓形的山坞。这个山坞，我走了无数遍，很适合一个人走，很适合我这样一个异乡人走——越走越深，直至不见身后的村子，我也因此不必问自己为什么来到这里。树林茂密，再无任何人声。高高的苦槠树独自成林。我开阔自己的，是在不可目视之外。

当然，窗外不仅仅有北山，还有夜空。夜空是一团黑，不见山不见星云。夜吟虫嘘嘘嘘叫，窗外仅仅是窗外，无物可视，世界是虚拟的，让我无法确定还有真实的事物存在。窗玻璃上扑着眉纹天蚕蛾、姬透目天蚕蛾、中带白苔蛾、黄群夜蛾、变色夜蛾。它们蹁跹，它们群舞，它们扑打。有那么一些时间（9月中下旬），我每天出门，看见门口、楼道，死了很多蛾。我清扫了它们，堆在桂花树下。它们成了鸟雀的食物。蛾的生命以小时计算。所居之地,在森林边,虫蛾之多,无法想象。我便把饭厅的灯,亮至深夜12点,让它们尽可能长时间见到光亮。它们热爱光,理应给它们更多的光。它们见不到光,会非常痛苦——假如它们可以感知痛苦的话。

蛾在飞舞时,会发出嗞嗞嗞的声音。它们的口器张开,如绿豆破壳。在晚上9点之前,蛾聚集,一群群。光在感召它们。10点以后,蛾非常少,有时只剩下一只两只。它们去了哪里呢?

乌鸫来窗台下安放空调外机的小阳台吃食,有那么些时日了。乌鸫来一只,来两只,来三只。最多的时候,来过十几只,它们挤挨在窄小的空间里,甩着喙嘴,吃蛾。死了的蛾掉在小阳台上。平时,院子很少看到乌鸫,死蛾的气息招引了它们。我也会捡拾几只蛾,夹在书页,当作书签。

夜不仅仅是黑的,也有白的。白如清霜。星辰浩繁。窗户是星空的缩写,玻璃缀满了珍珠,熠熠生辉的珍珠。窗外的大野明净,北山朗朗,黑魆魆的山影也是朗朗的。窗户于我,是弥足珍贵的。没有窗户,我兴许忘记了我的头顶之上还有一条亘古不息的银河。我所向往的人,都居住在那条凝固的河里。河水泻进了我的窗户,慢慢上涨,淹没我。

山雨也会飘进窗户。有一次外出,我忘记关玻璃了。我去看洎水河。洎水河自东北向西南方向流去,河面宽阔。我喜欢看河水流淌,喜欢在红山桥头看鸟在树林觅食嬉戏。桥头有一片樟树、杜英、刺槐、喜树构成的树林,有成群的画眉鸟、树鹊、乌鸫,林侧是滔滔的洎水河。芒草、刺藤覆盖了河岸。画眉鸟的鸣叫之声,让我觉得人间是多么让人留恋。仅凭画眉鸟的鸣唱,人就该好好活下去,哪怕世事多艰,枯寂如野草。叽哩咕噜,叽哩咕噜,唧哩唧哩,卡唧唧卡唧唧,呱啦唧唧……滑音如波浪,转音如飞瀑,婉转悠扬。我常去洎水河边。鸟一直叫着,我舍不得走。如果这个时候,有一个女子也来倾听鸟鸣,也来观流水,那么我会爱上她。她必是一个与我同样心涌热爱的人。雨来了,不疾不徐。我抱头跑回。雨浇透了窗台,十几本书也浸透了水。山雨凛冽,卷起来,一团团涌进窗户。我望着白茫茫的雨,心一点点敞亮了起来。天干旱太久了,万物倦怠,我内心也荫蔽。雨,绿雨,坚硬的泥土在软化。

雨落完了,满地落叶。我连忙跑下楼,看山矾树和竹柏。出乎我意料的是,山矾树和竹柏依然叶满树。树死了,留着枯叶也是好的。

入冬了,种树的两个老汉又来了。他们在挖死树,替换新树苗。挖上来的垂丝海棠、紫荆、樟树,树根发黑了,泥团也发黑。他们抬着树,堆在一起。死了的树,任由日晒雨淋,任由霉烂。他们挖竹柏、山矾,被我制止了。我说:等树叶落尽了,你们再替换吧。

留着死树干什么,占地方。一个老汉说。

有叶子的树,都不算是死树。我说。他们被我说笑了起来。

我觉得自己是一个残忍的人。因为满树的枯叶,我留下了竹柏、山矾,或者说,我在审视它们死亡的品相。死亡是有品相的。

大多数植物死亡是垂败之象。如垂序商陆枯死,干茎腐烂,萎谢一下去,发出一种酸臭的味道。酸模、紫堇、射干,也是如此。初冬的旷野,满目都是荒凉的垂败之相,让人心慌。但有些植物死亡，却显出无比的高贵、壮丽、尊严，如黄山松、竹柏、翠竹、山矾、枫香树、榕树。它们迟迟不落枯叶，在山野突兀而出，即使死了，仍然独具生命气质。

辛丑年丁酉月，我在广东阳江市大澳村"渔家博物馆"看到了鳁鲸的骨骼标本。鳁鲸体长 12.8 米，骨骼被支架撑了起来。每一根骨骼，都如象牙。我不忍凝神目睹，我甚至不忍看鳁鲸的头骨。海洋最大体量的个体生命，成为一个符号而存在。当时，我就想起了死去的竹柏、山矾。

入冬后，下了两场小雨。雨无声无息。第一场雨下了半个下午，第二场雨下了半夜。雨，带来了草木集体的枯萎。窗外，矮山坡上，一片枯黄。雨前，它们还是半青半黄的。雨腐化了草茎。雨抽走了草本最后的脉息。山矾的枯叶由黄蜕变为苍白，麻一样的苍白。竹柏的枯叶则变得深绛红。

冬风来一次，枯叶落一地。山矾从冠顶往下落叶，落了十几天，冠顶空空落落，仅剩光秃秃的青白色枝条。竹柏则是风吹哪儿，哪儿落叶。一个月下来，竹柏和山矾，一叶不剩。我站在窗前，看着它们的落叶，慢慢旋化下来，像垂死的蛾蝶落下来。昨日下午，下了一场大雨，冲刷着落叶。我去清扫院子，落叶被雨水冲烂了，我把落叶堆在桂花树下，盖上土做肥料。叶耗尽了生命历程中的每一种颜色，叶落即腐。腐烂的叶不是叶，是腐殖物。

窗外再也没什么可看的，苍山依旧是苍山，孤月依旧是孤月。我清理了窗台杂物，栽了一钵野山茶。有野山茶，也是好的。人总得安慰自己。

夜宿万福寺

"你们三个男同志,晚上住万福寺。我带你们过去。"夏履镇的俞伟燕站在双叶村祠堂门口,热情地招呼我们。我们看完绍兴戏,刚从祠堂出来,站在街口,我一时分不清东南西北,恍恍惚惚,不知肉身置于何处——我还没从《梁山伯与祝英台》回过神来。艺术会创作出自己的空间,在另一个维度,把人的魂魄带进幽深之处,令人忘却凡尘。

夜色浓密,绕指。许是晚秋的缘故,会稽山的腹地夏履,夜色来得快,像游来的一群深海鱼,乌黑黑,不动声色,突然水声喧哗海面涌动,鱼飙上来,四散而去。在两个小时前,夜色从冰凉的晚露里分泌出来,稀稀潮潮。夕阳还没完全坠落,水粉色的霞光架着溪流奔泻,泻到山巅之上,泻到晚秋慢慢垂下来的额头。夜色山巅漫溢,如濯洗之后蓬散的黑发,被风撩起。气温急速下降,露悬在紫菀,悬在欲燃欲熄的美人蕉,悬在天边残月。霞光涤荡,变得灰白,继而变得暗灰,峡谷慢慢收拢,如一条慵蜷的蟒蛇,皮鳞灰蓝。

车在峡谷中的公路上慢慢行驶。峡谷狭长幽深，公路外是里山溪，无声无息，流往鉴湖江。溪岸两边的山，像一对翅膀，贴着大地飞翔。晚露滴在溪面，夜被溪水翻涌上来，涌上竹林，涌上灌木林，在高空汇聚，结出三五颗星斗。村舍隐着橘黄色的光。拐过一个山弯，有开阔的山坳，灯火如一树繁花。"万福寺到了。"俞伟燕说。

"真是个好地方。"不知谁说了一句。

"客人，请随我来吧。"迎接我们的是一个小师父。他提着一个红灯笼，穿一件浅黄色的衲衣，清瘦，略微弓着身子。我站在寺庙前的院子里，望着庙殿的灯，怔怔出神。

"客人，露重，随我进客舍吧。客舍三间，是香客住的。你们一人一间。"小师父又说了一句。

夜寒，有极稀的雨，看不见雨丝，听不到雨声，更没有雨点。雨是山中雾雨，蒙下来，被风吹在脸上，如塌在毛孔里，冷得有些发痛。我摩挲着自己的肩膀，让自己暖和一些。我只穿了一件薄衬衫。我没料到夏履的夜晚，会这么寒。

恭送客人进了客舍，小师父问："你们要喝茶，隔壁有茶舍，住持会陪你们喝茶。"

"天太冷，不喝茶了。明天早上拜访住持。"其中一位客人说。

小师父应了一声，退身出了走廊，低着头，举着灯笼，往院子走。我站在客舍门口，看着他慢慢被灯影覆盖。灯影叠灯影，墙横着墙。寺庙依山而建，庙前是一个大院子。客舍在院子的右边。

风呼呼呼灌入走廊。也不是风，是潮湿的，冷冷的空气。空气无处不在。我关上门，铺开被子上床。我看看时间，晚上九点还没到。冷空气，不但给人作用力，也给时间作用力，它加快了时间的流速，让人恍惚，怎么夜就这么深呢？

诵经的声音传了过来。是几十人诵经的声音。我不识经，也听不出诵的什么经。我听了几分钟，心一下子安静了下来，也不觉得太冷了。我和衣坐在床上，闭上了眼睛。诵经，还有伴奏。伴奏是录音播放，我听出的乐器有唢呐、二胡、电子琴、木鱼、铛子、小鼓、铪子。在道教、佛教音乐中，木鱼是不可或缺的乐器，"嘟嘟嘟"悠扬有力，富有很强的节奏感。

伴奏声始终被诵经声淹没。诵经声起伏有致，洪亮如黄钟，舒缓如溪流，开阔如原野。我身歇之处，似乎不是客舍，而是一片秋天的大野，阳光煦暖热烈，天空澄蓝，金色的草甸浮着草浪。我坐在大野的中央，被暖暖的气流环绕。干净的草甸有孤鸟在飞，追逐着草浪。

我从来没有听过集体诵经，更别说在晚上听众人诵经了。但这段经，旋律很熟悉，我也跟着哼起来。

唱颂什么我也不知道。我内心有小小的潮汐在汹涌，没有喧哗的浪碎声，沙沙沙，如风过竹林。潮慢慢上涨，往我心口堆上来堆上来，淘洗着我，又慢慢落下去落下去，露出白白的沙滩。

下车的时候，我并没有听到诵经，也没听到伴奏。诵经是什么时间开始的？我竟然没有任何记忆的痕迹。

在床上不知道坐了多久，迷迷糊糊了。

"嗓——嘟嘟，嗓——嘟嘟。"我被清脆的风铃摇醒。我拉开窗帘推开窗户，浅白浅黄的光映进来。诵经声已停歇了。窗前，一株君子竹有一半多的竹枝遮住了下半部窗户。嗓——嘟嘟，风铃的韵脚，一长两短：风摇动了铃铛，小瓷环击打在瓷铃的内壁，发出"嗓——"的长韵；小瓷环钟摆一样荡回去，击打在另一侧的内壁，因力度变小，有了两次更轻的碰撞，发出"嘟嘟"两声短韵。我听了十几分钟风铃，有了这个猜想。瓷铃铛比铁铃铛发出的碰撞声更清脆更圆润，也更柔和。谁会在寺庙里挂这么多情风雅的铃铛呢？

嗓——嘟嘟，嗓——嘟嘟……一直在响，我却判断不出铃铛挂在哪个方向，离我有多远。我细细久久地辨听，觉得它在东，它便在东；觉得它在西，它便在西；觉得它在南，它便在南；觉得它在北，它便在北。我扬起头，看客舍屋顶，又觉得风铃悬空在屋顶之上，被不知疲倦的秋风，不知疲倦地摇。

君子竹的竹叶有些焦枯了，但并没落叶，和青叶缀在斜弯遒劲的枝丫上，泛起盈盈水光。雾雨蒙了很多水汽在竹叶上。水汽滑下叶子，叶子下垂又弹回去。滑下去的水如露珠，圆圆亮亮，落在地上，发出"啪哒"一声。啪哒、啪哒，滑下去的水珠，不稀不密不疾不徐，像琵琶上流过的岁月之河。哦，听到水珠滑落之声的人有福了。

我起身出门，披着一条竹青黄的薄被在院子里走。寺院的灯光似乎暗了一些，但依然明亮。依山而建的寺庙，显得高大古朴幽静。院子里只有我一个人。不远处的清坞村在山峦之下露出稀稀的灯光。天有了浅白的光。这是天光，天自然而然瀑泻的光。篱笆围起来的花圃，淡淡黄。秋夜的菊花圃让院子发出静谧的光泽。我摸摸头发，有些湿湿。披一条薄被在身，我暗自哑然失笑——多像一个披着袈裟的老僧。

万福寺始建于唐代，旧称太坞寺，在清代中期，原寺庙地块被亭后倪姓大户相中，视为风水宝地，遂出资迁至夏东村清坞建万福庵。万福庵几经变迁，在近年发展扩大，建万福禅寺，成绍兴一方禅林，被列为夏履"十二盛景"之一。现存山门，保存"太坞寺"匾额；有面宽三间，清代单檐、硬山造、单层建筑。我是很少去寺庙的人，怎么今夜却独身一人，来到空无一人的院子里，独自流连？

菊花圃，让我想起了苏东坡。他写过《赵昌寒菊》："轻肌弱骨散幽葩，更将金蕊泛流霞。欲知却老延龄药，百草摧时始起花。"

苏东坡爱去寺庙寻踪觅友。僧人中，有他天涯知己，有他生死莫逆之交。苏州定慧院杂役"净人"卓契顺，随定慧院长老守钦学佛。苏迈住在宜兴，想念贬谪于惠州的家父，但家书难寄。卓契顺自告奋勇，徒步两个月，风餐露宿，走了千余公里，把家书交到苏东坡手上。苏东坡见他脚茧如豆，面如风石，留他做客半月余，手书陶渊明《归去来辞》相赠，在题跋中详述卓契顺送信经过。

道潜是苏东坡生死之交，苏东坡学佛于佛印。游寺宿寺，是苏东坡（中年及中年以后）的常事。他留下游寺的名篇《记承天寺夜游》：

元丰六年十月十二日夜，解衣欲睡，月色入户，欣然起行。念无与为乐者，遂至承天寺寻张怀民。怀民亦未寝，相与步于中庭。

庭下如积水空明，水中藻荇交横，盖竹柏影也。何夜无月？何处无竹柏？但少闲人如吾两人者耳。

万福禅寺的中庭，却无竹柏之影，也无月华空明。茶舍侧边的檐廊，却树影摇曳。檐廊之外，是一座池塘。天光如蝉翼，如冬雪夜光反射。池塘如磨光了的铜镜。诵经堂坐落在池塘边。诵经堂闭上了厚厚的大门，诵经之声却仍然环绕于耳，嘤嘤昂昂。

回到客舍，喝了一杯热水，才觉倦怠。和衣而睡，嗓——嘟嘟，嗓——嘟嘟……不绝于耳。

笃，笃，笃。"施主，粥熬好了。"小师父在叩门。

"我已经走了一圈了。这么好的小辰光，我舍不得浪费呢。"

日已上了短竿，但风还是凉飕飕，如冰敷脸。我又问小师父：昨晚诵的经，是不是《往生咒》？

"是《往生咒》，在给亡魂超度呢。"小师父轻轻地应答。他脸瘦而狭窄，肤黑却细腻，说话有福建的口音。

"你是福建三明人吗？"

"三明人。我村里的男人，有很多人在寺庙出家。"

"《往生咒》诵了多长时间？"

"傍晚六点半开始，十点半结束。"

"很多人在诵经，无比美妙。"

"万福禅寺请了很多大师父来，给亡魂超度，要做七场法事。"小师父在前面带路，宽大的衲衣显得有些空荡荡。在大殿右边的走廊，一只鸽子在地上觅食。地上除了沙粒，什么也没有。我问小师父：这里怎么有鸽子呢？寺院有人养鸽子吗？

"香客送来放生的。鸽子在这里习惯了，哪儿也不去。"

鸽子可能在这里,有很好的吃食,肥肥的,也不飞,在地面上跳来跳去,扑撒着翅膀。我不喜欢这样的鸽子,作为鸟,它忘记了自己有翅膀,它不去呼朋唤友,也不去寻找配偶。它除了吃,就是眼巴巴等人抛撒食物。

"住持在茶舍,等你喝茶了。我带你过去。"小师父说。

"不敢劳驾师父,我自己去。"我说。他双手合十,躬身。我看着院子右边的百年老樟树,兀自说话:往生净土,往生净土,往生净土。我也双手合十。

"好雅静的茶舍。"住持正在泡茶。我说。

"茶禅一味。"住持满面红光,很有智趣。

"住持,昨晚的诵经,唱的是《往生咒》吗?诵的经文是什么?"

"诵《瑜伽焰口》,把一本经文诵完,得三四个小时。超度亡魂,驱赶恶鬼。"住持抬眼望了我一眼。

"听了一个晚上的《往生咒》,会觉得自己有通透感。有《瑜伽焰口》,我也想念念。"

说着说着,我说起了昨晚的音乐。我不懂音乐。但音乐在流入我心中,我脑海中出现了纯净的死灰般寂灭的庄严的场景。也可能在这样,所有的艺术都是进入内心的,无论是世俗的,还是宗教的,最美好的境界,如夜景,通身达魂。

"风铃一直在响,怎么现在不响了呢?"问住持。

住持笑了,把茶抿进嘴巴,说,其实风铃是一直在响。现在听不到,是因为有了人声,有了动物声,便听不到了。风铃响得很轻,夜深了听起来清脆悦耳。

和心跳声是一样的。我心想。我细细地辨听,一点风铃声也没有。我说：我听了半夜风铃，还判断不出风铃挂在哪里。

"你完全静了，心安了，风铃便响了。风铃挂在哪里，也不重要了。"

我侧脸看着窗外，见几十个大师父穿着袈裟，低头躬身，分两列往大殿慢步走。他们又去诵经了。一个大师父坐在大樟树下，双手合十，神情专注，看经书。

一辆别克商务车在院子停下来，走出一个穿短袖红汗衫的女子，很是健美。"俞伟燕。"我叫了一声。她转头笑了一下，客气地问："昨晚住在这里还好？"

"仿佛住在人间幻境里，不知自己是人间孤独客。"

"什么孤独客。快去爬山吧。"

"我收拾一下行李。"我开门背包出来，头碰上了什么。美妙的音乐发出来了："嗓——啷啷"，"嗓——啷啷"……原来是风铃。风铃原来挂在檐廊上。

"嗓——啷啷"……这是另一种钟声，万福禅寺最细微最幽深的钟声。

风声是一种纪年

　　山体高耸,拔地而起,以圆锥形往上收缩,如垛如塔,是密密匝匝的立柱。山梁绳结着山梁,如远古浩荡货队的马匹,在浙西南大地上,不知疲倦地踏阶而行。悬挂在马头的摇铃,叮当叮当,清脆,悠远,寂寞。货袋缝着故土的气息:咸鸭蛋梅干菜、黑布鞋蓝头巾、盐巴茶叶。马匹壮硕,肌腱如鼓,摇铃有马蹄踏步舒缓的节奏。驮货人戴着尖帽斗笠,扬着马鞭,吹着嘘嘘嘘的口哨。峡谷是一块长瓢状的肺,做长呼吸:呼时,云四处飘散,潮水般败退;吸时,云慢慢盘缠,黑如胶漆。肺鼓起来,瘪下去,山脊线波浪般起伏——哦,仙霞山脉是隐秘的巨型庙堂:山与山之间的坳谷,是疏疏的瓦垄;山脊线勾画出各个庙殿的立体廊檐;立柱撑起大地的高度;葱茏的森林是粘附在墙壁上的苔藓,那么幽静,雅致;丽水盆地是庙前的空地,钟声从这里播向天宇。

　　一条江把庙堂围拢。江是乌溪江,带来日出,也带来日落;孕育芽胚,也霉腐枯叶。

乙亥年三月末,我进入仙霞岭山脉。从遂昌县城出发,中巴车在崇山峻岭间弯来绕去,像一条墙根下的蜈蚣。出发之前,我并不知道自己要去哪里——去的地方,我不喜欢事先知道——这让我有了在迷宫行走的错觉感。山在峡谷两边拉斜,茂密的植被板结了初春浓郁的色彩。山坡上的杜鹃花,一蓬蓬,娇艳欲燃。野山樱从绿树丛中,突兀出来,花色虽将尽,仍白白一片堆积在枝头。峡谷慢慢收拢,山峰陡立。一条大江在峡谷中静静流淌。我怔怔地看着窗外翠绿的溪流,竟然失语。大江流淌得过于安详,过于专注。

临近中午,到了一个江边小镇。在桥头,我下了车。我在一个木头指示牌上,看到了三个字:王村口。小镇依江而建,两岸屋舍如春季的荒野蘑菇,古朴生动。河岸筑起了高高的石墙,收窄了河床。河床清瘦,裸露的河石被河水磨圆。江水撞击着河石,有了哗哗哗的奔流声,击出飞溅的水花。我站在桥沿往下看,水珠被风扑打在脸上。水珠清凉,沁人心脾。桥是木廊桥,有些年代了,桥墩柱长了稀稀的地衣植物。一对情侣在桥上照相,以江为背景,扶着栏杆,满眼春色。我想,他们也该是这个镇子里的陌生人,如我一般。廊檐往桥身两边斜,斜出残月,此时没有残月,斜出一轮橘色的太阳。岸边人家临江的院子,梨花开过了屋顶,白灿灿,粉团粉团。篱笆外,高高的黄檫树,杏色的花簇拥。乌溪江从弯曲的山弯口转过来,直流,形成一个江滩。江滩黄白色,是河沙反射阳光的颜色。我扶着栏杆,看着看着,便过了江,进了村舍。

我不知道这个村舍,何时从何地迁居而来的。从村子的体量看,至少在元代这里就有了人烟。村子像一把篦子，篦针是一条条巷子。巷子狭窄，铺着旧年的石板。巷子的格局，大多相同。巷子两边的屋舍，也大多相同：三层半，斜屋顶，小开门，屋后是院子。巷子一直往里深，最长的巷子沿石台阶而上，逼仄伸到山边菜园。在深巷里，依然可以听见江水声。江水声像一辆马车，车轴咿咿呀呀，木轮子压着石块，轻微地晃荡。我站在山边颓圮，四处瞭望，青山如笔，骄阳欲燃，油桐花开满了低处的山冈。落户江边最早的村民，姓王。乌溪江随王姓，遂名王溪。村处江口，随村名叫王村口。

在没有公路的年代，这里是偏远的森林村落。偏远，但不会闭塞。乌溪江发源于九龙山，收集了仙霞岭山脉的雨水，浩浩汤汤，一路向西北，再向东南，流入衢江，汇于钱塘江，注入东海。先民坐上竹筏或木排，带着茶叶、香菇、木耳、棕皮等山货，顺江而下，换回海盐、布匹、陶器。在巷子里，我看到青石的门框上，都悬有"××门第"的匾额。顺江而下的先民，见过书声琅琅的书院、繁忙的酒肆、斜窗的花楼、雕花门楼的钱庄、温软款款的绍兴戏，他们把这些带了回来。他们在乌溪江两岸建码头、修戏台、兴书院、开客栈、筑天后宫，于是有了村镇。王村口成了乌溪江流域的旅人安歇地。货物在这里集散。王村口成了闽北与浙西南人员南来北往的古道驿站。明崇祯年间（1628—1644），曾立防御厅于王村口，清代亦设驻防署。山区村镇进入朝廷的视野。

码头不一定大，但一定高，河石砌垒的石阶，一级一级往下伸，伸进了泱泱的江水里。山中驮货的马，放养在山边，送货人把麻袋里的山货，一袋袋卸下来，送到收货铺。货物随江水走，江水流到哪儿货销在哪儿。送货人回到了更深的山里，也有不回去的送货人在客栈认识了江边的姑娘。他把马拴在姑娘院子里的梨树下，随姑娘去垦荒，种田，采药。

峡谷纵深百公里，江水也延绵百公里。山脊线有多长，江水便流多长。仙霞岭山脉是武夷山山脉北部余脉，横贯闽北浙西南，毗连赣浙交界的铜钹山山脉。武夷山山脉是南方大地盘卧的苍龙，仙霞岭山脉是苍龙腾起时露出的一片龙爪。墨绿色的龙爪，深深嵌入浙西北大地。海啸喷出海浪一样的山体，并不落下，而是板结。延绵有致却相互交错的山梁被乌溪江绑在一起。

从村东出来，过宏济桥，转入一条极富文创特色的小街。小街呈镰刀状的弧形，铺了薄青砖步道。沿街的屋檐挂着红灯笼和平安结。灯笼有电脑刻字：酒。白底黑字。飘展的旌旗插在门框。旌旗也有电脑刻字"××黑茶"或"××佳酿"。或许是正午，街上并无其他游人。摆在街边的小花钵，栽了各种小植物，有的开花（如映山红），有的抽叶发芽（如蕙兰），有的依然焦枯（如美人蕉）。我进了一家器物店，卖蓑衣、斗笠、草鞋、竹篮盒、竹水桶、竹果盒、牛口罩。店无人看守。我唤了两声："老板，老板。"隔壁房子里出来了一个穿布鞋的男人，戴着深度近视眼镜，脸有微红，手上拿着酒杯，说："有标价，不还价"。这些器物无实际使用价值，只是对乡村的一种缅怀。我看了看草鞋，可能是潮气过甚，少部分草鞋已经发霉，长了花花点点的小霉斑。

小街转上来，便是公路。集镇上的公路，也是街。街上开了林林总总的店铺，卖鱼的、卖羊肉串的、卖电器的、卖花苗的、卖散装中药的、卖豆类制品的、卖瓷砖的。小餐馆里，一伙人正在高声划拳，烧菜的妇人翻抖着铁锅，菜在锅上，抛上去，落下来。落下来的时候，铁锅发出嗞嗞嗞嗞的热油声。

乌溪江的流淌声，还是那个调门，哗哗哗哗。江边的人，习惯了这样的流淌声。太阳正悬，我的脚踩在自己影子的头上。我买了两个面包，往嘴里塞。确实饿了。作为低血糖症患者，吃是第一等大事。

离王村口不远的下游小村，路边停了二十多辆小车，在农家乐吃特色菜。河面宽阔。村头的江滩有零星的油菜花，金黄金黄。大多数的田畴爬满了鹅肠草。

仙霞岭山脉发育了众多的河流。武夷山脉如大地之树盘虬的主根，仙霞岭山脉是主根缠绕的根须，远比五府山山脉、铜钹山山脉、黄岗山山脉更粗壮，更延宕。在赣浙闽交界之处，它伸展四肢趴窝下来，鳞光闪闪。它的南部发育了南浦溪，成了闽江之源和主要支流；东部发育了龙泉溪和松阴溪，翻腾而下，向东，成了瓯江的主要支流。八百里瓯江入东海，通往滔滔水世界。瓯江口是继长江口、黄河口、珠江口、钱塘江口的第五大江口，帆船如织，群鸟翩翩。北部则发育了乌溪江，是衢江之源。

乌溪江向西而流，水卷着水。我举目四望崇山，有了错觉，误以为乌溪江向西再向南，经松阳，过龙泉，如瓯江。其实不是，而是向西再向北，直接注入衢江。而我一直不知道仙霞岭山脉分水的山岭是哪一座山梁。

王村口是乌溪江的一个村镇。乌溪江有许多这样的村镇。村镇的生活形态也大多相同。不多的梯田围在低矮的山坡上，白菜和萝卜开始开花，作为一季的菜蔬，它们已终老。我又转到宏济桥，靠着护栏，看着溪流。溪潺起翻白的水花，白茫茫的水面给我单调往复的感觉。桥下，溪流冲击出了深潭，水变得平静，发绿，浮游着一群鳞光斑斓的鳑鲏。一个老人在桥上晒萝卜，萝卜条缩皱，黄黄的。老人用手搓萝卜条，反反复复搓，搓出不多的盐水。他身上浅蓝的衬衫，有些蓝白，被溪面涌上来的风，轻轻撩起。

确实是这样，在一条溪流的奔腾史里，一个村镇，不需要明细的纪年。某年某月某日，发生某某事，于溪流而言，没有更大的意义。一个人的出生，一个人的故去，是一种纪年方式；一座桥的兴建，一座桥的倒塌，是一种纪年方式。雁南雁北是一种纪年方式，水涨水落是一种纪年方式。

来乌溪江之前，我不懂这个道理。

在溪边，听着水流声，听久了，便觉得那不是水流声，而是山道上的摇铃，在当啷当啷。驮货人戴着瓜皮帽，低低地哼着只有他自己听得懂的山歌，码头上的摇铃不紧不慢地摇响，如草叶上溜走的风声。

风声是最细腻的纪年，刻在每一个人的额头上。

夏日星空

云勾画出了黄昏的肖像。云是桃花色的,薄薄的一层,自东向西飘浮。太阳是一个穿着红袍的醉汉,晃着脚,下了山梁,天色被水洗涤。厚一些的云层出现了紫黑色,镶着金边。原野静穆了下来。

红光消失,云絮散开,雪绒花一样飘着。山峦有了虚影,青黛色。天空更加高阔,呈拱形,罩了下来。风凉飕飕,吹得草叶簌簌作响。云絮被风纺织,一缕缕的线纱再一次被漂洗,洗得更白,水淋淋,一滴滴地滴下来,凝结在草叶,晶莹剔透。遇见晚露的人也将遇见星辰。天空完全空了,只剩下无边无际的瓦蓝色。

西边山梁之上,爆出了第一颗星星,白光四射,银辉闪闪。那是金星,也叫长庚星。浩渺的穹宇,长庚星如孤鱼。它像一个披雪晚裤的人,在唤醒沉睡中的星群,唤醒虫鸣。

夏日傍晚,我一个人走到田畈与河边,在空阔无人的地方,坐在路边石头上,抬头望着天——我不能错过湖泊塑造的过程——星群簇拥的湖泊,沉默如谜。

赭灰色、白灰色、蓝灰色、浅蓝色、深蓝色，我看到灵山在暮色降临和退去之时，如一块巨大的屏风竖立在盆地南边。屏风是花岗岩的群雕，耸立高悬的峰顶如美人仰卧。缓缓下斜的山坡如马壮硕的腹部。马伫立在河畔，打着响鼻，轻轻炝着蹄子，磨着空空的牙床，流着混浊的口液。马在等待骑手。盆地以南的平野，是它的马厩。这是一匹青骢马，它的鬃毛是漫山遍野的杉木林。

但我更愿意说，整个盆地是一个空空的野庙：苍穹是蓝色的屋顶，灵山是石砌的颓垣，田畈是庙殿，初升的月亮是挂在檐角的一顶斗笠，北部峡谷割出的（不规则的方形）天空是窗户。野庙沉没在湖泊之下，湖水静谧，没有波澜也没有鱼群。星光穿过深不可测的湖水，射了下来。星光荡漾，彼此交融，万古不息。

人是透明的。原野是透明的。饶北河是透明的。

世界上有两样东西，人无法揣摩透彻：苍穹和人心。苍穹令人敬畏，人心令人齿寒。苍穹令人敬畏，不仅仅因为它太浩渺太远古，穷尽我们的想象，也无法想象它的空间边界在哪里、时间边界在哪里，更因为它可以洗去我们浑身的尘埃。

月亮从古城山游出水面，带着冷冷的清辉。"它从哪里来，去往哪里？"这是人生出来的想法。我坐在河滩柳树下，仰着脸望天。后山峭立，岩崖突兀，山脊上的松树黑魆魆。而山体一片银白。山鹰呜呀呜呀地啼叫。繁星闪闪，河汉迢迢。

饶北河是一只身披鳞片的动物，从深处的峡谷爬过来，鳞片发出幽冷的光。它时不时空翻着身子，跃得高高，又落下来。它藏在树林里，藏在草洲里。它空空的腹部，吞吐着哗哗的流水。它泛起了银光。它粗壮的尾巴甩打树木、河石，在旷野发出冗长寂寥的回声。树木响起"沙沙沙、沙沙沙"的颤抖声,河风卷起,挟裹着馥郁的气息,四处奔跑。其中一缕河风,摇着梨树,似乎在说:花开有时,花落也有时。

回到院子,我坐下来,沐浴星辉。

"一个人坐在这里,像坐在寺庙里一样。"邻居见我一个人在院子里,拉过一把椅子坐下,说,"知道享受清静了,人开始慢慢衰老了。人回到了本我。"我开始烧茶。打开水缸的盖板,我怔怔地站了一会儿。

"你看什么,看得出神了?"邻居说。

"水缸里落满了星星。"我说。

水缸浓缩了圆形的天空。天空静止在水里,漂着星星。密密麻麻的星星,如一粒粒白米,泡得发胀。我把水勺伸进水里,揿水上来,缸里的水轻晃。天空也轻晃,星星也轻晃。我发现,星星是一层层分布的,错落有致。

"人是等老了的。"邻居说。

"怎么这样说?"

"天麻麻亮,我等太阳上山。太阳上山了,天太热,热得让人受不了。我躲在地下室打瞌睡,等太阳下山,去水库游泳。游泳回来,我等月亮上山,睡个凉快觉。等着等着,一天过去了,一个夏天过去了,一年过去了。月亮上山一次,就切走了一天。月亮切走了的,不再属于我们,找也找不回来。"邻居说,"这个问题想清楚了,也就没什么事让我急躁了。"

"这就是缸里的水,喝了一缸,又注满一缸。"

院子的矮墙下,油蛉在叽叽叽叫。虫鸣加深了夜晚的寂静,如星光加深了夜晚的黑暗。黑暗飘浮在星光之中。邻居走了。我还坐在院子里，仰着脸。月光落在我脸上，星光也落在我脸上。天空没有了虚遮的幕布，星星暴露无遗。我看见的星空，和我童年的星空是一样的。星空离我只隔一层视网膜的距离。石榴树的叶子，像一只只熟睡中的黑斑蝴蝶。我听不到蝴蝶的呼吸，也看不到蝴蝶美丽的斑纹。月亮倒像一只受伤的白鸽子，抖动着翅膀，树枝摇晃，落下纷纷的羽毛。似乎我伸出手，就可以把白鸽子捧在手上。我觉得我依然处于童年，和山峦一样生机勃发。

想起一次夜行的经历。那时我还是个十三岁的少年，去郑坊中学读书，因家中没有时钟，也不知道夜深几点。我看见窗外亮得如同白昼。我背着书包，走沙石公路去学校。正值棉花盛开。白棉花缀满了棉树，棉田连绵。我是个胆小的人，从不敢走夜路。但那个夜晚，我丝毫不害怕。白白的砂石路，笔直地把田野分出两半，路边的绿化林是两排小白杨。小白杨高高扬起，树叶半黄半绿，被夜风吹得唰唰唰响。棉花开，大地也蒙霜。田埂上的草叶，白霜蒙得厚厚的。月亮一直在中天，水汪汪的，淡黄色，山峦清晰可见。

一路上，我没遇见一个人。田畈里，也没看见一个人。我一个人在走，沙子在脚下，沙沙沙地响。走了四公里，到了学校，操场上没有一个人。这是我见过的最安静、最白亮的夜晚。我也一直没有忘记过这个夜晚。白，覆盖了所有的色彩。星星，一颗比一颗更硕大，更饱满，更剔透。那么多的星星，比人间的人还多，比沉睡的人更沉默。它们繁杂有序，它们只顾着发光，交相辉映。

无论是月光，还是星光，从天上来到地面，怎么下来的呢？

不是照下来，不是射下来，也不是泼下来的，而是罩下来。地面上的光，多么匀细，如细雨般浇洒。光来到地面，不是一束束，而是整个光圈罩下来。年少时，我以为星星是没有重量的，月亮也没有重量，它们是天空虚拟出来的。星宿停留在天上，停留在空无一物的地方，为什么不掉下来呢？它们没有翅膀不会飞，它们没有鱼鳍不会游，它们只有一团光。

当然，不是所有的晚上，都会有星光。天空黑得如同地窖，盖了厚厚的云层。没有星光的夜空，如一张黑兽皮。没有星光的夜空不是星光死亡了。星光永远不会死亡。这时，我们需要等待，静静地等待云层散开、变薄，云翳被风吹走，让星光再次来到人间。是的，星光是多么柔弱，像病树上的花。云海是多么广阔，遮住了光所要去的地方。

有人见过星光死亡吗？有人见过星空死亡吗？没有。星光是多么坚韧，它一直照彻在云层空出的地方，它毫不犹疑地出现。

星光为什么晚上来到人间，让我们夜思？《古诗十九首》有诗言："河汉清且浅，相去复几许。盈盈一水间，脉脉不得语。"银河复迢迢，也只不过是盈盈尺水。夜思改变了空间，也改变了时间。

照彻之下，原野朗朗。露水是大地最透明的一盏灯。星光点亮了露水，点亮了夜莺的眼睛。大地褪去了白日的人声、燥热。我们在安睡。不归的人，去了远方。回到家里的人，匍匐在一盏摇曳的灯下。我们在窗下，轻轻地说话。白鹭在高大的樟树上，耷拉着脑袋瞌睡。蝉突然"吱呀吱呀"叫一声，便被蛇吞食了。促织"叽叽呤叽叽，叽叽呤叽叽"低吟。这是星夜的合唱。作为虫，它们不可能活过11月。它们不想再苟活,它们不知疲倦地唱:叽叽吟叽叽……

虫鸣的协奏曲,在原野环绕。我常迷惑,我离人间有多远?我离人间有多近?我想起唐代诗人张九龄的《望月怀远》:

> 海上生明月,天涯共此时。
> 情人怨遥夜,竟夕起相思。
> 灭烛怜光满,披衣觉露滋。
> 不堪盈手赠,还寝梦佳期。

月照的地方,即天涯。或者说,月就是天涯。我看到的月亮也是张九龄看到的月亮。张九龄的天涯,也是我的天涯。月越白,天涯越远。有月的夏日晚上,我喜欢一个人在院子里坐,或者一个人从路桥溪边,慢慢地走向田畈深处。山慢慢向田畈围拢过来,饶北河向田畈围拢过来。田畈向我围拢过来。这个时候,我想,我的面目是异常洁净的,眼睛也是洁净的。明月照我,我也照明月。万物友善,清风温柔——我获得了从未有过的恬淡。

照在我们身上的星光,来自哪一年?照在我们身上的月光还照过哪些人?斯年流水。斯人远去。我们抬眼望星空,广远无边。而大地之上,千古荒凉。或许过于荒凉,常有古怪之事发生。

在朗月之夜,盆地常见鬼火突然冒出来。鬼火即磷火,是磷自燃时发出的光。光幽蓝色,随风而舞。常冒鬼火的,有几个地方:农场、景宁冈、石壁底。冒鬼火的地方,大多是乱坟冈。上个月(庚子年五月),晚上八点多钟,茅坞门突然冒出鬼火,吓得散步的人魂飞魄散，鞋子跑掉了也不敢捡。"看见鬼火，不能叫出来，不然的话，鬼火跟着人跑，把魂摄走。"村人说。村人大多迷信，不知鬼火就是磷火。我当时在义钦的院子与人谈白。几个妇人惊慌失措，跑回来，满头大汗，说，鬼在抬轿灯了。"昌林的爸爸和炎哥，年轻时上山偷木头，在景宁冈经常看见鬼火，他们还去追鬼火呢。哪有鬼抬轿灯的事。"我说。其中一个妇人，斩钉截铁地说："月光把鬼勾出来了。谁敢说没有鬼？有鬼，就有鬼火。"

我没看过被月光勾出来的鬼，但我看过被月光勾出来的少年。

有一次，我在楼上看书，听到有笛声从田畈传来。笛声并不很悠扬，有几处节奏还吹乱了。但我听得出神。我推开窗，月色如华，田野白白一片。我不知道吹笛人是谁。星空如蓝绸，落满了珍珠。星光如钟声，在旷野飘荡。笛声时高时低。我似乎感觉到气流在振动笛膜。我想，那个吹笛人，有着被星光注满的心灵，他的眼睛也储满了月色。他的内心，有一个不被人发现的星空。我下了楼开了门，去找吹笛人，我想知道他是谁。在一棵梨树下，我停下了脚步。我看见吹笛人站在短桥上穿着棉白汗衫，微微昂着头，笛子横在唇边。我反身回来了。吹笛人是一个少年，他不被万物所惊扰，只有月色配得上他，他的心和大地一起脉动。

被月色浇灌的人，都是内心藏有短笛的人。

据说，在月亮即将西沉时，乌鸦会对着月亮啼叫，叫声哀怨凄凉，故称乌啼。但我没有听过。月亮西沉，是盆地最寂静的时刻。虫此时已不鸣叫了，蛙也不鸣叫。天尚未翻出鱼肚白，大地还没醒来，鸟儿还在打盹。唯一的声音便是流水声，叮叮咚咚。

满月在中天，是月色最盛的时候，月如奶酪，光如流瀑。有很多动物会对着月亮叫：野山兔坐在草丛，对着月亮，"呢呢呢，呢呢呢"；夜鹰站在枝头，"呜啊啊，呜啊啊"；蛇盘在石块上，昂着头颈吐出信子，"咝咝咝"；村里的狗一阵狂吠，像迎接客人"汪汪汪"。

据说，北归落单的孤雁，会朝着月亮的方向飞，一直飞，奋力地举着翅膀，如海上孤帆。在孤雁的眼里，月亮离它并不遥远，它可以追寻着月亮的轨迹，去往自己出生的地方。它飞着飞着，耗尽了体力，落了下来。我怀疑故事的真实性，因为失去了科学性。鸟迁徙，可依据地球磁场、气流、星际图像、山脉走向导航。我看过一个报道，说澳大利亚科学家大卫·基耶斯经研究发现，鸟类内耳有一种含铁的球体蛋白细胞，数千个细胞组成了小铁球，可以帮助鸟听到声音，可以敏锐感知地球磁场，使得鸟按精确路线飞行。又有量子科学家研究发现，说鸟迁徙利用了量子纠缠，即使相隔千万里之遥，也能回到出发时的那个鸟巢。我无法确定这些信息的真实性和科学性。但我仍被这个故事感动：生命的旅程有着罕见的悲壮。

月光能唤起旺盛的生命意识，毋庸置疑。山麂（南方小鹿）喜欢在月色下交配，十八年蝉也在月下繁殖、孵卵、出蛹、羽化。人也喜欢在月色下谈情说爱。

夜冰似的星星，渐渐暗淡。布谷鸟叫了，天野发白。白是灰蒙蒙的白，到处都是混沌不清的影子，树影、山影、鸟影、人影。天空里的星星，集体消失，似露珠倾落。

肉眼所见，唯星空历久弥新。

第二辑 鸟鸣嘤嘤

白鹭／黑领椋鸟／白头鹎／黑水鸡／山斑鸠／乌八哥／褐河乌

白鹭

2月，南方的旷野油青，桃花开始爆蕾。时而稀稀时而稠稠的春雨，梳洗着大地。雨沿着墙根，沿着草根，慢慢汇到田畴，汇到水沟，河流上涨。鱼斗水而上，逐浪飞波，寻觅草丛产卵。天晦暗又阴潮。石板上，屋檐下，黝青色的苔藓水汪汪。我等着惊蛰这个节气到来。惊蛰，带来了春雷，也带来了万里之遥的白鹭。

白鹭，是南方核心的写意符号之一。如北方的雪。没有白鹭，南方还能称为南方吗？它们一行行地书写，把大地的原色书写在蓝天。它们是河流的缩影，是湖泊的代名词，是草泽的别称。它们以"人"字的队形，掠过我们头顶，嘎嘎嘎，叫得我们驻足，仰望它们。白鹭是奔跑在空中的白马，是河边的翩翩少年。白鹭是梨花也是桃花。白鹭是青青禾苗，也是细细柳枝。白鹭是河面飘过的《茉莉花》，也是树林深处的《生佛不二》。

在春寒料峭的雨日，我等着白鹭来。白鹭飞过南方葱茏的开阔田野，会把我从房子（房子是肉身的另一种囚牢）里提出来，领着我走向自由的无边世界。我追随着它，戴着雨水打湿的斗笠，去芦芽抽叶的河边，去翻耕的泱泱水田。

白鹭飞，鳜鱼肥，莲藕泥里发芽，山樱始华。"两个黄鹂鸣翠柳，一行白鹭上青天。窗含西岭千秋雪，门泊东吴万里船。"杜甫喜不自胜。他一生漂泊，关心民间疾苦，诗作多为沉郁顿挫，少有清新明媚之作。公元763年，"安史之乱"得以平定，之后杜甫回到成都草堂，春风扶摇，翠柳依依，黄鹂啼鸣，白鹭斜飞，信笔落墨。

鸟的舞姿，鸟的啼鸣，都是天籁之美，给人喜悦。

在千余年之后，我重读这首《绝句》时，作为一个土生土长的南方人，我又获得了自然知识：柳树吐绿时，白鹭在南方翩翩飞舞；白鹭群居生活。假如杜甫看见二十几万只白鹭栖息在一片树林里，他又会写出什么样的诗句？

数十万只白鹭，那该有多么壮观？我看过这样的场面。

南昌西北郊新建区的象山森林公园，属于丘陵和湿地交错地带，比邻鄱阳湖，地势平缓，山塘众多，湖滨虾螺丰富。每年3月初，便有白鹭遮天蔽日，迁徙而来，筑巢、孵卵、育雏，在这里无忧无虑生活。

我在象山野生动物保护站得知，鹭鸟是鹳形目鹭科鸟类，在1980年代开始来到象山，一年比一年多，栖满了树梢，在1989至1993年达到繁盛时期，据鸟类观察家监测，最多时，达六十余万羽，计十二种；象山森林公园是全世界最大的鹭鸟栖息地之一，有九种鹭鸟常年来到这里繁殖，最多时，有十四种鹭鸟来此安居。

鹭鸟是涉禽，常见的鹭鸟有大白鹭、中白鹭、小白鹭、黄嘴白鹭、岩鹭、夜鹭、草鹭、池鹭等。鹭鸟去沼泽地、湖泊、潮湿的森林和其他湿地环境捕食浅水中的鱼虾类、两栖类动物。春天，正是稻田里秧苗旺长的季节，几十万鹭鸟落在稻田觅食。

惊蛰，古称"启蛰"，是二十四节气中的第三个节气，干支历卯月的起始，标志着仲春时节的开始。农谚说"惊蛰麦直""惊蛰，蛇虫百脚开食"，惊蛰到了，三麦拔节，毛桃爆芽，杂草返青，百虫苏醒开食，开始有雷声和蛙鸣。《月令七十二候集解》："二月节……万物出乎震，震为雷，故曰惊蛰，是蛰虫惊而出走矣。"李善注引《吕氏春秋》时说："闻春始雷，则蛰虫动矣。"从这一天开始，气温上升，土地解冻，南方地区进入春耕季节。桃花开，鱼虾肥。

惊蛰后的第三天，第一批鹭鸟来了，呼呼呼，驱赶着惊雷，云一样盖过来。满天空都是呱呱呱的鹭叫声。到了象山森林公园，鹭鸟便一直在森林上空盘旋，呱呱叫。

这是一片郁郁葱葱的开阔树林，平缓的林面像轻微起伏的湖泊，墨绿色，散发杉木油脂浓郁的芳香。

这一切，从万里之遥而来的鹭鸟最为熟悉。树林的颜色，树林的气味，树林的形状，网纹一样，烙印在鹭鸟的大脑里。鹭鸟有关节气的记忆，与生俱来。第一批鸟来，它们并不急于在树林里过夜，也不急于选择林地。它们在杉林上空盘旋，在林子里面来回飞，起起落落，在树上跳来跳去，拍打着翅膀，亮开嗓子叫。在象山森林公园飞了两天，鹭鸟最终确认，树林没有毁坏，林子里没有网。鹭鸟似乎在说：这片林子，和去年的林子一样，适合安居，食物丰富，生活平安。

来的第一批鸟，至少万只。它们找到了去年筑巢的树，那些树依然冲冠而上，蓬松婆娑，枝丫欣欣向荣。大部分鹭鸟，都是在这里出生的，这是它们的故园，是它们在遥远他乡日思夜想的故土。这里有它们的食物，有它们的天空，有它们的壮阔的湖滨。

最后一批来到象山森林公园的鹭鸟，在惊蛰之后的第六日。二十万只鹭鸟，在近七平方公里的森林，安歇了下来。浑身雪白的白鹭像羽扇纶巾的公子，绿色羽毛的池鹭像穿袍服的高雅贤士，黄色的草鹭像隐居在乡间的隐者，麻色的麻鹭则像个道姑，苍鹭像翩翩俊俏的公主。

相较于数量庞大的鹭鸟群，森林面积不算大，甚至可说，它们是挤在一起的。但它们从不争夺营巢之地。各类鹭鸟选择不同的树林片区营巢，分片栖息：麻鹭灰鹭在东片林，白鹭在西片林，池鹭与草鹭在南片林。夜晚降临时，树梢上，白鹭如群星闪闪。它们在森林里，婀娜多姿，翔舞翩翩。

我国有鹭科鸟禽二十种，其中白鹭属最为珍贵，也是鹭鸟中极美的一种。白鹭属共有十三种鸟，其中大白鹭、中白鹭、白鹭（小白鹭）和雪鹭四种鹭鸟体羽皆全白，通称为白鹭。白鹭也叫白鹭鸶、白鸟、春锄、鹭鸶、丝琴、雪客、一杯鹭，乳白色的羽毛像白色的丝绸，覆盖全身。繁殖季节有颀长的装饰性婚羽，在东方的古代礼服和西方的女帽上，被用作贵重的饰物。

白鹭站在田野里，扬起长颈轻啼，长长的脚支撑着雪团似的身子，确实很优雅，像修道院里穿白袍的修士。

白鹭的美，让人震撼。从美学上，它代表东方古典美学的审美标准：纯洁，近乎留白的虚化，高蹈，静中有动，虚实相生。当白鹭突然出现在油青的旷野，会一下击中我们的内心——南方田园油画般的静穆和空灵。

白鹭也因此一直"飞"在我们的古典诗词里。南北朝时期的诗人萧纲写过《采莲曲》：

晚日照空矶，采莲承晚晖。
风起湖难渡，莲多采未稀。
棹动芙蓉落，船移白鹭飞。
荷丝傍绕腕，菱角远牵衣。

莲蓬熟时，正是白鹭幼雏试飞的时候。莲塘多鱼虾多蜗牛，白鹭啄食，养肥身子，以便继续往东迁徙。

唐代诗人张志和写的《渔歌子·西塞山前白鹭飞》，却是另一番景象：

西塞山前白鹭飞，桃花流水鳜鱼肥。
青箬笠，绿蓑衣，斜风细雨不须归。

桃花初开，鳜鱼产卵，南方细雨绵绵，正是白鹭初来西塞之时。在诗人眼里，白鹭不单单是美景，还是田园生活的积极写照。

宋代诗人丘葵写了一首《白鹭》：

众禽无此格，玉立一闲身。
清似参禅客，癯如辟谷人。
绿秧青草外，枯苇败荷滨。

口体犹相累,终朝觅细鳞。

把白鹭比喻成禅客,是他自己的另一个形象。丘葵成长于南宋末年,社会动荡,笃修朱子性理之学,而终生隐居,不求人知,长期避居海岛。明代的著名方志学家黄仲昭在《八闽通志·卷六十七·人物·泉州府》中说:"丘葵,字吉甫,号钓矶,同安人。风度修然,如振鹭立鹤。初从辛介叔学,后从信州吴平甫授《春秋》,亲炙吕大圭、洪大锡之门最久。时宋末科举废,杜门刻志,学不求知于人。"白鹭高洁,飞翔在湖泊村野,栖于高枝,是自由、纯洁、高贵的象征。

在南方,鹭鸟是常见的夏候鸟。在田野,在河边,在湖滩,它们三五成群,低空飞,孩子一样戏水,甩着长长的鸟喙,掠起翅膀,嘎嘎叫。晚歇时,夕阳已落山,暮气垂落,天空稀稀澄明。鹭鸟贴着山边归巢。

鹭鸟初到象山森林公园,雄鸟开始求偶。呱哇,呱哇,呱哇,雄鸟的叫声特别响亮,像街上吹口哨的青年。雄鸟边飞边叫,在秧田觅食也叫,探出尖尖的头。鹭鸟只有在求偶时,才会叫个不停,嘎嘎,嘎嘎。因为爱情,它们有了海潮般涌动的激情,如潮汐,在月下哗哗作响,浪奔浪涌。早晨、晚上,树梢上、湖滨,扑扇着翅膀跳舞。它的脚细长,翅膀张开,像涨满了风的船帆。雌鸟也跟着跳舞,浑身颤动,像初恋的少女。

鹭鸟求偶期一般是一个月,之后便是营巢、产卵、孵卵、育雏。巢大多营造在杉树、樟树、枫树、槐树等树的高枝之上,无高大树木时,也营造在偏僻无人的岩石高处。巢用枯枝搭建,浅碟形,结构简单粗糙，巢体比较大。"夫妻"共同抱窝，卵淡蓝色或绿色，壳面光滑细腻，卵体较大，椭圆形两头圆尖，和麻鸭蛋差不多。

一只鸟抱窝，另一只鸟觅食，相互交替。抱窝近一个月，幼雏出壳，毛茸茸的脑袋从壳里露出来，探出毛茸茸的身子。白鹭破壳，绒毛便是雪丝般的乳白色。育雏需要两个月，一只鸟护巢，另一只鸟觅食。雏鸟食量大，鸟爹鸟妈整日来回奔波，四处觅食。

鹭鸟有"覆巢"的习性。巢期生活约一个月，小鹭鸟试飞了，鸟爹鸟妈把鸟巢掀翻，不让雏鸟窝在巢里。"父母之爱子，必为之计深远。"鹭鸟如人类智慧的父母一样，懂得生之艰难，为子女做长远打算：没有练就一双坚硬的翅膀，飞不了远途。在6月中下旬，每天有数万只小鹭鸟在试飞，扑棱棱从树梢上跌跌撞撞地起飞，摇摆着身子，晃着晃着，纸飞机一样飞。第一天，飞十几米、几十米；第二天，飞百余米、几百米；第三天，飞千余米、几千米。

是的，鸟的生命在于飞翔，在于征服遥远的旅途。

覆巢那几天，有些雏鸟还不能熟练飞，哪怕飞几百米远。雏鸟举起翅膀，拍几下，落了下来。在没有人看护的情况下，落下来的雏鸟基本上落入其他动物口中，或活活饿死。它们回不到枝头，觅不了食，也不被喂食。鸟爹鸟妈眼睁睁看着它们，乱拍翅膀，做最后的挣扎。

肥美的湖滨，把雏鸟养大了，养肥了，它们会飞了，翱翔在蓝天下。但它们暂时还不会离开象山，还要继续觅食。因为更远更艰难的征途在等待它们。它们将去南粤，做最后的休整，再飞越高山大海，去往渺渺的异乡。

秋分这一天太阳到达黄经一百八十度，开始昼短夜长。《月令七十二候集解》："八月中，解见春分""分者平也，此当九十日之半，故谓之分"。分就是半。秋分有三候："一候雷始收声；二候蛰虫坯户；三候水始涸。"秋分后阴气开始旺盛，不再打雷；天气变冷，小虫蛰居土穴；天气干燥，雨水变少。农谚说："白露早，寒露迟，秋分种麦正当时。"繁忙的秋种，已开始。虫惊，为惊蛰；虫蛰，为秋分。这是一个生命周期。万物轮回。在这一天，鹭鸟远飞，离开象山，在南粤短暂休憩，继而继续南飞，度过寒冷的冬天。

白鹭悉数离开南方。它们依时而来，依时而去，像大地转动的时钟。

黑领椋鸟

二楼办公室右窗下有个院子，栽有两棵柚子树、一棵枣树、一棵枇杷树、一棵石榴树。原来还有一棵梨树，移栽一年后死掉了。杂工孙师傅说，清扫了的鸡鸭粪，堆在梨树下，咸死了梨树。树怎么会被鸡鸭粪咸死了呢？我不解。"家鸭粪含盐量高，树怕盐，当然死了。人吃多了盐，也会死，何况是树。"孙师傅说。

"院子里，这几天常常有两只鸟来，咯哩哩咯哩哩，叫得好快活。也不知道它们为了什么事，这么快活。"孙师傅在给鸡鸭拌糠饭，手上搅着木勺子，低着头，对我说，"也不知道是什么鸟，以前没见过。"

我正在院子里修剪石榴树，5月骑着流水的白马来了，石榴即将开花，再不修剪枝节，枝叶过密，透不了风，石榴花开不出来。我说："鸟长得怎么样我都不知道，哪知道是什么鸟呢？"

拌完了糠饭，孙师傅去埠头买鱼了。埠头有五六个卖鱼人，提着鱼篓，装着满满的鱼，摆在一起等人买。埠头有五六条搁起来的麻石条，卖鱼人坐在麻石条上，杂七杂八地聊天，抽烟。我修剪好了石榴树,再修剪枇杷树,修两棵粗粗矮矮的栀子花,又给蔷薇、水仙、茉莉浇水。

"你说的两只鸟,是白头黑脖子,鸟毛有黑有白有褐的吗?"孙师傅买了鱼回来,在厨房里杀鱼。我问他。

"你看见了?是那两只。"

"看见了。我浇水的时候,它们站在瓦屋檐角,翘着尾巴叫。是黑领椋鸟,土名叫黑脖八哥。这种鸟好聪明,会学人说话。"

"鸟说人话,太恐怖,和人说鸟话一样恐怖。"

"没训,怎么会说人话?"

下午,我搬了一把椅子,坐在办公室看书。窗户和枣树、柚子树差不多高。院子外是菜地、坟茔和几块稻田、橘子林。我拿一本普里什文的《大自然的日历》,摊在双膝上。一对黑领椋鸟去田埂衔草枝,5月初的田野,还没翻耕,稀稀的紫云英吐出妍紫的花朵。黑领椋鸟衔干稻草,衔干枯的扫帚草。它把扫帚草啄成两截。它长长有力的喙尖,嘟嘟嘟,扫帚草从中间断开,它叼起断下的一支,呼噜噜飞走,飞到枣树中间的枝丫上筑巢。黑领椋鸟站在田埂的石块上,"咯哩哩"叫几声,啄草茎,啄断了,衔起来,回到枝丫上,溜着眼,四周望几下,把草枝横在丫口。我看了时间,它衔一根草差不多要五分钟。草是短短的白茅。白茅已油青,抽着青叶,茎灌着浆。

枣树有三米多高,还挂了两个旧年的雀巢。小山雀和麻雀都喜欢在枣树上筑巢。白鹡鸰也在枣树上筑过巢。柚子树和石榴树,也有鸟来筑巢。黑领椋鸟在院子里筑巢,我还是第一次见。

看书，不如看鸟衔草筑巢有趣。鸟像赶工建房的乡民，挑沙运石搬砖扛木料，一刻也不得闲。

晚上吃饭，我对同事说："那两只鸟在筑巢，它们要在枣树上安家了。""4月、5月，鸟筑巢的季节，鸟要找一棵适合筑巢的树，和我们找一块地皮盖房一样难。它找到小院里的树，是树的福分。有些树长了几十年，也没鸟筑一个巢，那不是树，是木头，枉费了枝枝叶叶。"孙师傅说。

"你这是歪理。树有没有鸟筑巢，怪树什么事？鸟喜欢在哪棵树筑巢，鸟自己选。树又没叫鸟不要来。"伙房做事的张阿姨用筷子敲敲碗边，哈哈笑起来。

"你笑什么，和你说不清。你见过枸骨树、皂角树、石楠有鸟窝吗？枸骨皂角刺多，鸟飞进去，全身刺出洞。石楠花臭，鸟也待不住。鸟筑窝，要避着风又要透风，进出方便，找吃食容易。"孙师傅白了张阿姨一眼。

"我不懂怕什么。你懂就可以。"

"鸟是建造大师，也是风水大师。枣树上筑巢，当然理想。过半个月，枣花开了，昆虫多，随口吃吃，都是美食。"我说。

这段时间，事太多，没顾得上去小院子走走，更没留意到院子里的"来客"。鸟孵卵育雏的季节，我不应该忽略。隔着窗户，我可以清晰地看见窗外的几棵树。每天早上、中午、傍晚，我在窗户边站十几分钟，看黑领椋鸟筑巢。

天开亮，黑领椋鸟便咯哩哩叫，在枣树上，叫得忘乎所以。它是早醒的鸟，但我没看出它在哪过夜。它开叫了，山雀也叫，唧唧唧。院子里一下子热闹了，亮堂堂。黑领椋鸟叫得花哨，叫

· 065 ·

声有些哑，有快速的颤音。叫得畅快了，它飞到田里、菜地里觅食。菜地新种了两畦萝卜芽，芽苗还没完全长出来，露出稀稀的芽头。黑领椋鸟撇着脚，在萝卜芽地走，歪着头，突然啄入松土里，叼出一条肥蚯蚓。干黄的稻草被土浅浅地压着，把菜地围了一圈。黑领椋鸟啄起稻草，拖起来，飞到枣树上。

傍晚，我去河边散步的时候，看到了二十几只黑领椋鸟，在河堤的芝麻地吃食。我略感吃惊。黑领椋鸟常十几只甚至几十只一起觅食，但在我生活的区域，黑领椋鸟并不多见。它是一种很容易辨识和让人发现的鸟，白头黑脖，嘴黑色脚黄色，翅羽尾羽有白斑，背部麻黑间杂少量白，在河流边，在山脚平原，在草坡、荒地和开阔田野栖息。它叫声花哨，羽色花哨，也叫花八哥，也常和八哥混在一起觅食。而这一带，八哥也极少见，多见的是雀和莺，及鹡鸰和鹨。黑领椋鸟和珠颈斑鸠一般大，行动迅速，边飞边叫。我往芝麻地扔了一块石头，黑领椋鸟呼噜噜，一下子飞走，飞到一棵大樟树上。

枣树丫上，堆起来的干草越来越厚，也蓬松。我也看不出巢的形状。第十七天，黑领椋鸟钻进草里，窝在里面，一个多小时也不出来。

又过了三天，草堆中间，露出一个洞，内巢像一个平置的可乐瓶。原来，它在草堆里面筑窝。

5月艳阳，毛茛急匆匆地抽叶开花，野蒜结出圆塔尖一样的苞头。偶尔的春雨稀稀拉拉。鸟巢建好了。鸟巢有小脸盆大，半圆形顶盖，像个切开的篮球。外巢毛毛糙糙，卷着稻草、布条、枯草和干枝，蓬蓬松松。丫口处，碗底圈一样大的洞，藏在草里。

鸟巢虽然大，但很难被外人发现。枣枝披散下来，一层一层如叶瀑。枣花完全开了，星星点点，从叶芽口绽出来。蜂嗡嗡嗡，翘着毛笔尖似的蜂尾。小院的初夏，石榴和柚子一并开花。石榴花如满树小火苗旺烧起来，柚子花则白如碎雪。小山雀和麻雀不舍得闲着，在树丫之间跳着，唧唧地叫，吃花籽和昆虫。

雌黑领椋鸟产卵了。5月26日，一次性孵卵五枚。两只黑领椋鸟轮流抱窝。一只抱窝，另一只外出觅食。巢口圆形，隔着窗户，可以看见巢内。巢内有五枚鸟蛋，青绿色，椭圆形，和水果西红柿一般大。

我辨认不出来，哪只是雌鸟，哪只是雄鸟。雌鸟雄鸟毛色差不多，叫声也差不多。一只鸟抱窝的时间，大约四十分钟。觅食鸟回来，咯哩哩咯哩哩。巢里鸟也咯哩哩。若觅食的鸟没有按时回来，巢里的鸟会一直叫，叫声越来越大，像在说：怎么还不回来啊，我快饿昏了，饿得受不了了。

"院子里很快会有一窝小鸟，再隔半个月，这里可就热闹了。我们的福分来了。"我对孙师傅说。

"积福。小鸟孵出来了，我得抱我孙子来看看。"孙师傅说。

第三天，午饭的时候，孙师傅对我说："你说鸟窝里五枚蛋，我数了数，是五枚，可其中一枚更大，蛋壳有麻黄麻紫斑点，壳皮是淡白色的，和其他蛋颜色不一样。"

"不可能一窝鸟蛋有两种。"我说。

"我看得很清楚。我眼睛还没花呢。"

我放下筷子，往办公室走。一只黑领椋鸟在巢里抱窝。它露出半长的喙,尖尖的,青钢色,像一根锤扁锤尖了的铁丝。白绒绒的头羽很是醒目。此外,我什么也看不见。我盯着鸟窝——即使中午不休息,我也要看清巢里的鸟蛋。我相信孙师傅的话。那显得另类的一枚蛋,很可能是寄生蛋——四声杜鹃、鹰鹃、噪鹃、雉鹃等,善于把自己的卵产在黑领椋鸟等鸟的巢穴里,由这些鸟代孵化代养。

在黑领椋鸟换岗孵卵时,我看清了,确实有一枚麻壳蛋。我查资料,比对了鸟蛋的颜色和大小,判断麻壳蛋是噪鹃下的。噪鹃有偷蛋的习性。它趁黑领椋鸟离巢之机,把巢内的蛋叼走一个,吃了或扔掉,把自己的蛋产在巢里。巢寄生出来的噪鹃雏鸟有推蛋啄雏的伤害行为,会让代亲鸟"断子绝女"。

翌日,孙师傅去埠头买鱼。闲着没事,我去看看卖鱼人。在路上,我对孙师傅说,鸟窝里,可能只会养出一只小鸟了,其他鸟可能没有成活的机会。孙师傅吃惊地看着我,吸着烟,说:"你说这个话有什么依据?好好地,怎么会只出一只鸟?"

"鹊巢鸠占,你明白什么意思吧?"我说。

"不知道。我一个割草挖地的,知道那么多干什么?"

"巢里的那个麻壳蛋,孵出小鸟后,会把其他蛋推出巢外,摔烂,或者把其他蛋孵出的小鸟啄死,或推出巢外,摔死。这是鸟的一种巢寄生现象。"我说。

"我要把那个麻壳蛋偷偷摸出来。这么残忍的鸟,我不能让它出生。孵了它,它却灭别人后代,忘恩负义!"孙师傅又点了一根烟,把刚刚吸剩的烟头狠狠踩在鞋底下。

"这是动物繁殖的一种自然现象,不存在忘恩负义。自然的残酷性也在这里。因为残酷，物种才会进化。"我说。

天燥热，熏人的燥热，烘着身子，也烘着大地。路边田边溪边开满了菊蒿花，黄黄的。树木发出的新叶，油光滑绿。院子里的两棵美人蕉，叶子一天比一天肥厚，厚得往下耷拉，卷下去。枣树的花已谢，丫节上缀满了比豌豆小的枣果。我出差两天回来，黑领椋鸟巢里的麻壳蛋没了。吃午饭时，我问孙师傅是不是摸走了那个麻壳蛋。孙师傅嘿嘿嘿地笑，说：田有稗草，哪有不拔的呢？西瓜地长野葛，哪有不割的呢？

"这是两个道理。稗草野葛影响农作物，当然清除。可鸟的生活习性和繁殖方式，遵循自己的规则，你怎么可以摸走呢？"我有些生气。在自然状态下，我们不能干预自然，包括动物植物的生命。

"鸟蛋炭火煨了吃了，我也吐不出来。明天台风来了。我们要预防一下台风，玻璃门窗要全部关紧，竖起来的杆子要放倒，花钵移到房里。几棵树，最好剪一下枝，不然被风吹断了。"孙师傅说。

台风说来就来。到了晚上，风呼呼呼，大货车压公路一样，咕咕咕，轮胎磨着路面，呼呼呼，夹带着强烈的气流呼啸。天气预报失灵——天气预报经常失灵。失灵的时候，往往是最关键的时候。我躺在床上，睡不着。风太急，关紧的门窗，被风拍得啪啪响。围墙外的一丛苦竹林，沙沙沙。我起身站在窗前，见竹林向北弯下去弯下去，弯出一个半圆的弧度。完蛋了，枣树上的鸟巢，可能被台风掀翻了。我喊上孙师傅，扛了木楼梯去院子里。风往人身上压过来。孙师傅扛不住木楼梯，我们便两个人抬着，借着路灯，脚步蹒跚，一前一后，晃着身子。

将楼梯靠在枣树上，我用一张大塑料皮包住了鸟巢，但又不敢包得太紧，便围着枝丫，用强力透明胶带一圈圈扎起来。我感到整个身子在楼梯上摇晃。孙师傅紧紧扶着楼梯，生怕我摔下来。幸好，枣树挨着房子，房子挡住了大部分强风。

到了下半夜，暴雨来了，噼噼啪啪。路灯下，雨线白白，绷得紧紧，像弦。雨珠从地面上跳起来，落下去。

清早，我去看花圃，蔷薇花被打得七零八落。雨未歇，徐徐而落，软酥酥的。山野却一片明净。看了花圃，我去办公室喝茶，见鸟巢安然无恙，黑领椋鸟缩在巢里，眼巴巴地看着外面。鸟在孵卵时，最大劫难便是台风，其次是蛇吃蛋。台风会把鸟巢整个掀翻在地，鸟蛋全碎。"覆巢之下无完卵"，就是这个意思吧。很多鸟，如灰椋鸟、八哥、红翅旋壁雀、黑眉柳莺、红隼等，喜欢把巢营在树洞、石岩洞、崖石缝隙，既隐蔽，又能躲避台风。有一种叫声特别明媚又暧昧的鸟，专吃昆虫，比麻雀小，外观和相思鸟很相似，叫棕脸鹟莺，在低山地带枯死的竹子洞中营巢，既避雨避风避热日，又干燥舒宜，还躲过了巢寄生。这样的生存智慧，无鸟可出其右。

6月7日，抱窝第十三天早上，我对孙师傅说："鸟今天可能破壳了，四天内肯定会破壳，你守着，什么事也不要干，见了破壳，你叫我来。"孙师傅嗯嗯地应着。守了一天，他也没叫我。晚饭时，孙师傅说，再守一天，人会疯的，盯着窝看，自己像个傻子。

"你还真是个傻子。窗户外，有一个鸟巢，鸟孵化破壳，我们可以直接看到，比电视上好看，更直观，这是一辈子也难以遇上的大好事。你还不愿看,是不是真傻子?"我说。

"孵小鸡小鸭,见多了,有什么值得看?是傻子才看。鸡也是禽,鸭也是禽,鸟也是禽,禽破壳还不是一样的。你才是真傻子。"我被孙师傅说得哑口无言。

第十五天中午,黑领椋鸟站在枣枝上,咯哩哩,咯哩哩,叫得十分敞亮。巢内,一枚鸟蛋慢慢被撑开,裂出条缝。雏鸟顶着小半边壳,探出了头。雏鸟眼部黑黑,喙部黄黑,脖子细细,如出泥藕芽,似乎难以承受脑袋的重量,脑袋便软耷耷垂下来。壳慢慢裂下来,雏鸟出来了,全身肉红红,椎骨可见,脊背横着一排稀疏的黄毛。鸟从封闭世界破壳而出,第一次感受到了光(眼还没睁开),感受到了风。雏鸟缩着,扒动着脚,扒动着翅(翅像没有成形的脚趾)。

到了傍晚,四只雏鸟都破壳了,瘫睡在巢里,偶尔张开竹汤匙一样的嘴巴,露出肉红的喉咙和黄喙角。闭着眼,张开嘴,也不叫,张着张着,脑袋耷拉下去,继续睡。

破壳第三天,雏鸟张开嘴,低低地叫几声,喊喊,喊喊。黑领椋鸟一前一后,忙于喂食。食物是蚯蚓、小蛾、菜虫、甲虫。鸟站在巢里,长喙夹着蚯蚓,四只雏鸟全抬起头,张开嘴,喊喊叫。雏鸟身上有浅黄色的绒毛,眼睛睁开,眼睑下垂,一副欲睡未睡欲醒未醒的样子。

破壳第七天,中午,我正在看书,突然听到了窗外咯哩哩咯哩哩的鸟叫声,叫声很激烈很惊慌的样子。我扔下书,连忙站起来,看见一只猫扑向鸟巢。两只黑领椋鸟扑着翅膀,叫得十分痛心。我打开窗户,摸起烟灰缸,砸向猫,猫跳下了树。雏鸟可能受了惊吓,有两只从巢里掉了下去。我跑下楼,奔向枣树。一只雏鸟已被猫叼走,不知去向。我把雏鸟捡了起来,托在手掌上。雏鸟腹部剧烈起伏,急促地呼吸,喊喊喊,叫得哀伤。鸟巢离地面有三米来高,幸好雏鸟落在石楠绿化带上,没有被活活摔死。

单位的大院子里,有三只外来的流浪猫,来了再也不走。其中有一只母猫,已在大院子里生活五年,生过四窝猫崽。这些猫崽都送了人。大院子里老鼠多,鸟也多。我和孙师傅说,在鸟留巢期间,我们得把猫拴起来。"猫聪明灵活,抓猫难度很大。"孙师傅说。

"吃饭的时候,猫去饭堂吃鱼骨。你用抄网扑它,小心被咬到,它再灵活,也逃不出网罩。"

"拴了大院子里的猫,若是还有外来猫,我们怎么防得了?"

"听天由命。我们是能防则防,能护则护。天然物,天然生天然死,各有各的命数。"我说。

一天,我正在办公室午睡,被嘟嘟嘟的敲窗声惊醒。谁有这么高,可以站在我窗户下敲窗啊?我侧脸一看,一只黑领椋鸟在啄玻璃。它站在窗台上,撒开翅膀,对着玻璃照自己,还不时用喙啄玻璃。我一下子笑了。我看着它,不知它是不是也看见了我。我想,蒲松龄写《聊斋志异》,可能是受了鸟照镜子的启发,不然,鬼狐哪有那么美、那么通人性呢?

破壳第二十二天,雏鸟开始试飞了,飞到窗台上,飞到柚子树上,飞到矮房顶上,还飞到田野里,啪嗒啪嗒,扇着小花蒲扇一样的翅膀,跟着母鸟去吃食。雏鸟飞得并不远,飞十几米,歇一下,跳来跳去,欢叫。

可没过两天，孙师傅拎着一只试飞的黑领椋鸟，找我说，鸟在菜地吃食，被乌梢蛇伤了，右边的翅膀断了，羽毛撒了一地，鸟身上沾了好多血。其他几只鸟，在菜地叫了好一阵子。我提了鸟过来看了看，说："去诊所，找廖医生消炎包扎一下，我们喂养几天。"

"谷子养麻雀，小鱼养白鹭。可这个花八哥，用什么养？"孙师傅问我。

"蚯蚓、菜虫、肉松面包，它喜欢吃。"

孙师傅是个细心人，挖蚯蚓、掰面包喂它。嘘嘘嘘，孙师傅吹一下口哨，它就咯哩哩叫几声。它叫了，隔不了几分钟，伙房窗户外，也有咯哩哩的叫声。它的父母在叫。它们呼应着，秘密地。

廖医生给它包扎了六次，便不用包扎了。鸟可以扇翅膀了。又养了两个星期，孙师傅把鸟放在院子里，让它自己去山林。

这一家子，一直在这一带生活。在橘子林，在河边，在大院子里，在荒地，我常常见到它们。有时，孙师傅在菜地干活，无聊或开心了，情不自禁地吹几声口哨，嘘嘘嘘，一只黑领椋鸟便神不知鬼不觉地飞到他身边。他不知它从哪儿飞来。他把挖出的蚯蚓，用木棍夹起来，鸟啪啪啪，快速走过来，张开喙，把蚯蚓啄进嘴巴，边吃边歪着头看他，吃完了，咯哩哩地叫。

白头鹎

后院有一棵石榴树，6月，树上结了满树的小石榴。月初，邻居见树丫有一个鸟窝，扶了楼梯去拍抖音。鸟在抱窝，见了人，呼噜噜飞走了，栖落在瓦上，盯着来人。邻居走了，鸟又飞了回来。

翌日，邻居又来拍抖音。鸟又飞走了。我妈妈开院子的门，鸟很警觉，飞上瓦檐。我妈开了三次门，鸟弃巢而去。我妈说：前几次开门，鸟都不飞走，拍了两次抖音，鸟也不管窝里的蛋了。

过了两日，窝里的蛋少了两个。我妈又说：四个蛋，怎么会少了两个呢？肯定是被猫摸吃了。

我扶了楼梯去看，说：蛋是被小蛇吃了，猫不是省油的灯，这么小的蛋，一口气吃完。蛋是小蛋，和鹌鹑蛋一般大，蛋壳粉红暗褐，密布点点褐斑，椭圆形。我把蛋摸下来，说：蛋醒（方言：蛋醒即蛋变质）了，没办法孵化了。蛋摸在手上，柔滑，凉凉的。

拍什么抖音，毁了一窝蛋。这只白头翁在石榴树上，孵了三年的小鸟，怪好玩的。明年可能不来了。我妈说。

白头翁弃巢而去三天了，我才知道。白头翁的蛋，隔了半个小时没有孵,就会醒。及时发现弃巢,把鸟蛋收起来,放进抽屉,点白炽灯,也可以孵化出来。这个事,我干过。

我住庆丰北路时,小区有四十多棵樱花树、八十多棵樟树、五十多棵小叶李树。白头翁喜欢在小叶李树营巢。一天,看门房的人对我说:有人来篮球场边抓鸟,抓了十几只。我跑步过去看,抓鸟人走了。我发现篮球架后面小叶李树上的鸟窝,有三个蛋,鸟不见了。我把鸟蛋兜回家。我找了一个鞋盒,铺上旧汗衫,拉了一只白炽灯放进鞋盒里孵鸟蛋。孵了两个星期,壳破了,小鸟裸着身子,幼毛黑黑,肉乎乎,伸直脖子,张开嘴,等吃。我抱着盒子,送给了开杂货店的老板。他喜欢养鸟,养八哥、养鸽子、养斑鸠。他见了三只小白头翁,眼睛都笑眯了。

老板每天喂菜虫给小鸟吃。傍晚散步,我去杂货店看小鸟。第四天,幼毛黑了出来,墨汁般黑。第六天,羽毛覆盖了体部,肉没有裸出来。第八天,喙尖消失了喙黄,翅覆羽遮了半个身子。第十二天,喙角的喙黄消失了,脚坚挺直立。小鸟的食量,一天比一天大,吃菜虫、吃蚂蚁、吃苹果碎屑、吃葡萄。第十四天,排出的鸟粪由青转白,腹部羽毛蜕变成灰白色。第十八天,两眼上方出现白色枕环,耳羽后有白斑,如白头老翁。

白头翁是白头鹎的别名。黑头翁是黑头鹎的别名。它们同属鹎科鹎属,分属白头鹎种、黑头鹎种。它们的外形特征不仅仅是头上一白一黑,上体羽毛也完全不一样。白头鹎上体褐灰或橄榄灰、具黄绿色羽缘,使上体形成不明显的暗色纵纹,尾和两翅暗褐色具黄绿色羽缘;黑头鹎上体橄榄绿黄色,腰羽浅亮,羽片中部黑色,羽基深灰色,尾上覆羽发达,鲜橄榄黄色,具深黄色端斑。它们最大的差别在于：白头鹎不畏惧人，黑头鹎畏惧人。

在城市的街道、公园、小区，最多见的鸟是：麻雀、白头鹎和绣眼鸟。它们在绿化带、停车场、单位小院找食吃，甚至来到办公室啾啾啼鸣。因为与人亲近、友善，并称"城市三宝"。它们"随遇而安"，在绿化树、公园芦苇、阳台花钵、瓜架、大楼墙缝、空调管等营巢。

我生活的小区附近有一个小公园，有一个面积约两亩的小湖和一块面积约七亩的绿化地，我常在傍晚去散步。绿化地有四十来棵樟树、两棵池杉、三棵柳树和二十来棵垂丝海棠。上百只白头鹎在这一带活动、栖息，但不成群。小公园侧边有一个小型停车场，白头鹎落在车上肆无忌惮地排粪。有一次，我坐在车上等人，关着车窗看手机，白头鹎站在窗边，对着反光镜照镜子。它鸣叫着，摆着体姿，脖子一伸一缩，调皮地眨着眼睛，对着镜子看自己的精彩表演。我打开车门，它呼噜噜飞到樟树上。

去公园散步，一般是吃了晚饭去，虽已是华灯初上，但白头鹎和乌鸫还在地面活动。它们都是夜宿很晚的鸟。白头鹎站在枝头上睡觉，身子被樟树叶遮挡着，缩着头。

己亥年夏，我去了一次古岩寺。古岩寺以前在市郊，高铁新区建设之后，古岩寺成了新区的中心区。这是一座古老的寺庙。我不拜寺，我是去看寺里的树木。新区是丘陵地带，规划街道、建设小区和功能区，丘陵被铲成了平地，野生树木尽毁。建设任何一座新区新镇，对生态来说，都是致命的灾害，且无法恢复。我们建设的任何一个公园，都不可以和原生地貌相媲美。复杂多样的原生地最适合动物、植物生存。古岩寺及周边地带还保留着丘陵、洼地、荒田、菜地和野生草木。在丘陵走了两个多小时，我看见非常多的白头鹎、乌鸫、白鹡鸰。我很惊讶。很多鸟类和体型较大的哺乳动物在城市消失，甚至是彻底消失。它们失去了属于自己的家园。在城市保留一块原生地，如古岩寺，对鸟类来说，是多么重要。它们生活得多么快乐。这是最后一块城市原生栖息地。其实，大部分的人并不关心鸟类的生死。他们以为鸟有翅膀，会飞走，可以寻找新的栖息地。这样的想法，不但幼稚，而且非常可怕、有害。

己亥年冬，我去丽水南明湖观鸟。南明湖是由瓯江拦截筑坝而建的人工湖。未筑坝之前，这一带是冬候鸟（以鸭科䴘科鸟居多）和夏候鸟（以鹭科鸟居多）在浙西主要栖息地之一。在南明湖走了五公里，我没看见一只冬候鸟。问了当地菜农，我明白了，水太深且湖岸被水泥浇筑了，失去了湿地，鸟无法藏身，鸟不来了。白鹭也不来了——无处落脚觅食。我只看到几只小䴙䴘出游。河边湖边没有草，鱼也很难繁殖。这个景象让我悲伤。

我喜欢种树。树有荫，空气好，静音，挡灰尘，还引来鸟。我后院不大，种了两棵枣树、四棵柚子树、一棵梅树、一棵梨树、一棵枇杷熟和一棵石榴树。鸟喜爱在枣树和石榴树营巢。这十年，白鹡鸰、白腹蓝鹟、灰头灰雀、栗鸦，都在枣树营过巢。白头鹎却选择在石榴树"安家落户"。后院，很少有人来，清净。枣树开花，蛾蝇蜂来吃花粉，嗡嗡嗡，进了院子如进了养蜂场。鸟来了，屋顶上晾衣杆上树上，鸟捕食昆虫。这个季节，正值白头鹎孵卵育雏。

在3月初，白头鹎在屋顶上鸣叫。它的鸣叫清脆洪亮：嗟咕哩嗟嗟。它叫一声，扭动一下脖子，前胸起伏，间歇三秒再叫。叫了一阵，引来了"情侣"，飞到枣树上吃食、嬉戏。它们去衔草茎织巢。营巢是白头鹎最忙碌的时候，飞来飞去，往返不歇。

在体型较小的鸟类中，白头鹎对营巢的草茎是极其挑剔的。如棕背仙鹟、靛冠噪鹛、褐头雀鹛、纯色山鹪莺、黑眉柳莺、白斑尾柳莺、黑尾蜡嘴雀等鸟，以枯枝、地衣、草叶、草茎、破布条、棉花、羽毛、塑料皮等材料织巢。有的鸟干脆不织巢，占用别的鸟巢或利用废弃的旧巢，甚至在岩石洞或树洞以洞穴为巢。而白头鹎只选干净的草茎，篾匠师傅编鱼篓一样，编得密密匝匝，内室铺以柔软的草衣。白头鹎是十分爱清洁的鸟，会及时清理爱巢。

它洗澡，选干净的河流、溪涧、山塘、湖泊、水潭。假如鸟有灵魂，白头鹎藏有高贵的灵魂。它不在污浊的地方过夜，不在污浊的水域洗澡。它洗澡，像个顽皮的孩子。它在石滩站一会儿，轻快地鸣叫，翅膀扎入水里，飞快地拍翅膀，飞出水面。抖落一身白亮亮水珠。再而三。夏季，我们徜徉在山中，常见褐河乌、燕尾、蓝翡翠、白头鹎扎在溪涧洗澡。

在石榴树营巢之后，白头鹎抱窝育雏。初夏便很快过去了。鸟出生一代，时间便远去一季。鸟的自我更生，便是时间在轮替。

我爸爸有午睡的习惯。他喝了小酒，靠在床上看电视，看不了半个小时，便呼呼睡去。电视机却开着。我爸爸喜欢看央视戏曲频道，传统戏曲剧目也就那么几个，他百看不厌。他睡着了，白头鹎站在窗口看。隔着玻璃，白头鹎翘着脑袋，看得很专注。人不惊扰它，它是不会飞走的。

做水电工的绍兴喜欢在院子里种杂七杂八的树。他有小前院和大后院,前院种了枸骨树、鸡爪梨、紫荆,后院种了桃梨、桂花和冬青。院子边边角角还种了串串红、月季、栀子花、美人蕉。鸡爪梨有十余米高,秋天,一爪爪的梨子挂满树。挂果了,白头鹎天天不离枝。无人采摘鸡爪梨,只有鸟吃。绍兴喜欢拉二胡。早晨,他拉一阵二胡去干活。有一只白头鹎,二胡声一响,便飞来,站在枸骨树上看绍兴拉二胡。白头鹎是绍兴唯一的听众。

我在院子摆了一张躺椅。下午,我在躺椅打瞌睡。石桌上,放着书、茶,和南瓜子。我喜欢吃炒南瓜子,一边看书一边吃。我瞌睡了,白头鹎来吃。我醒来了,白头鹎还在吃。我看着它,它看着我,继续吃。它在我书上拉白白的粪。有一次,我抱着盘子睡,它站在我腹部吃盘子里的南瓜子。

庚子年腊月,我取出窖藏的酒,开坛。这是高粱烧焐薏米的封缸酒。我取出薏米三斤,装在一个大钵,放在石榴树旁的露天阳台上。薏米浸透了酒,香味浓郁。第一天没有鸟来吃。第二天来了十几只麻雀、灰雀、白头鹎吃薏米。它们轮番吃,吃着吃着,睡在了地上。它们吃醉了。

戊戌年春,我在德兴市逛花苗市场。一个卖钵苗的妇人清理烂苗,扔在路边。我捡了一株忍冬苗。忍冬苗干枯了,但根须还是很鲜活。我在后院掏了新泥,竟然栽活了。苗长得快,爬上了二楼外阳台,当年便开满了忍冬花。花香浓郁、扑鼻。我爸爸不喜欢,说花太香了,招惹虫子。庚子年三月,我去外阳台,发现忍冬叶丛有白头鹎的巢。叶丛茂盛,巢隐藏着,又被三楼外阳台遮挡了雨。它取食多方便。我爸爸见小鸟孵出来了,说:忍冬花好,招虫给鸟吃。

麻雀是很聪明的鸟。与人相处，麻雀既诚恳又狡黠。麻雀会看人脸色行事，会看狗猫的脸色行事。白头鸭比麻雀还聪明。我妈妈养了四只鸡、三只白番鸭，每天倒剩饭、玉米喂它们。我妈倒了食物便转身走了。麻雀从梅树、石榴树飞下来，吃饭粒、玉米。白番鸭刷饭吃，顺带把麻雀刷进嘴巴。但我从没看过白头鸭与鸡鸭抢食吃。鸭子看似憨厚，实则贪婪无比，菜叶、米饭、碎骨、虫蛙，无所不吃。麻雀哪看得出鸭子脸色呢？鸭子木讷，哪有什么表情。

白头鸭在三至六月孵卵，一季孵一至两窝，一窝三至六枚。因为邻居拍抖音，糟了四个蛋，我妈妈难受了好几天。她年迈，很少去串门走动。走路都困难的人，有一个院子守着，养几只鸡鸭，看鸟飞来飞去，是很好的安慰。陪伴我妈妈最多的，并不是子女，而是地上和树上的禽类。鸟叫了，她起床。鸟不叫了，她关门。鸟睡了，她也睡了。鸟是她生活的一部分。

过了半个月，白头鸭又来巢里孵卵了。我妈妈真是欣喜。她关着门，再也不让人进后院了。很多种鸟在孵卵不成功时，会再发情一次，求偶、孵卵。白头鸭属于这类鸟。鸟懂失败之痛、失爱之痛。鸟的情感藏得比人更深。虽然它叫起来，好像无心无肺。

黑水鸡

在 2017 年之前,我从没见过黑水鸡。很多人以为黑水鸡和环颈雉、黄腹锦鸡等雉科鸟类有亲缘关系,其实它们八竿子也打不着。鹤形目秧鸡科家族,是一个很小的家族,在中国分布有董鸡、白骨顶、黑水鸡、紫水鸡等不多的几种。

秧鸡科鸟类一般生活在沼泽地、大湖泊岸边、开阔河流地带等水泽之处,属于涉禽,以虾、螺、泥鳅、蜗牛等为主要食物,筑巢在芦苇、茅草、水生植物等隐蔽之处。

2017 年 4 月,在饶北河中上游,枫林村河滩,我第一次见到黑水鸡。黑水鸡,顾名思义,以水域为生活区,善奔走,全身羽毛乌黑,体形如鸡。夏日清凉,在早晨,在傍晚,沿着河边的沙土路散步,一边走一边看着河水,听着鸟语,是件很爽心的事。这一带,我走得太多,哪儿有什么树,哪儿有一块大石块,哪儿有几根桂竹,哪儿有芦苇丛,我烂熟于心。

因为过于熟悉,像对一个熟人一样,一个眼神一个手势,都知道是什么意思,反而会忽略隐藏在心底的部分。对这一段河滩,我已没有了观察陌生之物的细心。这么熟悉的地方，怎么会有我不知道的呢？河里游着几只胡鸭，捕鱼人一天网多少鱼，我都清楚；在不同的季节，鱼篓里有多少鲫鱼，有多少泥鳅，有多少宽鳍，有多少银鲅，我都清楚。只有桃花汛之后，鱼篓里才有草鱼、鲤鱼，这我也知道。

水鸟只有白鹭和小鹨鹨。尤其是白鹭，风筝一样飞过，一只接一只，形成一个人字队形。即使在鹭鸟南飞之后的冬天，仍有不多的白鹭留下来。像一个个孤客，穿着白袍长裳，在大雪中，做一个凄苦的隐者。常年生活在河边的褐河乌，在石块上摆动着黑色的短裙，翘着尾巴，跳着阿拉伯的裙子舞。这是四季都有的。

有一次，清晨下了一阵暴雨，空气裹着雨腥。我起得早，拿了一根君子竹（用于驱蛇），去河滩闲逛。太阳还没上山，东边古城山投映过来的天空，却飞翔着碎桃花似的红色。在一块几十平方米的河中草滩上，我看见了两只鸟，八月鸡一般大，胖嘟嘟，全身羽毛乌黑，嘴端淡黄绿色，上嘴基部至额板深血红色，双脚淡黄且长，像两根木质筷子。两只鸟紧挨着一棵小柳树，沿着水边快速地啄食。我一眼认出，那是两只黑水鸡。

我从没想到能遇见黑水鸡。小草滩距沙土路不足二十米，我蹲下身子，躲在洋槐树下，视线一刻也不离开它们。两头水牛从上游的草滩下来，浑身泥浆，泥水顺着皮毛，呈线状滴下来。在一个深水潭，牛扑通蹚水下去，水声惊动了黑水鸡，啪啪啪，它们涉过浅水，迅速走到另一块小草滩，不见了。过了十多分钟，它们出现在一处裸露的石滩上。因为之前的暴雨，河水轻涨，石滩一半被水淹没，一半露出乌黑的圆石。黑水鸡抖着尾巴，发出"咯咯"的叫声，低低的，似乎发声器刻意被挤压着，但很清脆，连续。不知道这是它们发出的警示讯息，还是吃得过于愉快。

在回来的路上，我遇上捕鱼人。我只知道他的绰号，叫痴子。痴子是个很聪明的人，会捕鱼，会养鸭，动手能力很强。他没读什么书，却培养了一个上北大体育专业的女儿。我说，痴子，河里有水鸡，你看见了吧。

"有两窠，一窠两只。一窠在水潭边的草滩，一窠在河心洲。"痴子穿着下河的防水裤，背一个鱼篓，牙齿咬着烟说，"这个鬼东西，太伶俐了，再轻的脚步声，它们也能听见。"

"我只看到了一窠。河心洲没去。"

我翻翻他的鱼篓，只有十来条鲫鱼和几条宽鳍。他说，端午节有人用香末毒鱼，河里没什么鱼了。

"香末怎么毒鱼？第一次听说。"

"买几斤香来，泡在水里一夜，就可以毒鱼。"

"有人毒鱼，怎么不举报到派出所？毒鱼也影响你营生啊。"

"我报了派出所，但这个事情难解决。"

一整天，我心情是愉快的。儿子见我喜笑颜开，也不管束他学习，任他骑单车转来转去，便说：老爸，你早上出门肯定遇上了什么好事。我说：为什么这样问？

"你只管回答，不带反问。"

"是啊，我看见了两只黑水鸡。这种鸟，只在僻静的、食物丰富的水域生活，很难见到的。明天，老爸带你去。"

"还是你去吧，我英语单词还没认完。"

"认识自然比认识英语单词重要，人怎么可以不去认识自然呢？人只有认识了自然，才会认识人本身。"

"假如我认识了黑水鸡，不认识英语单词的话，你会说，你这一代人不熟悉英语，怎么可以呢？"

我哑然失笑。

连续三天，我都去河滩观察黑水鸡。一天去三次。每次去，我都有惊喜的发现。黑水鸡走路，和其他水鸟不一样，它抖着身子快步走，尾巴扑下去又扬起来。它几乎在固定的范围内觅食，半径在两百米内。它是早起早归的鸟，天吐白，即去觅食；夕阳下山，黄昏还没降临，便不见影踪。而乌鸫、卷尾、树莺、鹟鹩、鹡鸰、绣眼鸟，正是大快朵颐的时候。它不和其他鸟一起觅食。它的叫声单调，略显沉闷沙哑，好似没有任何情感色彩。小鹏鹏不一样，喊喊喊地叫，短促，卑微，让人听了萌生怜爱，不忍心去伤害它。

11月，我又去观察黑水鸡，间隔式，共观察了八天，一天三次，每次约一个小时。之前，我只观察水潭边这一窠，没去河心洲。河心洲其实很小，一个篮球场那般大，因河心洲四周被水包围着，水约齐腰深。当然水面并不宽，只有十来米，四面环绕。水潭边的一窠，有六只了，三只一个小群，相互分开二十余米觅食。我决心去河心洲。我找痴子借来防水裤，穿上身，像个肉粽。

我选择正午去。霜期，洲上的芦苇大多枯萎了，十三棵并不粗壮的樟树却叶繁枝茂，一棵高大的洋槐半边树冠盖住了南边的水面。密密匝匝的小灌木丛生。芦苇垂着水边而生，如虬髯。洲的南边，是芦苇丛生的河堤；河堤下，是长长弧形的石滩。我看见有八只黑水鸡在石滩觅食，分两个小群，一群三只，一群五只。

时隔半年，它们有了自己的家族，让人喜不自禁。

河心洲平日里无人上去，葱郁又荒芜。草丛里，散落着十多枚胡鸭蛋——放养的胡鸭，倒是这里的常客。樟树上，矮灌木上，挂了三十六个鸟窝。我也看不出是哪类鸟在这里筑巢。鸟窝有的大如瓦罐，有的小如衣兜。这里是鸟最隐秘的藏身之地。

我看过很多鸟孵卵，如草鸮，如乌鸫，如喜鹊，如东方白鹳，如环颈雉，更别说麻雀、松鸦、白头鹎、山雀、白鹭、绣眼鸟和鹡鸰了。可我没看过小鹀鹠和黑水鸡孵卵，连它们的"老巢"也没看过。

黑水鸡别有生趣，这是它和其他水鸟不一样的地方。它不是那种特别贪吃的鸟，吃得忘记了自己的胃部容量，它吃半个小时或稍长一些时间便不吃了，顺水凫游，露出脊背，高高翘起哨子型的脑袋。水浪逐着它，时沉时浮。戏水时，它高高翘起尾巴，露出尾后两团白斑。戏到浅水，它撒开脚，在石滩或草滩上快走。它喜欢生活在挺水植物较为丰富或有稀疏矮树的地方。黑水鸡和白骨顶习性相同，体形相同，羽色几乎一样，但白骨顶额甲白色，而黑水鸡嘴和额甲色彩鲜艳，尾羽下部有一块白斑羽。去了河滩无数次，怎么会没发现白骨顶呢？董鸡是一直有的，只不过不在这个河段。在上游两公里处，有一个电站，水坝储水的荒滩上，常有董鸡出没，董鸡比黑水鸡略大，顶部有小冠。

我以为这一带河滩不会有董鸡了，可意外的是，2020年3月15日，在竹林前的一块草泽地（二十年前，挖沙留下的坑道，因洪水带来的淤泥填充，成了草泽地），我看到了两只董鸡。当时，我并没留意草泽地。沙土路上，有一堆凌乱散落的羽毛。羽毛深

· 085 ·

灰色，我估计是灰卷尾的羽毛。灰卷尾在河岸成群，在树林和芦苇之间的菜地或荒地觅食。而芦苇丛里，常见黄鼬出没。黄鼬以芦苇作掩护，捕食鸟。在2019年初夏时节，一天中午，我目睹了黄鼬捕杀鹩哥的全过程。三只鹩哥在葱地吃食，一只肥肥的约半米长的黄鼬，突然从芦苇丛扑过来，铁钉一样的利牙插进了其中一只鹩哥的翅膀里。鹩哥惊慌地叫起来，叫得惊心动魄，另两只鹩哥惊散而飞。黄鼬用右前肢，把鹩哥摁在地里，开始生吞活剥。

在辨认地上羽毛的时候，草泽地有两只鸟，低飞过一块浑浊的水面，落在不远处的草滩上低头觅食。灰黑色的背部，小竹丫一样的脚，喙顶一圈红（红色额甲）。嗯，董鸡来了。其实在入春至秋熟之间，田畈里常见董鸡出没。咯啰，咯啰，叫声像从水下发出来的。农人寻着董鸡足迹，在稻垄放一个竹篾夹，就可以把它逮住。

我心里自责。我自责自己的自负，以为对这一带十分了解，其实，一片僻静的原野（哪怕是荒野），在不同的年份不同的月份不同的日子，动植物的多样性，不是我们可以想象或预测出来的。尤其是动物——运动之物，因为食物的丰富性发生变化而产生生活区域变化，"来来去去"是动物的常态。同属秧鸡科的田鸡、苦恶鸟，在河道，我也没见到，或许某一天，它们又出现了——瓦厂边的山塘，田鸡哪一天没叫呢？

在往下游四公里长的河滩，我也没发现黑水鸡和白骨顶。许是河滩树木锐减，草类也不丰富，又毗邻村舍，它们没了藏身之地。草木对鸟来说，不仅仅意味着食物，也意味着家园。我们不要轻易去割杂草，不要轻易去砍一棵树，哪怕是一棵腐木。很多鸟，如啄木鸟、乌鸫，都喜欢在腐木的树洞里筑窝。

有好几次，我想沿着河岸，去找黑水鸡的窝。但我还是放弃了。我不想为了满足自己的好奇心而打扰它们的生活。它们和水里的鱼一样，是河的真正主人。

有一年的正月，我去河滩溜达了二十余天，每次去，都看到黑水鸡。和以前不一样的是，在水潭边，在水坝底下的牛筋草滩，在水渠排水出口的小块沼泽地，在一丛芦苇环绕的水塘边，在一块石滩的柳树林，我都看见了黑水鸡。每一处，三两只。有一次，我数了数，一公里的河滩，有二十二只黑水鸡。我不知道这些黑水鸡是从哪儿来的，何时来的。我推测，黑水鸡的两个种群（水潭边、河心洲），经过两年的繁殖，扩大了种群，并分离出来，成了新的群落。它们同属一个大家族。秧鸡科鸟类，都有很强的繁殖力，下一大窝的蛋。单说黑水鸡，通常一窝可下六到十枚蛋。它以离水面很近的弯折芦苇作为巢基，或在矮柳上营巢，以茅草搭窝。离地面较近的鸟窝，鸟蛋常常被蛇吞食，黑水鸡又尖又硬的喙，成了与蛇搏斗的匕首。

一日，儿子做作业，可能做得有些烦躁了，说：老爸，带我去户外走走吧。我欣喜地带他去了河滩。天下着蒙蒙细雨，萝卜开花了，白白的；白菜开花了，黄黄的；紫云英从泥田里抽出寸芽。天有些冷。我们看到了黑水鸡，看到了红嘴蓝鹊，看到了喜鹊。嗯，最意外的是，看到了寿带鸟。寿带鸟从河堤的洋槐里飞出来，掠过一片白菜地，沿着河面，低低地，嘘嘘嘘嘘，轻轻啼叫着，斜斜地，飞到南边的樟树林里。寿带鸟有两根长长的白色"尾巴"，羽色漂亮且身形优美。儿子惊呼起来：那是什么鸟啊，真美。我说寿带，在我们这一带鲜见。

回到家，儿子喜滋滋地对他妈妈说：今天看到了黑水鸡，看到了寿带鸟，看到了蓝鹊，好有收获。他妈妈说：怪不得你爸爸天天去河边，下大雨也去，原来有那么多鸟啊。

"有看得厌的人，没有看得厌的鸟。"我说。我没有告诉孩子妈妈的是，黑水鸡有了庞大的家族，是河滩中的旺族了。

山斑鸠

　　四楼有一个约二十平方米的天台，留着做个小花园。在房子设计时，我便想好了，栽上绣球、吊兰、朱顶红、茉莉，养几钵水仙或荷，摆上大木桌，天晴时，眯着眼看看书，是一件惬意的事。然而房子住了六年，一钵花也没栽，甚至都没上去过。

　　2020年3月7日上午，我为找一块樟木板，去四楼杂货间，顺道站在天台上看田野，雨窸窸窣窣，屋檐水滴吧嗒吧嗒。我看看屋檐，足有半米宽。我才想起，建房时，我跟石匠师傅说，在屋檐下的墙体，安一排毛竹筒。师傅问安毛竹筒干什么，老式土房才安毛竹筒，方便日后搭架子翻屋漏。我说，墙留毛竹筒，麻雀可以筑窝安家，麻雀是个天然时钟，天一亮，它们叽叽喳喳叫，我就睡不了懒觉了。石匠师傅说你怎么还像个小孩呢。石匠师傅不知是忘记了，还是不屑于我的话，墙体光溜溜，一个毛竹筒也没安。

　　从四楼下来，我在厨房里找篮子。我妈问我找什么，我也没答话。找了几个房间，也没找到篮子。我往巷子里走，去找篾匠老青师傅买一个小竹篮。我妈又问：下雨了，你还出去干吗？我说买篮子。我妈说：买篮子干什么，家里的竹篮好几个。我说：太大了，我要小篮子，做一个鸟窝，挂在四楼。我妈说：衣柜顶上有一个。我妈把小篮子提出来，说：你看看适不适合？我笑了。

小篮子是买大闸蟹时带回来的，我妈一直存放着。我又去别人家的稻草垛里，薅了一把稻草衣，揉软，在小篮子里团了一个凹型窝。我妈说：你还是傻里傻气，鸟怎么会在这里筑窝呢？

小篮子挂在四楼屋檐下，我再也不去看了，管它有没有鸟来。

时隔半个月，我回枫林。我爸对我发了几次火，说：一个电视机好好的，可偏偏放不出节目。他拍拍电视机，说：一铁锤下去，它就烂了。他有两样东西是不能缺的：电视、酒。他必看的节目是"新闻联播""天气预报""海峡两岸""海峡新干线"。无论家里多热闹，来了什么客人，到了晚上七点多，他摇摇手腕，看看手表，说，我看电视去了。一天没电视看，他坐得不自在，几个房间里走来走去，翻箱倒柜，也不知道他找什么。问他，他说没找东西。他把遥控器摁来摁去，电视机也没一个闪影出来。我说，楼上接收器坏了，或者被风吹翻了，我去楼上看看。

接收器在四楼天台。前几日大风，把接收器刮倒了。我推开天台门的刹那，呼噜噜，一只鸟从篮子里飞出来，吓了我一大跳。我也没看清那是什么鸟。缓过神来，我踮起脚，看清了篮子里有两枚蛋。蛋白色，椭圆形，光滑无斑。草窝里多了苔藓、石板灰色的羽毛。这是山斑鸠在孵化。

我对我爸说：四楼篮子里有鸟蛋，你没事，别去四楼，鸟受惊了，会弃窝的。我爸说：电视有得看，我去四楼干什么。

"立了春,好多鸟便开始孵蛋了。天暖,孵蛋会比往年早几日。"我妈说。

第二天早上七点钟,我便去四楼,坐在竹椅子上看书。我留了巴掌大的门缝,可以看见小篮子。我留心着篮子里的动静。到了八点一刻,咕咕,鸟轻轻啼叫了两声。一只鸟呼噜噜,飞到了篮子边沿。窝里的鸟,飞走了。飞来的鸟,扑进篮子里,趴下身子。我看清了,这是一对山斑鸠,正在换岗孵卵。

其实,在四楼杂货间,我引诱过鸟。2017年冬,我把杂货间窗户完全敞开,在长条凳子上搁一块圆匾,圆匾上疏疏匀匀地撒些谷粒、碎玉米、黄粟米、芝麻。我锁了房门,再也不管它。每天,我在楼下的厨房门口,看见成群的麻雀飞进去吃食,喳喳叫。偶尔有山斑鸠进去。第二年夏天,我上杂货间,圆匾上的食物,所剩无几。在一个簸箕上,麻雀还遗留了一个窝。

南方,山斑鸠是十分常见的鸟。尤其在秋熟,在山脚稻田,山斑鸠一群群,十几只、几十只,窝在田边吃食。有一年,我和大毛去董团乡胜利水库钓鱼,见到了山斑鸠鸟群。时值仲秋,稻子正在收割。机耕道上,堆着割下来的稻子,一排排。田野半是金黄半是褐黄,阳光软软地塌在地上。这一带多丘陵,樟树、油松、芭茅遍布山丘。山丘与山丘之间,是平坦赤裸的田野。车开过机耕道,山斑鸠乌压压飞起来,在田野上打旋,待车子过了,又落下来,啄食稻谷和稻谷上的飞虫。车子开了一段路,我说,我们步行去水库吧,车子惊吓到斑鸠了。我们背着渔具,步行。山斑鸠见了我们,并不怕,边吃边翘着脑袋望着我们,退缩到路边。这是我见过山斑鸠数量最多的一次了。数群,时而起起落落,时而安静地吃食。

其实山斑鸠并不是以社区为群落生活的鸟，一般是三五只在一起觅食，大多时候是一对一对出没。也许是此时山中食物比较匮乏，无数的小群落聚集在食物丰富的地方，成了蔚为壮观的大群落。在某一个特定的（食物丰富的）场所，在某一个时间节点，鸟会改变觅食习惯。这和鱼觅食是相同的——在某一个固定水域抛撒鱼食，鱼群汇集。即使不是人为抛撒，而是自然形态改变，也如此。春季雨水密集，山溪带来了大量腐殖质和微生物，在山溪汇入大江大河之处，鱼逐浪而食，捕鱼人常在此处下网。

山斑鸠是一种与人类比较亲近的鸟，与鹡鸰、乌鸫、卷尾、白头翁一样，生活在离村子很近的低地山林、河岸、茅草与灌木混杂的原野，巢一般筑在树上，碗状，以松软的茅草丝搭建，下面垫着干枝。它们也在屋舍的阳台、空调管、墙体裂缝、窗台或小院果树上筑窝。在筑窝之前，它们求偶，确定情侣。

头年立冬至来年谷雨，我们走入山野或田畈或河边，随时可以听到"咕咕咕——咕"的洪亮叫声，三声上声一声去声，铿锵有力，底气十足。这是山斑鸠的求偶声，像一种宣示，丝毫不会躲躲藏藏。它以声波的形式，写着没有收件人的恋爱信，发往百米内的任何角落。之后在某一个山坳，或在某一片野林，也发出了"咕咕咕——咕"的回应。它们"相逢"了，它们以声音在空气中相逢，未曾相识的相逢——叫声清脆，越叫越洪亮短促，直至没了叫声——它们已经在一起，寻觅适合之所，衔草衣干枝，秘密安居。也有山斑鸠叫了一个月，也无回应。它便一直叫着，叫得倔强，叫得不屈不挠，也叫得死皮赖脸，从清晨开始叫，一直叫到黄昏。

尤其在晴好的时日，大地返青，油菜花烧着田畈，山樱独自在山崖雪一般盛开，它的叫声显得格外悠长、固执与缠绵。我们便永远不会忘记浸透了春日露水的叫声，像沾着土渣的民歌一样，成为我们血液里流动的部分。江西客家有采茶戏《春天斑鸠叫》：

　　春天里嘛格叫
　　春天里的斑鸠叫
　　斑鸠叫起实在叫得好
　　它在那边叫
　　我在这边听
　　……

素有南方情调的斑鸠调，诉尽春日里的男欢女爱。这是一支耳熟能详的民歌，自小听得滚熟于心。

山斑鸠筑窝需要半个月，或更长时日，像乡村的年轻夫妻，自己挑沙子、扛木头，营建温暖的长居之所。

我一直以为，山斑鸠是很温顺的鸟，随遇而居。其实不然。前年冬，我正在家里栽兰花，邻居公元抱来一只鸟，说："在田里抓到的，有人在田里挂网，鸟扑进网里了。"我说："这是山斑鸠，翅膀受伤了，得养起来。"

我有一个木笼，一立方米的正方体。我把山斑鸠关进了笼子，配了黄粟米、清水。我弟弟见了山斑鸠，说，放了，给它生路吧。我说，翅膀伤了，飞不了，会被黄鼠狼吃掉。

第二天早上，我去看鸟，见笼子里落满了羽毛，翅羽尾羽腹羽都有。我惊呆了。猫是进不了笼子的,怎么会落这么多羽毛呢?我妈说,山斑鸠站在树枝上睡觉,它没有枝条站着,不习惯,睡不着,会急躁。我又做了筐子,安了一根树枝供它站。翌日,我又去看鸟,小玻璃盆里的黄粟米不见少。鸟怎么不吃呢?它把脖子伸出笼子,又退回筐子里,反反复复几次。它一声也不叫,只发出低低的咕咕声,似乎脆弱又哀怜。它的眼睑不时闪动,闭一会儿又睁开,睁开又闭一会儿,灰白色中透出忧郁的蓝色眼球,显得无辜又无可奈何。我心里很是难过。我想,它的羽毛是想挣脱出鸟笼而落下的。人有一夜白尽头发,鸟有一夜落尽羽毛。

又过了一天,山斑鸠死了。它匍匐在筐子里,撒开翅膀,一动不动。我把它抓了起来,它整个身子僵硬了。我用稻草把它包起来,埋在柚子树下。它受了惊吓,在网上挣扎了大半天,又被关进了笼子里,它拒绝发声,也拒绝了食物。

在很长时间里,我都忘不了山斑鸠的眼神:沉重的,软软的,透明的,却又堆了灰一样。那是一种濒死的绝望。我救不了它。我痛恨那个挂鸟网的人。

斑鸠与鸽子同属鸠鸽科,灵敏聪慧。它有惊人的地理记忆力,它甚至会察言观色。它感觉受到人的威胁,就会瞬间飞走;它感觉人友好,便安安静静地在距人不远处吃食。

乡村的孩子会摸鸟蛋,摸得最多的鸟蛋是斑鸠蛋。邻居有一个孩子,摸了三枚斑鸠蛋,被养鸽子的村人收走了。养鸽人把斑鸠蛋放在鸽子窝里,随鸽蛋一起孵。鸽子抱了一窝蛋,最先孵出的幼鸟是斑鸠。斑鸠幼鸟的吃食和鸽子幼鸟的吃食是相同的。幼斑鸠孵化出来七天,全身便长满黄色夹杂深灰色的羽毛,脖子长长,脑袋上耸着一撮毛，经过三周的喂养，幼鸟离巢。母鸽并不排外，尽心尽力喂养幼斑鸠。这是养鸽人告诉我的。他对我说："鸟与鸟之间，有着伟大的爱，代鸟孵化，代鸟育雏，和人类领养孩子是一样的。"

天台上山斑鸠正在孵卵，我便一再告诫家人，不要去四楼。对鸟最大的尊重，便是不要给它任何打扰。对其他生命，也是如此。每种动物都按自己的习性生活、繁殖、迁徙。以任何一种方式，对动物进行人为的驯化、饲养，都是对动物的侮辱。

隔了一个多月，我再次上天台，窝里一只鸟也没有，只有几个碎蛋壳。屋檐，是我的屋檐，也是山斑鸠的屋檐。我在四楼的外阳台上，横拉了一根桂竹，用麻绳固定在廊檐下，我挂了七个自己做的鸟窝。至于鸟会不会来筑窝，那是鸟的事了。

乌八哥

辛丑年五月二十二日上午,我去五府山镇高州。中巴车入了石溪河峡谷,绵雨骤歇,天一下子开阔起来,天地澄明。五个插秧人在河边大块水田拔秧、抛秧、插秧。水田已翻耕,白水泱泱。田畈有部分田种了芋头,芋叶如小绿伞撑在田垄里,一排排一垄垄。插秧人弓着腰分苗插秧。上百只乌八哥站在水田里,围着插秧人吃食。插秧人退身插秧,插两排退两步,乌八哥也低飞一下,按照插秧人的节奏往后退。

我看得有些出神,对送师傅说:我在这里下车了。

师傅说:离高州还有两里多路,路上积水多,还是到高州下吧。

我说:我要去看人插秧了。

师傅说:插秧还有什么可看的?田埂上都是烂泥巴。

我说:在田埂上站一会儿,心情会很舒畅。

我往河边走。插秧人站了起来,看一个背着两大包书的人走过来。其中一个戴斗笠的插秧人,招呼我:你想下田帮我插秧啊。

我说：乌八哥围着你们转，我想看看这群乌八哥。

戴斗笠的插秧人说：秧苗拔上来，也把蚯蚓拔了出来，它们找蚯蚓吃。

我说：它们不怕人，像孩子找零食吃，找得很仔细。

他们继续插秧。秧团一个一个落在他们身后，他们解秧团，分株插在烂泥里。我解开秧团，看见秧须有蚯蚓，放屁虫（蝽象）在秧叶上爬来爬去。乌八哥吃蚯蚓，更吃放屁虫。乌八哥站在秧团或烂泥上，抖着喙，忘乎所以地吃食。我撩一掌水上来，水线低低划过去，泼向乌八哥。乌八哥跳起来，飞三五米，又落下来。

我挽起裤脚下田，想捕捉一只。我双手像两面网罩，罩向乌八哥。乌八哥呼噜噜飞起来，粘在爪上的泥浆落得我满头。我罩了八次，汗衫的背部基本落满了泥浆。戴斗笠的插秧人见我狼狈样，哈哈哈大笑，说：你罩下一只乌八哥，晚上的酒由我请。

沿着甘溪河岸，我走往高州。河面腾起一层白雾，白鹭栖在枫杨树上，嘎嘎嘎，叫得我忘记了田埂荒草茂盛，水珠密集，没在意皮鞋、裤脚全湿透了。几百只白鹭在河岸树林，栖在最高的树冠层拍翅鸣叫。

高州村有非常多的乌八哥。在辛丑年3月底。有一天，我吃了早餐去河边看小鹡鸰家族，走出街道口，我不走了。路口有一栋民房，是前年建的裸砖房，没有窗户，没有内外粉刷，无人居住。有七八只乌八哥扑在墙上，嘘嘘嘘地叫。我看了十几分钟，也没看出它们究竟在干什么。它们在墙洞（断砖）钻进钻出，扑在墙上，啼叫不歇。它们像在商量什么事情似的。我干脆从街边人家搬了一把椅子出来，坐在路口，看乌八哥。一个六十多岁的大哥问我：你看什么，看得这么津津有味？

我努努嘴巴，说：墙上好多乌八哥。

大哥说：这几天，有上百只乌八哥扑在墙上，中午最多。

我说：它们在找墙洞筑巢。我数了一下，墙上有六十三个墙洞。

乌八哥越来越多，在二楼以上墙体（最高四层）乌黑黑一片。

在3月底4月初，乌八哥衔着枯草、破布条、塑料皮，在墙洞里筑巢。一只鸟进了洞，另一只鸟衔着枯草在电线或树丫（房墙侧边有一棵枣树）站着，望着洞。洞里的鸟出来衔枯草去了，嘘嘘嘘地叫着，快乐无比。等候的鸟呼噜噜飞进去，钻进洞，转个头，往洞外探探头，缩回去，藏身在洞里筑巢。

裸砖墙像一个巨型机场，乌八哥像一架架繁忙的飞机，不停地起飞、降落。到了傍晚，裸砖房成了机库，上百架黑色飞机盘旋着环绕着，从空窗飞进去，在屋子里喧闹地叫。与裸砖房对面的一栋房子里，此时一家老少坐在厅堂吃饭。乌八哥给雏鸟喂食。

家燕在屋里筑巢，在巢里夜宿。夕阳落下，家燕觅食回来，成双成对，剪起薄暮斜飞，喳喳地叫着，落在门前电线上。一对一对的家燕站在一起，站成一排。它们轻轻地鸣叫，喊喊喊。待四野寂静了，夜色模糊了视野，星稀虫鸣，家燕一个斜飞，投入门户，落在梁上的泥巢，安安静静地入睡。乌八哥却不这样，在屋外飞好几圈，高声啼叫，像泼妇争吵。飞了几圈，落在屋顶上、窗台上、阳台上、树丫上、晾衣绳上，继续嘘嘘嘘叫。叫足了，它们乱哄哄地飞进空窗，落在屋子的地面或腾空乱飞，吵吵闹闹。

我打听到了一下，裸砖房主人还在老房子生活。我去找他，恳请他把一楼铁皮大门打开,让我去下楼上。

房主人说:楼上什么都没有,乱七八糟的,没什么值得看。

我说:晚上是不是有很多鸟在楼上过夜?

我们边走边说话。他是个农民,但喜爱书法。他说,他想参加全国书法比赛,写了三十多年了,想试试自己的笔力。他是个气力很好的人,一担挑四百来斤。我也不知道怎么回他。他写写乡村对联、公告等还可以,至于其他,我没法说出口。上了二楼,见地面上都是鸟粪和一些乌黑黑的羽毛。三楼也是这样。我也没看到鸟窝,不清楚乌八哥是不是在屋里过夜,或者说怎么过夜。

鸟粪灰白白,有淡淡的腥臭。

我在高州村看乌八哥,看了一天。第二天早上,村中有一个三十来岁的年轻人,找到我,问:你喜欢看乌八哥?

那当然,乌八哥在筑巢孵卵,很有意思。我说。

那个年轻人说:我叫传银,我阳台上的茶花钵有乌八哥窝,下了三个蛋。

传银在三楼阳台种了十几钵花,种了茶花、铁树、栀子花、指甲花、朱顶红、美人蕉、蔷薇等。他说,乌八哥孵卵有三天了,自己都不敢上阳台。他把阳台的门锁了,怕猫上去吃鸟蛋。

在四楼阁楼,我隔着玻璃窗看乌八哥抱窝。深碗状的窝,筑在茶花和钵沿之间,乌八哥趴在窝里,翘着脑袋,黄喙像个竹哨。我站了半个来小时,也没看到来"换岗"的鸟。我对传银说:必是良善之人才留得住鸟来筑窝。

传银说:茶花树叶密集,挡住了雨,乌八哥真会选地方。

乌八哥与人亲近，爱嬉闹。在晒谷场，在林边或河边麦地，在正在收割的稻田，乌八哥成群结队来吃食。己亥年冬，我在鄱阳县谢家滩镇福山村暂居。村晒谷场在公路边，天天有人晒谷子。上百只乌八哥来到晒谷场吃食，上午十点来，吃到下午四点多。重车川流不息，但丝毫不干扰它们吃食。我拿起竹竿赶乌八哥，它们呼啦啦飞上树，要不了一支烟的工夫，它们又落在晒谷场。

　　与人亲近的鸟，很容易被豢养。我楼下有一家土菜馆，老板是个英俊的年轻人，他养了一只乌八哥。我偶尔在土菜馆吃中晚餐。我等上菜时，逗逗乌八哥。我吃完饭了，又逗逗乌八哥。乌八哥站在笼子里，翘着头看我，嘘嘘地叫。我给绿豆它吃，给小黄豆它吃。老板喜欢逗鸟，提一个笼子去河边，打开笼子，让乌八哥四处飞。

　　有关乌八哥，我妈曾给我讲过一则救人的事。我妈对我说：乌八哥非常聪明，会救人。我有些惊讶。一只小小的鸟，怎么救得了人呢？

　　我外婆生活在山区小村童山，民房临河依山而建。村中有老人养了一只乌八哥，日夜不离。某年雨季，暴雨绵绵多日，山洪滔天席卷。一日夜里，乌八哥突然鸣叫不歇。老人点起灯，乌八哥在屋子里飞来飞去。老人从未见过乌八哥半夜惊叫，叫得慌乱惊惧。老人觉得这是异相。老人把屋里人叫醒，跑到屋外。过了一会儿，屋后山丘发生泥石流，把整个屋子冲垮了。老人一家子因为乌八哥预警得救。老人对乌八哥越发好。老人说：这是神鸟啊。几年后，乌八哥老死。老人设了小庙，把乌八哥供奉着。

在我孩童时代，瓦师老十养过一只乌八哥。乌八哥在瓦厂飞来飞去，一会儿落在茅铺上，一会儿落在瓦桶上，嘘嘘嘘叫。它通体乌黑，嘴乳黄色，脚红黄色，前额有一撮冠状的羽簇。它飞起来很是夸张，拍着翅膀，露出翅具白色翅斑，尾羽和尾下覆羽的白色端斑则像魔术师的白手绢。瓦师的弟弟十一在读小学，乌八哥站在十一的肩膀或头上，跟去学校。上课铃响了，十一抱起乌八哥，往空中一抛，说：吵死人，快回家。乌八哥呼呼飞回瓦厂。

瓦师砍柴了带它去，采蘑菇了带它去，游泳了带它去。乌八哥喜欢玩水，头扎下去，马上钻上来，扑棱棱扇着翅膀，抖得水珠四溅，嘘嘘嘘叫个不停。瓦师的乌八哥会说几句简单的话。如"客人来了""吃饭了""亲嘴了""起床了"。它一说话，我们就发笑。它歪着头说话，像个提线木偶。

乌八哥也跟瓦师的爸爸、瓦师的妈妈、瓦师的弟弟四处去玩耍。但瓦师吹一下口哨，乌八哥片刻不歇地飞到他肩膀。乌八哥有强烈的好奇心，很专注地看瓦师做事、吃饭。有一次，瓦师的妈妈做豆腐，锅里煮着沸腾的豆腐脑，乌八哥站在锅沿，落进了锅里，被活活烫死。瓦师再也不养乌八哥了。他说他失魂落魄了两年，才接受乌八哥死了的事实。

甘溪是丰泽湖的主要支流之一，约二十公里长。溪边多枫杨树。枫杨树又名榉柳、水麻柳，属胡桃科枫杨属高大乔木，耐水耐寒，是速生树，树冠蓬勃多姿。鹡莺、喜鹊、卷尾很喜欢在枫杨树上筑巢。乌八哥也喜欢在枫杨树上筑巢。

5月中旬，乌八哥的雏鸟开始试飞，在树上忽而东忽而西。

鸟试飞是一个艰难又冒险的过程，飞着飞着，落进了河里，被河水冲走，葬身鱼腹，或者落进水田了，裹一身泥浆，被黄鼠狼或野猫或田鼠或蛇或鹰鹞吃了。在河湾，乡人经常捡到乌八哥，有的人把它养了起来，有的人把它送回树上。

高州村有一阿婆，发头昏的毛病，每个星期去诊所吊一瓶氨基酸。在诊所的院子里，阿婆捡到一只试飞的乌八哥。阿婆说：乌八哥差一点被猫咪吃了，幸好来得及时，抱住了它。阿婆把乌八哥关在鸡笼，养了两天，抱到柚子树上，让它飞走了。阿婆给我说了这个事，我转身去溪边。我走了大半个上午，想捡试飞的乌八哥。我仰着头，一棵棵地看枫杨树和樟树的树冠。有树洞的树，我查勘得很认真。乌八哥一般在树洞或岩石洞营巢，枯草丝织网。我一只鸟也没捡到，羽毛倒是捡了十几片。

6月中旬，我又去高州。

传银是个爱玩的人，他养了四对斑鸽子，他摸了三个鸽蛋放在阳台的乌八哥窝里。过了十八天，居然有两只鸽子破壳。这让他很兴奋。他说：明年乌八哥来我家筑窝，我摸两个喜鹊蛋下去，孵两只喜鹊出来。

乌八哥蛋蓝绿色或白麻色，一窝产卵四至六枚蛋，十五至十八天破壳。幼鸟毛茸茸，喙嘴橘黄色，体毛暗黄色，嘴巴张开像漏斗，嘻嘻嘻嘻地叫，等待亲鸟喂食。雌鸟抱窝十八天，还没破壳的蛋成了喜蛋（孵化不出来），雌鸟便不再抱窝，烦躁不安，离窝觅食，喂养幼鸟。乌八哥杂食性强，谷物、草籽、昆虫、蚯蚓都是它爱吃的。

公路边有两排小白杨树。早晨，我沿着公路散步，鸟声沐浴。

鹁鸰、乌鸫、伯劳在树上大摆筵席。乌八哥长长喧宾夺主,喋喋不休。它叫声喧哗,不甘寂寞。一棵小白杨树常栖落三五十只乌八哥,上下翻飞,或在树丫跳上跳下。

田翻耕了,乌八哥跟着牛身后,吃翻上来泥块中的蚯蚓、水蟋蟀、蟒象。它食量太大,似乎整天饿得发慌。它站在牛背上,吃牛虱子牛虻。吃的时候,还嘘嘘叫,呼朋唤友。耕田人举起竹梢赶它走,它跳两下,又落在牛背上。耕田老哥说:我讨厌乌八哥。

为什么?乌八哥多好,嬉嬉闹闹。我说。

豆秧出来了,它吃豆秧;瓜秧出来了,它吃瓜秧。只要是秧苗出来,它都吃。秧苗没出来,它吃种子。耕田老哥说。

我听了哈哈大笑,说:这是没办法的事,它天生为了吃。

乌八哥多憋屈啊,它与人太亲近了,人嫌它吵闹;没有了它,人又嫌田野太寂寞了。人还是怕寂寞,乌八哥要吵要闹,由它去吧。鸟天生一张嘴,不吃不叫,哪算鸟呢?

褐河乌

褐河乌的翅膀上有了一座广袤的森林。

在甘溪，我见到了褐河乌。五府山山脉自南向北，群山以"川"字形盘踞，形成三条狭长的河流：甘溪、金钟溪、畈心溪。若非雨季，溪流也并不壮阔，但也不羸弱，木桶大的河石裸露出半截。河床却十分开阔——河需要足够的胸怀容纳山洪的到来。山洪是一种吞泻的"风暴"，摧枯拉朽，把岸边的柳树洋槐连根拔起，把山岩开裂的巨石卷入水中。河横陈着密密麻麻的石块。石块均匀地分布，大石块布起了阵列，无数的中小石块镶嵌其中。如果石块在夜间会发光，那么我会把河流视作头顶上的银河。

与其说是河水的塑造，倒不如说是时间的淬炼，经过千万年的磨砺，巨石没有了任何的棱角，水磨圆了每一个石头凸起的尖利锋锐部分。水是时间的溶解剂，把石头溶解为细沙。水在河石与河石之间，形成了湍湍急流，白花花飞泻。褐河乌在这样的山溪生活。

如果你在海拔高度五百至两千五百米的溪流，看见体羽深褐色、尾短喙黑脚铅灰色的鸟儿，贴着水面逐着水浪飞行，那么它就是褐河乌。除了孵卵、夜宿，它从不离开水面。

在五府山盖竹洋盘桓三日，我算是空手而归。我本想去找猕猴和黑熊的，最终连一只山鸡也没见到。回家待了五天，我又去五府山。我不甘心，约了同学俞顺洪去枫泽湖看越冬候鸟。枫泽湖是甘溪、金钟溪、畈心溪汇集之处，近十平方公里的水面在夏季栖息着数千羽鹭鸟。湖中小岛的树林，翠翠的树枝簇拥着白鹭。白鹭翩翩起舞，引吭高歌。湖边的滩涂白皑皑一片。我想，斑嘴鸭、赤麻鸭、绿头鸭、鸿雁、鹊鸭、等鸭科鸟类，会来枫泽湖越冬。枫泽湖禁渔已有八年，鱼虾螺贝丰富，是鸭类鸟的天然食场。眼下正是渐寒的十一月中旬，白鹤、白头鹤、白枕鹤、灰鹤等鹤科鸟类已抵达鄱阳湖，鸭科、鹮鹛科、鹬科、水雉科等鸟类在半个月前已在鄱阳湖落巢了。

在枫泽湖走了大半湖岸，在五个观鸟点，我都没看到湖面有水鸟的踪迹。在一个距居民区较近的湖边，我才看到五只小鹛鹛在有浮草的水面戏水。我有些失望。为什么冬候鸟不回枫泽湖？与枫泽湖没有草泽地有关。冬候鸟在草丛筑巢，也吃草根。

又过七天，我一个人去五府山。我没有明确的想法也没有最终目的地。我沿甘溪溯源而上。溯溪约两千米，岸边已无村舍，右岸开阔的田野如轴卷徐徐张开。青山在峡谷两边逶迤，山堆积，层层堆积，如浪头推着浪头。河道保有原始的风貌，巨大的河石不再是黄麻色，而是暗灰暗褐，石面长着薄薄的地衣。沉在水中的河石赭白色，被溪水冲洗得裸露而干净。一只褐河乌分在河道中央的石块，起伏着身子抖着尾巴，翘着窄长的喙，在跳舞。徐缓的溪流在河石间发出淙淙的水流声。甘溪如一架钢琴，河石是琴键，被溪水不知疲倦地演奏。褐河乌是站在键盘上的舞者。

在距褐河乌约二十米远，我驻足了，坐在一块河石上。我脱了鞋子，脚浸入水中。水有些寒。我远远望着褐河乌，目不转睛。它侧起头，张开右翅，伸出喙梳翅下的羽毛。但它的舞步丝毫没有停下，它依然保持着优雅的舞姿。它起伏的身子踏着水声的节奏。它转过喙，摩擦两边的翅膀，左刷刷右刷刷，一个俯冲，落入水中潜泳。它的翅膀如鱼鳍，在自由地扇动。它像一条勇猛的青鱼，扎入水底。它顺水游下来，游了八米之远，钻出水面。它的喙如一双铁筷子，紧紧地夹着水蜈蚣不放。

褐河乌属于河乌科鸟。河乌科鸟类是雀形目鸟类中唯一在水中生活的鸟类。褐河乌是高山居民，以清洁的山溪为栖息地。它不离开水面，即使被人驱赶或追逐鱼类，它也不走空中近道直飞，而是沿着河流的曲线，贴近水面低翔。一旦有猛禽猎逐，噗噗噗，它飞入河岸的石洞，或河石的裂洞。

在南方的森林，我见过无数的瀑布，有的高百米，叠瀑层层垂泻，有的高几十米，一泻到底，形成厚厚的瀑帘。而飞入瀑帘，在瀑流上啄食的鸟，却非常稀少。褐河乌是其中之一。婺源北部有一座山，名大鄣山，山中有深谷，名卧龙谷。谷中涧水湍急，滔滔翻滚，悬崖和断石众多，瀑布沿谷悬挂，瀑声轰鸣不绝。其中最高瀑布下垂近两百米，凌空飞白练，瀑帘从石壁平整地倒挂下来如白光闪闪的冰川。有一次我去卧龙谷，站在栏杆边，观长瀑飞泻。一只褐河乌迎着瀑水飞身投射进去，被瀑水冲落下来，掉进漩涡滚滚的深潭。它游了出来，抖抖翅膀，又迎浪飞进去，又被冲落下来。再而三,它终于飞了进去。当时我还不认识褐河乌。我被它无所畏惧的气势所折服。在大多数人的认知里,鸟胆怯,谨小慎微,稍有危险便飞走,躲藏起来。其实,有些鸟非常勇猛,海鸟迎击风暴,鹰雕捕捉山羊。恶劣的生存环境塑造了它们刚毅的气魄。在南方的森林,食物丰富,鸟哪需要以命相搏去取食呢?

美国冰川学家、博物学家、被誉为"国家公园之父"的约翰·缪尔在《加州的群山》说:"所有的鸟类中,只有乌鸫是敢于进入湍急的激流中的鸟儿。"对这个观点,我并不认同。搏击激流,褐河乌同样出色。见多识广、博学多才的约翰·缪尔,怎么会忽略了褐河乌呢?我检索资料,发现褐河乌仅分布于亚洲。

近年,我常去野外观鸟。俗语说,一样稻谷吃出百样人,千人千面。鸟也是这样。这是基因决定的。比如鸦科鸟类斗狠,红嘴蓝鹊、乌鸦、喜鹊、松鸦,无不是见蛇斗胜,见鼠斗死;伯劳科鸟类斗凶,见蛇杀蛇,见鱼杀鱼;鹟科鸟类斗乐,天亮时开始啼鸣,一只鸟啼鸣,两只鸟相互对着啼鸣,成了鸟群追逐着啼鸣或站在一棵树上一起啼鸣,它不啼鸣了,要不是睡了,要不就是死了;燕科鸟类斗飞,晴也飞雨也飞,变化着姿势飞;雀科鸟类斗吃,麻雀和山麻雀是怎么吃也吃不饱的家伙,人还在睡,麻雀就进了厨房啄饭粒吃;河乌科鸟类斗水,水让它兴奋,它跳舞,它游泳,它听着水声睡觉,它迎着水浪求偶。

褐河乌善潜水善涉水善飞行,河石就是它的枝头,以水生昆虫为主食,如水蜈蚣、龙虱、红娘华、田鳖、松藻虫、水蛐蛐、仰泳蝽、蝎蝽、水黾、泥蛉、鱼蛉、扁泥虫、水斧、划蝽等。它与其他雀形目鸟类不同,它的鼻孔有保护膜,可以长时间潜水;

它有第三层眼睑，保护眼膜，避免水流的冲击却不影响视力；它全身体羽毛有一层油脂，像一件防寒防水服。

但褐河乌并不常见：只生活在清洁的山溪。它是生态标志性鸟类，等同于两栖动物大鲵（娃娃鱼）。如果它在浅水觅食或落在石头上栖息，被人惊扰，它不会呼呼飞走，而是抖一下翅膀，点一下头，似乎在给人行礼，若是兴致情起，它张开翅膀抖落一下，起伏腰身，翩翩而舞。它像个傣族俊俏少女，腼腆地托起裙摆，跳起迎宾舞。毫无疑问，它是山溪的主人。虽然它没有领地意识，但它生活在某一个相对长度的河段，幼鸟破壳后两个星期，雏鸟便随亲鸟出行，一窝五至七只，分散在亲鸟四周，站在石墩上四处眺望。

一个种菜的大叔见我坐在河石有好一会儿了，问我到底在瞧什么。他说话的当儿，褐河乌啪啪飞走，啾叽叽地叫。我说我看那只鸟儿，它潜水吃虫呢。

褐河乌出现的地方，通常可见小燕尾。小燕尾是鸫科鸟类，前额白色，翼上白色条带延至下部，且尾开叉，像穿黑白双色晚礼服的绅士。小燕尾以山溪为栖息地，在溪边石缝以地衣筑巢。但它不会潜水，喜热闹，尾巴点着水，吱吱吱吱叫。走了一段河道，我并没看到小燕尾，倒是看到了两只白顶溪鸲。白顶溪鸲像个戴白帽着银灰袍服穿棕黄长裤的道士，蹲在溪中的巨石之上，等待飞虫。

我很仔细地察看了两岸的石缝、石洞。这是褐河乌或小燕尾营巢必选家居。溪岸是河石垒起来的，垒得有些粗糙，仅仅是石块叠石块，夯黄泥，而不是灌浆。石岸年代有些久远，长了稀稀的灌木和茂盛的野草。飞蓬草、鬼针草、商陆、酸模、蒲儿根，确实很扎眼，一蓬蓬。有草的地方，我可以忽略，褐河乌不会在有草丛的石洞营巢，但找一段没有草的石岸，也不是轻而易举的事。

在一段约两千米长的弯曲河道，我来回走了一趟，也没看到褐河乌的巢。有一截倒在河边的洋槐树，我看见了鸟巢。鸟巢隐藏在树洞里，枯草叶编织，巢室碗状，巢里有五片暗灰色的羽毛。

我坐在一块比人还高的河石上歇脚，远眺高高的山峰。山峰斗转，莽莽苍翠。我叫得出名字的山峰，仅限于三五座。群山如铁桶般围住了窄小的盆地。我听到了"啾咕咕"的叫声，见一只褐河乌在一块圆石上，对着哗哗的水面，摆弄自己的身影。褐河乌不是爱"照镜子"的，水的流淌声让它兴奋。它发出了一连串的颤音，柔曼圆润，有雅致的脱俗。我就想，在水边生活的鸟，其实和水中的鱼一样，灵巧飘逸，脱离凡尘，就连它的鸣叫也有着小夜曲的柔缓细长节奏，连同沙石渗透出来的水声、秋风掠过田野的沙沙声、沉入水中树枝滑过流水的声音，会让一个迷恋野外的人着魔，生出几分狂想：观自在，是活的境界。

甘溪全长约百里，源头之一为五府岗（海拔1891.6米），是五府山山脉主要河流之一，穿过了九曲回肠的大峡谷。在枫岭的一截河道，我无意之中找到了褐河乌的鸟巢。一块形如砧板的花岗岩岩石，从石岸伸出来，石面上的灰藓半青半黄，石脚有一个喇叭口的鸟巢露出来。巢口直径约三十厘米，外形如圆筒，由干枯的灰藓和地衣编织的。我掏鸟巢，轻轻往外拉，没拉出来。巢黏附在岩石缝隙里，像一个内嵌的壁炉。灰藓是一种活水地衣，即使干枯，并不意味着死了，它的根系吸收了水分又会活过来。

巢室的部分灰藓再次发育，在缝隙里活了下来，巢便一直"安装"在里面。巢筑得非常隐蔽，外形和颜色颇具"隐身"，除了蛇，很难被其他天敌发现。它的设计和装饰，几乎可以说是出自自然公民的非凡构想。

在赣东，我在大茅山南麓、灵山西北麓、大鄣山南麓、三清山北麓、五府山北麓，及北武夷的桐木关、篁碧、擂鼓岭，见过褐河乌。当然，其他赣东的深山也还会有。如果把褐河乌在赣东的分布绘制成图表，我们会发现，有褐河乌的地方，绝对是人类的桃花源。

在五府山，我最想看到的是猕猴。赣东有好几座山，有猴子的族群生活。只有五府山的猴群是猕猴，而非短尾猴。为什么会出现这个单独种群的现象呢？我找不到答案。我很想找到这个答案。出乎我意料的是我见到了褐河乌。它算得上是森林的代言者。它的体羽并不多彩炫美，因此也不引人注目，甚至被忽略。很少有人知道，它是非常洁净的鸟，它的巢穴和身体，不容任何污垢。以我理解，褐河乌不是得了洁癖症，而是唯有洁净，才配得上广博丰富的森林，才配得上清澈寂寞的山溪。

第三辑 幽幽南山

草盛豆苗稀∣相仿的南方∣草木上的神山∣宽鳍鱲之殇∣神的面孔∣白溪∣去野岭做一个种茶人

草盛豆苗稀

陶渊明这个邋遢的老先生，写《归园田居》五首，我最喜欢的是那句"种豆南山下，草盛豆苗稀"。结多少果是不重要的，重要的是种下去。他种豆，是一种怡情，虽然他穷得连酒也买不起。穷怡情，是一种生命本真的态度。

黄土适合种红薯、包皮瓜、辣椒，但最适合种黄豆。如今，田地大面积荒芜，鲜有人在山上种黄豆，要种也只是在田埂上栽几排育种了的毛豆。毛豆日照期短，最长的不超过三个月，叶茂茎长，豆粒饱满，颗粒粗大。在田园的乡居生活中，是离不开豆的，像离不开水井一样。在山垄或在山南，垦出一片地，清明前撒下豆种，撮上草木灰，撮上几把黄土，浇几木勺水，隔上三五天，豆子会摇着小辫子一样的芽钻出来。芽是一根脆脆的茎，头上两瓣芽叶，像甲壳虫。这是一个童话世界。芽叶过个十天半月，由黄转绿，像甲壳虫长出的两只翅膀，豆芽成了豆苗。把豆苗移栽到地里，开始了日晒雨淋的一生。土黄豆苗矮矮的，叶子稀疏，中秋后，叶子发黄，豆荚鼓起来，像吃饱了的蚱蜢。豆叶凋敝，把豆秆拔出土，用稻草绑起来，挂在屋檐下或挂在竹竿上翻晒。豆秆发黑了，豆子从豆荚里蹦跳出来。土黄豆，颗粒小，滚圆。

在物质贫乏的年代，20世纪70年代出生的乡村人，大多数人都有这样的生活经历：饿不住了，躲在豆丛里，坐在地上，剥生豆吃。黄豆也称大豆，是中国重要粮食作物之一，已有五千年栽培历史，古称菽，富含蛋白质、脂肪、碳水化合物、钙、磷、铁、胡萝卜素、硫胺素、核黄素、烟酸、卵磷脂、大豆皂醇、各种维生素等物质。大豆不但有营养，而且还有药用价值。《贵州民间方药集》有言大豆："用于催乳；研成末外敷，可止刀伤出血，及拔疗毒。"因大豆富含植物性雌激素，是女性预防乳腺疾病的最佳食品。但黄豆含氨基酸种类少，含有消化抑制剂，妨碍消化吸收，会产生大量的气体，使肚子发胀。坐在地里吃饱了生豆，要不了一个时辰，鼓胀胀的肚子便会腹泻。

《广雅》云："大豆，菽也……角曰荚，叶曰藿，茎曰萁。"晒干了的豆秆，在灶膛里，噼噼啪啪烧得特别畅快，火苗青蓝色，水在铁锅里噗噗翻腾。曹植写《七步诗》："煮豆持作羹，漉菽以为汁。萁在釜下燃，豆在釜中泣。本自同根生，相煎何太急？"看样子，帝王之家的人，还不如山中种豆之人惬意。我儿子安安，在七岁的时候看电视剧《三国演义》，便背下了这首诗，问我煮豆为什么烧豆萁啊。我说，那是兄弟以死相争的意思。以死相争，人世间，还是有许多东西比生命更重要的。其实我到现在还不明白，哪有比生命更重要的东西呢？

中国是一个豆制品十分丰富的国家，有毛豆腐、酿豆腐、豆花（又称豆腐脑、豆腐花）、麻婆豆腐、臭豆腐、干豆腐、豆腐皮、茶干、冻豆腐、豆卜、霉豆腐、豆腐乳。我见过很多偏食的人，有不吃带眼睛的，有不吃带鳞片的，有不吃带毛的，有全素食的，但我还没见过不吃豆制品的（疾病原因除外）。毛豆腐是徽州名菜。酿豆腐是客家名菜。麻婆豆腐是川蜀名菜，始创于清同治年间，由成都万福桥"陈兴盛饭铺"老板娘陈刘氏所创。因她脸上有几颗麻子，故称麻婆豆腐。临湖豆腐是上饶名菜。

山里人用石磨磨黄豆。山泉水泡了一天的黄豆，完全发胀了，黄圆珍珠般晶莹发亮，手抄下去，清凉的黄豆一下子让人安静下来。用木勺掭豆子掺入磨眼，石磨转动，白白的豆浆汁淌入木桶或木盆里。石磨一般是麻石磨或青石磨，人工凿出一条凹槽。豆浆汁用白纱布过滤出，倾入铁锅煮熟，加石膏，放在豆腐箱里压榨，豆腐便成了。元代的张劭写《豆腐诗》："漉珠磨雪湿霏霏，炼作琼浆起素衣。出匣宁愁方璧碎，忧羹常见白云飞。蔬盘惯杂同羊酪，象箸难挑比髓肥。却笑北平思食乳，霜刀不切粉酥归。"新鲜黄豆的豆腐渣，其实也是一道上好的佳肴。铁锅的熟油噼噼啪啪作响，把豆腐渣翻下去热炒，半生熟，放两个鸡蛋清下去拌炒，熟透了，放蒜叶再炒，也是很多人的挚爱。闽北人把发酵了的豆腐渣拌以调味酱汁搓团，放在竹编上用米糠灰焖熟，切片，熟油煎黄，抿一口酒吃一口豆腐渣片，或嗍一口粥吃一口豆腐渣片，算是半个神仙。

苏东坡是个文学家、酿酒家，也是一个美食家，后半生颠沛流离，热衷于厨艺，不改达观性情。他写"脯青苔，炙青蒲，烂蒸鹅鸭乃瓠壶，煮豆作乳脂为酥，高烧油烛斟蜜酒"，真是很有情致。山中人，最为敬客人的三样东西有老母鸡、新做一箱豆腐、蒸糯米打麻子粿。出箱的豆腐,无论怎么烧法,都是非常美味的。水煮,半煎煮,煎四面黄蒜叶炒,或煮肉、煮霜后白菜,或和青椒芹菜丝咸肉煮干锅,皆为菜中上品。豆腐是个娇贵的东西,到了第二天便发酸,即使不发酸,口感也粗粝,便用筐箩把豆腐晾干,做豆干做霉豆腐做酱豆干等。

自小在乡间长大,常见乡邻做豆腐。我却从没把豆腐和美学联系在一起。忘记是哪一年了,我去广丰铜钹山,见一户人家做豆腐,我像傻子一样看了半天。时值初冬,做豆腐的妇人三十来岁,穿一件大红的棉袄,磨豆煮浆。黄黄的豆,白白的豆腐脑,木质的厅堂,黑黑的瓦屋,青色的砖墙,幽绿的柚子树,红红的棉袄,微笑的脸,长长的辫子,腾腾的蒸汽,我恍惚进入了油画世界。

我尤爱霉豆腐和豆卜。霉豆腐富含天然氨基酸,粘到舌尖,鲜味便散布全身。前几日,颜志华兄送我小罐霉豆腐,每小块豆腐都用箬叶包起来,很是精致。想必做这个霉豆腐的人,是个年迈的婆婆,她坐在门前的太阳底下,洗净箬叶,一块一块地包,像给婴儿穿衣服,格外细致。豆卜也叫油豆腐、豆泡,用油把豆腐水分炸干,中空,呈金黄色。煮白菜,炆肉,炒野葱咸肉,炒白菜心,豆泡都是绝佳的配料。豆泡和白菜切细丝做馄饨馅,和榨菜紫菜切细丝做汤,和青椒切细丝做地皮菇羹汤,也是难得的配料。

豆腐娇嫩,是一种心肠柔软的食物,像一个皮肤滋润的女人。我常想,能把豆腐做出佳品的人,肯定是有一副好心肠的人,不邪恶,不贪婪,懂得养人爱人,有热热的血。这样的人,住在竹林或阔叶林里,喝甜美的山泉水,说温软的吴语。和这样的人生活在一起，即使艰难，也是美满的。一个内心腌臜的人，是不配去吃一块好豆腐的。鲁迅在《故乡》中写杨二嫂这个人物："我吃了一吓，赶忙抬起头，却见一个凸颧骨，薄嘴唇，五十岁上下的女人站在我面前，两手搭在髀间，没有系裙，张着两脚，正像一个画图仪器里细脚伶仃的圆规。"我敢说，杨二嫂做的豆腐肯定不招人喜欢。

其实，我并没有看过草盛豆苗稀的景象。黄豆，家家户户都种。在孩童时代，祖父对我讲，在民国时期，他山地多，能产八十多担豆子。傅氏在村里是孤姓，受人欺负。收了的豆子，有一半会被村里的恶霸夺走。祖父善种豆。在后山，有一块黄土地，每年都种满了豆子。祖父垦出一块地，挑来两担沙子，打豆秧。打豆秧不需要施肥，早晚往沙上泼水，三五日，黄黄的豆芽露出了两片瘦削的芽脸。从炉里扒出草木灰，往地上撒一层，豆芽第二天便绿了。憨头憨脑的豆芽，显得清秀，苗条。把开叶的豆苗选出来，移栽到黄土地里。黄土地铺了一层茅草，雨啪啪啪下，豆秧成了豆苗。盖了茅草的地，荒草是怎么样也长不出来的。把没有开叶的豆芽拔出来，可做一盘青嫩的豆芽菜。

在打豆秧的时候，我会暗自"孵"豆芽。我把豆子泡半天，放在鱼篓里，盖上沙土，早晚洒水一次，隔几天，豆芽便"孵"出来了。用铁盒养蚕和鱼篓"孵"豆芽，是我玩不厌的，乐此不疲。那时，我便觉得最美好的事情，便是看着动物和植物一天天成长。

我们种豆，是为了收获豆子。"种瓜得瓜，种豆得豆"是一句乡间俚语。我的哲学老师，讲因果关系时，这句俚语足足讲了一节课，我也足足趴在桌子上睡了一节课。种豆当然得豆啊，也得花。黄豆苗开花，甚美，可无人在意。花，多瓣，外瓣浅紫，内瓣深白，多像一张美人脸。可花期太短，花瓣收缩，豆荚毛茸茸地长出来了。其实，种豆也不一定得豆。豆子收获了，自己却吃不上。小时候家里穷，祖父年年会种出几担子黄豆，但都卖给了公社的粮站。卖出的不多的钱，供家里开销。一年难得吃几次自家做的白豆腐。种豆不得豆，便是大苦。

相仿的南方

大路，是我们对枫林街的称谓。街具有小镇的气象，有商铺，有南来北往的货客，有饮食店。枫林没有。枫林只有这么一条大路。在去小学的大路上，我们还会路过一个三岔口、一座平板青石桥、一个弧形的水塘、两个长满荒草的坟茔。坟茔过去，是一个弯角，学校的操场豁然出现。卖甘蔗的板车停在弯角。炸油子馃的挑担也搁在弯角。大路就是这样弯曲的，它就是村庄的形体。樟树、泡桐、柿子树、香椿树、栗子树，从房前屋后跳出来，密匝匝，油绿绿。三岔口是村里出殡必经的地方。入了殓的人从这里出发，沿大路绕一圈，去了后山，再也不会回来。棺材涂满红红的土漆，木腥味还在。土狗蹓来蹓去。案前的香一捧捧地烧，杯里的酒只有半盏，落满纸灰。碗里的红烧肉白塌塌的，鼓胀胀的，棺夫拿起筷子，夹起肉，张开碗口般的嘴巴，一口咬下去，肉油从嘴角喷射出来。棺夫说，好肉好肉，七分生三分熟，有嚼头。也有入不了棺的人，用草席包裹，用竹垫子卷起来，扔在路口。这是短寿之人。岔口出去，走百米，到了饶北河。

饶北河，在村前呈弧形的饶北河，它的南岸是一片树林，穿过林子，翻过河堤，是一片西瓜地。初夏，葱绿的宽阔的黏黏的风，舔着我们的脸颊，那样潮湿、温热。豌豆花在田垄上盛开，小朵小朵，粉细的白。蜻蜓欲飞欲停。我热爱这种有着生活气息的自然之美。不远处的菜地，搭在架子上生长的是丝瓜，爬在矮墙上开花的是冬瓜，趴在泥坑里午睡的是马荠菡，站在池塘中央打把小伞的是莲藕。那是辣椒，这是茄子，梳着小辫子的是长子豆，长着胡须的是玉米。它们是我味蕾故乡里的故人。母亲把米泡在水里，泡一炷香的时间，再用石磨磨成米浆。米浆在热锅里边搅边熬，直至成糊，再把糊搓成黄瓜状的糊坯。一家人坐在桌边，把糊坯捏成灯盏碟的形状，把切好的笋丝、咸肉丁、豆芽、腌菜、辣椒干、豆干，包进碟状的皮里，放在蒸笼里蒸。这就是灯盏粿。年迈的祖父能吃三大碗。祖母吃一碗，私下还要藏一碗，留到第二天吃。做灯盏粿耗费时间，是在做不了农事的阴雨天才会做。糊坯还可以做饭麸粿。把坯切成薄片，或揉成丸子，在大火里煮上一盏茶的时间，放进咸肉、豌豆、豆芽、香菇、目鱼丝和调料，煮得汤有些黏稠，就可以出锅了。那时家境不好，只有豌豆采摘时才可以吃上几次。若是清明或立夏这天，米浆不需要熬，调碱，加糖，直接蒸糕吃。用竹篾蒸笼放在沸水里，笼底铺上纱布，把米浆浇一厘米厚，蒸熟，再浇，再蒸，再浇，蒸上十八层。蒸出来的糕，用麻线拉切成块，白口吃，口感绵甜。不加糖的糕，可以煮丝瓜吃，溜滑，滚烫，既可以当菜吃，也可以当主食。

作为一个大男人，我有时不能理解自己为什么会对做吃的有浓厚的兴趣。也许，最适合我的职业是做个厨师。我无师自通就会烧菜。这可能与我的童年有关。母亲烧菜,我添火。油锅噼噼啪啪,我站在灶边,等母亲把猪油渣熬出来给我吃。母亲做蒸菜、糊菜,做小菜、大菜,做炒菜、文菜,样样拿手。尤其是在缺少食物的年代,她能做各种各样的焖饭,把我们的胃口调理得丰富多变而备感生活的美好。南瓜、芋头、萝卜、白菜、荠菜,她都能焖出上等的菜饭。一样的米,她能做出百样的糕点。就是今天,我对她烧菜做饭的技艺,也惶惑惊奇,赞叹不已。

荆条花凋谢,叶子一片一片地跃上枝头。岸边的芦苇也完全茂盛起来。天空浑圆,有沉甸甸的下坠感。宽阔的水面有风的纹理,斜斜地,波动地,刻出天空的图案。白鹭在浅水滩觅食。它长长的脚,支撑着一团厚厚的积雪。白鹭在开春时就来了。同它一起来的还有惊雷,拖着火焰长长的尾巴,翻着跟头,从山尖滚落到我家的屋檐。暮色的屋檐,雨水披挂,像一道帘子。嘎,嘎,嘎,白鹭在呼朋唤友。从这块田飞到另一块田,从樟树飞到洋槐,它宽大的翅膀从我们的头上掠过,仿佛天空有轻微的晃动。牛筋草钻出毛茸茸的小脑袋,泥鳅在水坑里扭着小圆腰,鸡冠花亮开嗓子唱歌。田沟里、地垄上,四处跳着青蛙。南瓜蔓一夜长出细长的须,卷曲在瓜架上。水坑里,泥鳅和蝌蚪成群结队地游,小鲫鱼啪啪啪地拍打水面,溅起水花。枯草翻个身子转青。空气是潮湿的,草地上到处都是地皮菇,薄薄的,青柚色,牛屎一样黏在一起。后院的桃花落了一地,像个病恹恹的女子,经不起一点儿风吹雨打。雨先是一丝一丝的,没有响声,也没有雨势,恍恍惚惚地飘游而来,地上的粉尘像糖芝麻一样黏合,瓦开始发亮,映出天空的光色。天暗合下来,阴霾的云层里撕开一条缝,哗啦啦地掉下身子扭动的蓝色火苗,隆隆隆,啪,重金属碰击的声音像火炮炸响。哗哗哗,雨点颗粒般砸下来。雨势从山坳转个身,来到村里,斜斜地,透亮地,啪啪作响,水浪一样压来。瓦垄上,水珠跳来跳去,叮叮当当,水流喷射,形成水柱。墙头的狗尾巴草,耷拉着脑袋,一副打死也不还手的样子。水田白泱泱的一片。河汊,水沟,石板路,淌黄黄的泥浆水。白鹭缩在樟树的树杈上,用长喙梳洗羽毛。鲤鱼在河里翻腾跳跃。喧哗的春天,它要把大地重新装扮一番。

桃花汛后,鄱阳湖的鱼群经信江,游到了饶北河。鱼有时多得乌黑黑一片。我们在河床的凹处,用竹片编织的长方形筛子架一个漏子,水落在漏子上,鱼也落在漏子上。鱼在漏子上,跳来跳去,弯曲着身子,直至筋疲力尽。鱼有穿条鬼、棍子鱼、红光头、鲫鱼、上军、乌青,这些鱼爱戏水,精力充沛。白鹭则觅食小鱼小虾,把嘴伸进水里,嘟嘟嘟,头抬起来,甩动脖子,脖子变粗,鼓起来,翅膀轻轻拍几下。它是那样满足,三五成群,不时地交头接耳,偶尔仰天嘎的一声飞到另一片浅滩去了。它是那样的优雅,像个乡村牧师。光洁溜滑的脊背,被风扬起的刘海,因急促的呼吸而波动的胸脯。是的,这就是鱼群搅动起来的饶北河。它是如此的性感。西瓜藤匍匐在沙地上,正开出粉黄的花。傍晚时分,淡淡的雾气从河边漫过来,潮湿、模糊,野鸭呱呱呱的叫声也漫过来。假如在暗夜,有一个人撑着乌篷船,拐过弧形的弯道,在埠头的柳树下做长夜的停留,那么,我相信他和我有同样的愿望——都想成为河流寂寞的聆听者。缓缓的,寂寥的,一丝一丝渗入心房的水声,会在一个人心中长久地回响。而那样的暗夜,仿佛是水声的储藏器。田野里的野花与水声呼应,仿佛它们并不孤单,它们会在某一瞬间，相互拥抱在一起，交流彼此的气息。星辰高远，稀落的光芒使苍穹像一个突兀的悬崖。我们的头顶之上，是什么？我们的大地之下，又是什么？夜风从我们的肩膀滑落，一只水鸟啾啾地飞离枝头，那么快，只有水面留下它翅膀的痕迹。整个村庄虚在白光里，人也虚在白光里。我不知道那个与我有着同样愿望的人，心里会想些什么。或许他想起当年他的弟弟，与他一起在河里捕鱼，那时的鱼更大，用石头也能砸到鱼。他们一起下网，一起收鱼。他的父亲临终时，把弟弟托付给他。他弟弟在十八岁结婚之后的第七天，暴病而死。或许他想起了扔在石灰窑坑里的妻子，躺在木梯上，眼睛还没有完全闭合。或许他什么也没想，心静如水，时间把所有的怨恨和伤痛，都进行了彻底的改写或修复。

　　撑乌篷船的人，是一个捕鱼人。船上有浓烈的谷酒、网具、一件棉大衣、一条被褥、一个鼓鼓的汽车内胎、一个圆桶。他把圆桶嵌进汽车内胎，人坐进去，在河岸边布网。无数个夜晚，我来到他的船上。他用宽厚的手，摸着我的头。他穿对襟衣裤，白色的。他的脚像女人一样小巧。他略有扁塌的鼻子，在酣睡时会发出冗长的鼻音。他喜欢抱着我睡觉，他把温热的酒气哈在我脸上。夜晚是冷寂的，河水一样漫长。他就是我的祖父。桃花汛后，他就去河里捕鱼。即使是夜晚，他也头戴斗笠，手握渔叉，站在船头。田野和瓜地里的青草气味，被风送来，馥郁、恬美、惺忪。我能听到大地翻身的声音，窸窸窣窣，虫咕咕咕地鸣。而饶北河的睡姿是那样的优美，裸露的肌肤有月光的皎洁。饶北河轻微的鼾声不但没有把黉寂的村庄吵醒，反而使它睡得更沉。月光大朵大朵地落下来，和雾气交织在一起，弥眼而去，白茫茫的一片。

天哗哗哗地亮了，河滩上飘来少女的歌声。那是三寸丁的女儿茶花唱的。茶花是养鸭的。她背一个稗谷袋，穿高筒雨靴，用一根长竹梢，把一群鸭子往河里赶。她没有读过书。她会唱许多歌。我们也不知道她是从哪里学来的。她父亲个头矮小，开春时就打赤膊，油黑的背脊抹了油一样，雨滴打下去，溜溜地滑。茶花有一个弟弟叫老三，和我同班。老三经常挨同学的打。但他不怕。他说他从来不怕痛。我们不信，他就开始拧自己的手背，乌黑的一块，他说，看见了吧，不痛的。我们还是不信。他就用指甲抠脸，血丝渗出来，殷殷的，他说，真的不痛，不信的话，你来抠。他把脸拉到我们跟前，边说边笑。我们轮流抠，他也不叫痛。他的额头有松树皮一样的皱纹。即使是冬天，他也穿一条单裤。裤子的屁股上补了两块巴掌大的布。他用麻绳捆在腰上。他没有外套，棉袄赤裸在外面，油油的污垢和鼻涕黏在袄袖和扣襟上，油油地发亮。他弓着身子，鼻涕结成壳，锅巴一样。他把手卷进袖筒里，上课的时候，他不用手翻书，用舌尖舔，舔一页翻一页。后来我们再也不打他。我们给他取了个外号，叫死肉。茶花却不一样，是村里最美的姑娘。我小时候，大人开玩笑，问我，你长大了要娶谁做老婆。我说我要娶茶花。茶花有两条很长的辫子，但她不让辫子垂下来，而是盘在头上。辫子上插着花，有木槿花，有月季，有百合，有柚子花，没有花的时候，也插几枝长着芽苞的桃枝。茶花有十八九岁，月牙形的脸，满口石榴牙。天开亮，她就坐在沙滩唱情歌。她的情歌让整条河流生动起来。虽然那是寂寞的情歌。我们都迷惑于她，仿佛她是饶北河的化身。

"在许多个夜晚，我反复梦见一条河流。"我曾经这样说。被我梦见的还有圆月、河边的美人、在山顶上燃烧的落日、田埂上灿烂的葵花、繁忙的埠头。饶北河上空成群的白鹭，斜斜地飞过。母亲在埠头洗衣。父亲在埠头挑水。我背一个鱼篓，跟在祖父的身后，到竹漏子上捡拾肥鱼。河湾苍茫，树林遮掩了对岸的村庄。炊烟从树林背后的野地里，淡淡地升起，慢慢扩散，与河边的雾岚融为一体。牛哞一声长、一声短，燕雀从枝头上惊飞。傍晚的霞色，渐渐收合，直至澄明一片，村庄淡淡地隐没，浓缩，墨滴一样凝固在暮色里。昏暗的灯渐次亮起，屋顶渐次模糊，人声渐次寂寥。大路上，饭后的人坐在长条凳子上，摇一把麦秸扇，看月亮从古城山浮出来。黧黑的后山也浮出来。夜晚来了。一天就这样过去了。无数一天中的一天就这样过去了。时间是个恒量，一天是个变量。人以减数的方式，进入时间，或者说，人都生活在倒计时里。但这又有什么值得紧迫呢？又有什么值得我们放弃从容呢？

饶北河，江南河流中的一条小河，一个不被人传诵的名词，它途经一个村庄时，与一个气质相仿的人相遇，它赋予他美学，赋予他习性，赋予他生死相爱。或许，记忆都是过于美好的。现在的饶北河，已经完全污浊，河水像米汤。河水会使人浑身发痒，长红红的皮疹，溃烂、漫延。河里的鱼很少，只有指头一般大。在五年前，饶北河上游的望仙乡，大力开发石材，磨浮的废水不经过任何处理，直接排泄到河里，石材的白色粉尘，沿河床沉淀下来。河鳗、鳜鱼，已经绝迹。河獭更是灭绝无踪。沙滩被挖沙机掏得鸡零狗碎，像一具抛尸被野狗掏出的内脏。大片的树林只留下树蔸。枫林作为一个村子，它的灵魂已经死去——假如河流是村子的灵魂的话。生活在河边的人，远离了河流。

草木上的神山

神山没有神,只有山,和山里几十户世代耕种的乡民。

神山不是一座山的名字。

神山是一个地名,这个叫神山的村庄,落座在井冈山黄洋界下的山坳。井冈山亘古延绵几百里,竹海翻滚哗哗浪涛。四月的杜鹃花映照天涯。

到神山村,已是傍晚,将落未落的斜阳像一朵硬骨凌霄花,被山峦的叶瓣托举着。天边荡漾着白纸浆一样的云霭,漫溢四散,变薄变稀,萦萦绕绕,像稀释的葛粉在水中慢慢沉淀——山脚下的村舍和山谷,被乳白的雾气笼罩,远远看去,丛山如一叶叶乌篷船,弦歌唱晚,酒酣耳热。这是一个自然村落,在一个圈椅形的山坳,屋舍依山边呈扇面而铺展。山涧从后山弯下了,清清浅浅,梯次流淌。水车在村口转,叶片搅起水,嘟嘟嘟,嘟嘟嘟,又泻落下来,稀稀落落,形成一个水帘幕。我带你去认识水车。在环形的时间里,水车是它日夜滚动的车轮。水从低低的水坝里,冲泻下来,推动着宽大的叶片,轴轮以顺时针转动,刻下皱纹的图案。

掬上来的水,又回到了溪涧里。

"吃麻糍了,刚上臼的麻糍香喷喷。"乡民招呼着客人。小院并不大,摆满了花草小灌木。待客的乡民五十多岁,穿靛蓝的旧中山装,坐在小院的花架下摇着蒲扇。他刚刚打了一臼麻糍,脸上的汗迹有淡白盐渍。他的儿媳妇扎一条红暗花围裙,站在圆席边,把上臼的麻糍,搓成一个个半拳大的团,滚上芝麻粉豆末白糖。豆末是熟豆碾碎的。豆子是山黄豆。霜降前,把山黄豆从旱地拔起来,十株扎一束,两束扎一捆,用干稻草扎。在廊檐,把豆捆挂在竹竿上,黄黄的豆叶慢慢枯萎,变成麻黑色,豆秆抽空了水分,手指捏一下,啪嚓,断了,花麻秆一样生脆,豆荚硬硬却爆裂了荚口,黄黄的豆子露出圆脸。把豆捆摊开在场院,用连枷啪嗒啪嗒把豆子拍打出来。豆秆拿去烧锅,豆荚装在畚斗里,铺在萝卜秧苗上。箩筐收了豆子,储藏在谷仓里,要吃豆子了,用升斗量出来。炒豆需要干木柴,烈火把锅烧红,锅底发白,把豆子倒进锅里,豆子噼噼啪啪跳起来,豆衣焦黄,出锅。柴灶房弥散着豆香,豆香有阳光的热烈。石磨早清洗干净了,熟豆从磨眼当啷啷迫不及待地往里钻,推杆一来一回,豆子磨成了豆末。麻糍滚豆末,越滚越黏,于是有了俚语:麻糍滚豆末,拍不干净。打麻糍的糯米需是上好的糯米,不带粳米掺杂,以冷浆田产糯米为上品。糯米泡一个时辰,发胀得如珍珠般晶莹洁白。糯米泡在水里,多像蚕蛹,白白胖胖,圆润,和蔼。我们总是忍不住伸出双手,抄进水里,抚摸它。锅里的水扑腾腾地翻溅,喘着粗气,似乎在说:"快把饭甑蒸下来吧。"把糯米拌到饭甑里,要不了一碗茶时间,蒸汽绕梁,白蒙蒙一片。饭甑盖滚烫了,在饭面浇一层水，继续蒸。再喝一碗茶后，把熟糯米饭倒在饭箕上，凉一会儿，再扒进石臼去。打麻糍的人，早已洗脸洗手，坐在椅子上等了。木杵也是用热水泡过的，毛巾擦洗了几遍，圆席早已摆在方桌上，芝麻粉豆末和白糖已分不清谁是谁了。打麻糍的人扎着头巾，捋起袖子，把木杵打在糯米饭上。打一下，边上打下手的人，用温水浸一下手，把糯米饭扳回凹下去的杵坑。一杵一杵地打，一回一回地扳，糯米饭慢慢烂稠，饭粒不见，变成了米稀，黏合在一起，抱成了团。把麻糍团抱到圆席上，搓成手腕粗条状，分节揉圆，滚上芝麻粉豆末，谁看了，都会忍不住拿一双筷子，把它夹进嘴巴里。

溪涧边的蔷薇，盘满了木桩，我暂时不想看。我站在圆席边，暂时不想走。麻糍柔软，温热。芝麻豆末溶化了颗粒白糖，吃起来更香。这是乡民最好的待客食物。麻糍上圆席之前，我在厨房长时间逗留。糯米泡在水缸里，足足有半缸多。木柴码在屋角，一直码到屋檐。蒸出甑的糯米饭，装在饭箕里，米香四溢，米色透亮。大姐拿起一个碗，给我盛糯米饭吃，笑眯眯地说："给你拌蜂蜜，吃得滋补，比三黄鸡滋补。"

院子里，瞬间站满了人。原先没看到什么人，怎么一下子有这么多人呢？各种口音，南腔北调，很多口音我也辨别不出来。打麻糍的大哥歇足了气，给大家泡山茶，说："山里没啥珍贵的，吃吃茶吧。茶是山茶，手工茶，新芽。水是屋后山泉，甜滋滋的。"他拿一个竹筒，抖抖，把茶叶撮到碗里。我喝了一口，便坐了下来——这碗茶，我得慢慢喝，先把茶汽吸进去，再喝茶水，最后把茶叶嚼烂吃下去。水不像是土里涌出来的，更像是山野植物的分泌液。茶叶在热水里慢慢散开，舒展，一座青山显现。

井冈山，我不陌生，之前也来过，却是第一次来神山村。井冈山第一次出现在我眼前，是在小学语文课本上，以水粉画的形式出现；第二次出现在我眼前，是乡村场院竹竿上悬挂的宽银幕——巍峨壮美的井冈山，翠竹如海，山道交错，人烟稀少，炮声隆隆。站在乡民的院子里，我细细地环视四周山梁。山呈漏斗形往内收缩，斜斜的山坡上翠竹在摇曳，油桐喷涌着雪球一样的白花。眼前的山川，让我想起海浪中掠涛而过的海象。静止的大海，悬浮在天际之间。山鹰驮着斜阳飞逝，斜阳把采集了一天的花粉，播撒下来。井冈山处于凌霄山脉腹部，山峰高耸，叠翠堆绿。山脉如奔驰的马群，由西向东，横亘四百公里，是湘江和赣江的分水岭。井冈山则是头马，昂首飞蹄。我站在神山村，看见扬起的鬃毛如江水分流，隆起的山峦是健硕的肌肉，在抖动。

在有公路之前，这是一个封闭的山村。山货和日常吃食，依赖肩挑。一根扁担从山下，挑粮食、挑食盐、挑布匹，沿弯弯山道上来；茶叶、笋干、蘑菇和木竹器，也挑到山下去卖。木竹器一直是乡民家居的主要器物，有摇篮、木床、木桌、木凳、饭甑、谷仓、米缸、木桶、托盘、木风车、木水车、竹椅、竹床、饭箕、簸箕、圆席、晒席、篾席、渡水管、米筒、畚斗、扁担、箩筐、竹碗、笸箩、筷子筒、果盘、鱼篓等。孩童玩具也是竹木的，如水枪、陀螺、手枪、冲锋枪、跷跷板、踏踏板、竹筒鼓、弹弓、双节棍。年轻人觉得山上生活不便，迁居茨坪、拿山。年长的人，怎么也舍不得离开这个山坳。这里多好啊，吃了晚饭，和相邻的人在院子摆上小圆桌，炒一碟南瓜子，泡一壶山茶，多么惬意。山风微凉，夹带着黏湿的花香,黑魆魆的山梁披着月光。星空是圆形的,稀薄,但有沉坠感,多看几眼,觉得天空会摇晃。天空透明,瓦蓝色洸出亮白银光,银光交织,彼此辉映。星斗也像珍珠,饱满,温润。前几年,柏油路从山下一直修进了村,迁居的人又回到了山上生活,翻修和兴建屋舍。这里是祖居之地,怎么会离开呢?无论山有多高,林有多深,都有一条路直通家门口。门口的溪涧,日夜流淌,银铃般的脆响不绝于耳,接一根毛竹管的水槽,引到自家水缸里,用竹勺舀起来,痛痛快快喝上几口,全身清爽。菜地就在家门口,拎一个竹篮,随时可以摘菜。菜都是顺季菜,农家肥种的,看起来就想吃。雪地的萝卜,霜打的白菜,骄阳下的辣椒,竹架上的白黄瓜,黄泥下的土豆,茅草盖起来的豆芽,都是百吃不厌的。到哪里去找这样的地方,过清清淡淡的生活呢?离开了神山又回到神山的人,渐渐明白了,无论穿什么样的鞋子,走什么样的路,鞋底下的泥土还在。泥是山泥,是神山的黄泥。泥会长长长的根须,深深扎入种过的地,耕过的田。这里的黄泥,夹杂一层烂树叶烂木屑,长出来的作物格外好吃。茶叶肥,黄豆圆,南瓜甜,大蒜白,谷酒烈,蘑菇香。

山外的人来神山吃麻糍,喝山茶,吃农家菜,看山泉,逛果园,便不想走了。溪涧上架了木桥,三根松木板搭起来,扶栏用毛竹围起来,摆上山上挖来的花草盆栽,有了园林的情境。过木桥,便是果园。果园是梯级的山地,垦出一块块椭圆形或斜边形平地,栽上油桃、井冈蜜柚、橘子、梨树、山枣。我第一次见井冈蜜柚树,绿叶肥阔,树丫完全发散开来,有一股浓烈的清香。蜜柚我吃过。前两年,一个来井冈山旅游的朋友,吃了蜜柚,便下了狠手,买了三筐回来。他还在果园,给我打电话:"我知道你喜欢吃柚子,井冈蜜柚,你得好好品尝。"蜜柚硕大,柚皮白黄色,肉质脆嫩,汁多化渣,甜酸适中。我第二天送回老家给母亲吃,柚子糖分低,适合老人吃。井冈山雨水丰沛,日照充足,适合种柚。果园不大,却精美——我一直有一个果园梦:溪流绕园,溪边长满菖蒲和石兰,果园栽着四季的浆果,开各色的花,临溪的空地筑一间明月楼,楼阁只需摆下一张茶桌。这样的奢想,也藏在心里。意料之外的是,在这个村子,我竟然与之相逢。也许,来神山做客的人,大多和我有相同的想法。在城市生活,呆板,单调,往复,人性中许多细腻梦境一样的美好向往,都被渐渐磨灭,如阳台上的植物,失却了露水,凭洒水而长,缺乏生机。突然有一天,我们醒悟,人可以有更美好的去处,需要寂静的山野和默然的月色,我们背起行囊,踏上了去往茫茫远方的列车……于是,神山村出现在了眼前。

人的一生,最终需要的不是繁华,而是恬淡;需要的不是风起浪涌,而是抱朴守拙;需要的不是奔袭,而是致远。如淙淙溪流,如溪流上的水车。

雾霭慢慢降下来,零星的雨点给山间添了一抹余韵。我坐上大巴,在山道千回百转,去往茨坪。人在山谷,如一条深海鱼。油桐花和白绣球花开满了山坞。竹海沙沙沙,让我恍然。山在变高,耸入天际。神山村隐在深深的山林里。我们看不见雨,只听到雨在击打车窗,当当当。人是很容易被唤醒的。听着当当当的敲窗声,我觉得自己已经在融化,融化在雨滴里,渗入山林。沉默。车上是一群沉默的人,脸被虚化,被雨影模糊。

一个叫神山的村庄,一个云端之上的村庄。它为什么叫神山村呢？为什么不叫高山村，不叫云上村，不叫树上村呢？先民是不是膜拜山神呢？称之神山，是先民对生活的一种信仰。岁月流变，这是一个山村的神奇。

宽鳍鱲之殇

绵雨之日,我坐在二楼看美国作家蕾切尔·卡森的《寂静的春天》,雨哗哗哗,溅在窗台上,水珠在窗玻璃形成一个仿若星空的图案。我看不下去书,文字如河面的水浪,在汹涌。我出现了长久的幻觉:河水拍溅,一群群宽鳍鱲在砾石铺就的水滩,迎着湍急的水浪,激烈地斗水。鱼群跃过砾石,跃过窄窄的水流,跳出白花花的水面……它们是那么快乐、顽皮,如雨中翻飞的燕子。我再也坐不住了,穿上雨鞋和雨披,去了河滩。暴雨如注,河浪翻滚,密集的雨线遮蔽了河面。没有看到鱼群,也没有看到小䴙䴘,我怅然若失,看着河水卷起棘柳,褐河乌迎浪而飞。

宽鳍鱲是饶北河鳞花纹最美的鱼,也是最鲜美的鱼。去郑坊集市买鱼,十之八九的人往鱼篓瞄一眼,抖一抖篾丝鱼篓,颇觉失望地说:"怎么没有红光头呢?"卖鱼的人抱着一杆秤,说:"这个时间来,哪还有红光头卖,一天也就抓那么一斤多,饭馆的人早收走了,连带白鱼一起收。"

有一次,我也不看鱼篓,故意问卖鱼人:"篓里还有宽鳍鱲和红鲌吗？"卖鱼人怔怔地看着我，不知道我说什么。他问我："宽鳍鱲是什么东西？是竹器吗？"我说："是鱼，饶北河里的鱼。"卖鱼人把头摇得像个拨浪鼓，说："我打了几十年的鱼，从来没听说过这两种鱼。"我故意问："那饶北河最好吃的鲜鱼是什么？"卖鱼人说："以前是花鳗，花鳗绝了，红光头当然是最好吃的鱼了。"我说："红光头有多少我买多少。"卖鱼人说："哪还留得着红光头？"我说："那来一斤白条吧，白条应该有吧。"卖鱼人从鱼篓抄上白条，放在秤盘里，说："其实也不用称，十条也就差不多有一斤，多给你一条，足够斤两。"

红光头比白鱼一斤贵三块钱，白鱼比白条一斤贵三块钱，白条比鲩鱼一斤贵三块钱，鲩鱼比鲤鱼一斤贵三块钱，鲤鱼比白鲢一斤贵三块钱。白鲢和菠菜等价。

在郑坊、华坛山，问三岁小孩也知道红光头是什么。问一百个人，也无人知道宽鳍鱲是什么。去年8月，我的同学姜永红请我在华坛山一家餐馆吃饭，约了几个老同学一起吃河鲜。红烧红光头端上桌，我问他们红光头的学名叫什么，没一个人知道。

红光头就是宽鳍鱲，白鱼就是红鲌。红光头、白鱼，可谓尽人皆知，而宽鳍鱲、红鲌，无人知晓。在外久了的郑坊人，最想吃的菜，可能就是红烧宽鳍鱲了。

宽鳍鱲属鲤科、鱲属。鱲属有四个种：尖鳍鱲（又称成都鳍鱲）、粗首鱲、平颌鱲（又称宽鳍鱲）、台湾鱲。宽鳍鱲孵卵时，体侧两边细鳞转红，珠星闪闪，游在水中，艳若三月桃花，因此又称桃花鱼。在饶北河一带，被称作红光头，也是因为它在孵卵期，满身闪着耀眼的红光。宽鳍鱲体色鲜艳，背部黑灰色，腹部银白，体侧有黑中透出浅青色的垂直条纹，条纹之间有粉红色斑点，腹鳍淡红色，胸鳍间杂着黑色斑点，背鳍和尾鳍灰色，体长侧扁腹圆背厚，头短吻钝唇厚眼小。

它生活在湍急的河流中，尤其喜欢在山溪安度一生。

捕鱼人以长条形地笼，放在临近岸边的深水，坐等鱼虾钻进网笼。深水静流，宽鳍鱲几乎不去没有水浪的地方。钻进网笼的，大多是鲫鱼、泥鳅、白条、鲶鱼、乌鲤。深水下，淤泥多，鲶鱼、乌鲤喜欢这样的地方。

在我二十岁之前，饶北河较深，最浅的河段在夏季也有没膝深。在鱼孵卵的季节，从信江洄游上来的鲩鱼、鲤鱼和鲫鱼，像乌鸦群飞过来一样，乌黑黑拥挤在水草茂密的地方。坐在河埠头，把脚伸进水里，白虾、白条围着脚，吃皮屑。钓鱼也很简单，一根麻线系上拧弯了的大头针，在针头穿饭粒或小虫，垂直落在水下筷子深，白条射过来，吞食饵食，拖着麻线走。手腕往上一抖，把麻线提上来，放进小木桶。河里，什么鱼都很多。宽鳍鱲更多，在湍急的浅滩，远远地，我们就能听到它们尾巴击打水浪的声音：啪啪啪，啪啪啪。我们用长长的桂竹竿，拍打水，宽鳍鱲蹦跳起来，几十条鱼同时跳。我们把鱼驱赶到河岸的浅水处，它惊慌失措，扇起细细的水花。这是我们很喜欢玩的戏鱼。

暴雨来临，排田水的水沟变成了小溪，急切的水流狂泻，冲入饶北河。宽鳍鱲和马口鱼以最快的速度，斗水上来。我家门前有一条水沟，水流量很大，溢出沟口，在路面横流。再大的暴雨，孩童也不怕，光着脚，提一个篮子，到路上捡鱼。鱼两指宽，小筷子长，蹦跳得很激烈，孩童追着鱼抓，一脚踩翻，跌倒在地，篮子也翻了，鱼游回到水沟里。

有一种十分简单的捕宽鳍鱲的方法，非常管用。在水流湍急的河道，固定一块长方形的竹匾，竹匾三个边，压实稻草或树枝，敞开一个边对着泄水口，宽鳍鱲在退水的时候，推进了竹匾里。竹匾有篾缝，不储水，活水又源源不断地流进来，宽鳍鱲游不动身子，蹦跳不了，便一直留在竹匾里。这个方法，有一个很形象的名称，叫架场，就是把渔场架空，鱼落不下水。这是我在大山区看到的。大山区有一条约十米宽的河，河水终年奔腾不息，河鱼非常多，以宽鳍鱲、马口鱼、鲫鱼、白条为多。一个人用捞饭的筲箕套在狭窄的河道处，另一个人从河道往下跑，鱼忽溜溜跑进筲箕，把筲箕抬起来，鱼蹦跳。同学嫌筲箕太小，还得花费两个人，不如架场。他劈毛竹，竹片两指宽，用藤条扎得结结实实，制作好了。在水湍急的地方，河石堆出一个倒喇叭形出水口，竹匾搁在出水口石头上，和水面保持着不高的距离，四角压一个圆石，三边围上稻草，压上沙石，场架好了。第二天早上我们去收鱼，收满满一竹篮子。

架场捕溪鱼，在饶北河，我没有见过。

1992年，华坛山镇在河上游建了一个萤石选矿厂，从萤石原矿中提炼粗矿。选厂排出的废水，直接灌入饶北河。废水含有硫化物，灭绝了鱼虾，螺蛳也死绝。人也不敢下河。河水浸泡了人的皮肤，皮肤会溃烂。有一次，一个外地拉货司机，看见饶北河的水清幽幽，把车子停下来，下河游泳。他说，他很少看到这么清澈的河水。游泳上来，他全身长出了红斑，瘙痒无比。他不知道河水里有硫化物。河成了一条死亡之河。华坛山镇下游的几个村有人不断反映，五六年也无人解决。

1996年，处于饶北河源头的望仙乡开发灵山北山的花岗岩，磨浮的废水不经任何处理，直接排入河中，大量的粉尘沉在河床。河水带着粉尘，一路污染，流入百里之外的信江。河水变成了米汤一样的白色。河水灌溉农田，农田板结，粮食减产。在白山底，临近河滩的一畈田，被迫改种蔬菜、高粱。

21世纪初，上饶市以地方立法的形式，保护灵山自然环境，关停了所有污染厂矿。惨痛的十年，饶北河遭受灭顶之灾。金钱让少数人灭绝人性，丧失良知。饶北河为什么会有惨痛的十年？仅仅是金钱的原因吗？也不尽是。在读奥尔多·利奥波德的《沙乡年鉴》时，我就想，为什么我们身边有那么一小撮的人，对大自然丧尽天良呢？

我们的祖辈、父辈，我们自己，以及孩子，一代代的人，（除了法律因素外）很少得到过良好的自然哲学启蒙，缺乏自然主义精神，以至于我们没有自然的伦理观，对自然缺乏深深的敬畏。二十年前，是这样的通行法则：牺牲自然，获得肉身的暂时饱和。

环境学家在考察饶北河污染之后，说，恢复清洁的河流，至少需要二十年，甚至五十年。这意味着，一代人看不到清洁的河流。

宽鳍鱲没有洄游的习性，所以，生活在信江其他支流的宽鳍鱲不会来到饶北河，即使有，数量也少得可怜。饶北河里，不洄游的鱼，都面临物种灭绝的危险。

有一种鱼，生活在砾石与沙子的缝隙中，鱼的体型和长度、颜色，和壁虎差不多，前段近圆筒形，向后渐侧扁，头大平扁，颊部突出。在方言中，我们叫它鸡屎夹鱼——因体色如鸡屎而得名。

这种鱼，与河鳗、大鲵、水獭、青螺等动物一样，对水质要求非常苛刻。十年之内，这五个物种在饶北河彻底灭绝。我找了资料，查鸡屎夹鱼是什么鱼，无功而返。直到 2018 年，在《中国南方淡水鱼类原色图鉴》查出鸡屎夹鱼的学名：中华沙塘鳢。中华沙塘鳢灭绝的主要原因是无处孵卵——它把卵孵在河蚌内，而河蚌被硫化物毒灭了。

宽鳍鱲对生存环境的要求十分严苛。除了需要清洁的水源之外，它还需要三个条件：有湍急的流水，河底有沙层，河床有鹅卵石和砾石。在 20 世纪 90 年代，修筑河道已把饶北河里的沙子取尽了，河滩都被挖完了。宽鳍鱲虽没有灭绝，但数量急剧减少。

想吃一盘红烧宽鳍鱲，多么难啊。河里少鱼，方圆二十里之内，无大型水库，所以，郑坊无鱼可吃。上餐桌的鱼，大多来自浙江衢州或鄱阳湖。以前，家里来客人，叫孩子拿个筲箕，去一趟河里，要不了一个小时，捉上两大盘宽鳍鱲、马口鱼。去捉鱼和去菜地摘辣椒一样方便。

乡人去捉鱼，并不捉多，一般捉一斤两斤，够一家人吃两餐就可以，第二天要吃了，再去捉。孩子捉鱼捉多了，大人还会教导几句："鱼是一道吃食，也是一种生灵，生灵有命，吃不完就浪费了。浪费了的鱼也就枉死了。"鱼是不能浪费的，没有烧的鱼晒了鱼干，或者泡在熟油里。乡人懂得朴素的自然哲学：鱼供人所食，也需延绵繁衍生息。

宽鳍鱲肉质鲜美，鱼刺少，口感细嫩。下厨的人，哪个都可以烧一盘好鱼出来。

在我成家之后，我买鱼只找一个灵溪妇人买。她老公以在信江河捕鱼为生。她骑一辆电瓶车，载两个大水箱，骑十余里的公路来到八角塘菜市场。我要买鱼了，早早在她摊点等。我帮她一起搬水箱。我把宽鳍鱲、马口鱼挑出来，装在一个单独的脸盆里。信江河里，这两种鱼也不多，她每次带来，也只有两三斤。我便全部买走。她没有门店，常被城管驱赶，她在五三菜场、胜利菜场、东都菜场、八角塘菜场游击式卖鱼。去买鱼之前，我给她打电话，问她在哪个菜场。但她很少接到电话。打十次，她也接不上一次，我不再打电话，一个一个菜场找过去。

非常谦虚地说，我烧宽鳍鱲绝对美味。鲜鱼剖腹洗净，少量细盐抹鱼身，沥水半小时，锅烧红，适量茶油入锅，盐在热油中抹锅底面，姜粒入锅，鱼入锅摊平，火改中火，煎两分钟，适量绍兴老酒浇鱼面，鱼再翻身煎，放大蒜粒，放辣椒干，煎两分钟，添加老抽少量，放青椒丝，改大火，添适量水，鱼焖出两面深黄，汤汁浓稠了，出锅即食。

宽鳍鱲属于体型较小的鱼，一般所谓的大鱼，也只有一两多重。我没见过三两重的宽鳍鱲。它主要以藻类、浮游昆虫及虫卵、小鱼为食物，群体生活，也和马口鱼一起结群。

镇里有钓鱼爱好者，经常在丰收坝钓鱼，钓上的鱼，大多是鲩鱼、鲫鱼、鲶鱼、白条、翘白等。他们钓鱼，我也去看过几次。我有一个同学，在小学教书，算是超级钓鱼爱好者，每天放了学，去河里钓鱼。我问他："你钓上过红光头吗？"

"钓得到红光头，我还钓鲫鱼干什么。"他翘着嘴巴说。

我问过很多的钓鱼人，他们都没钓到过。我同学说得干脆："红光头太聪明，从来不上钩。"我说："你不研究红光头的习性，当然钓不上它了，河里哪有笨的鱼呢？"

十几年前，我也是超级钓鱼爱好者，休息日、节假日大多在溪流水库边度过。我也是钓宽鳍鱲的高手。我自制鱼饵。钓宽鳍鱲有很多细节上的秘诀——秘诀我不说了。

我回到枫林，紧要事便是给村里捕鱼人打电话，问："明天有红光头给我留着。"大多时候是没有，即使有，也只有几条，和白条凑合一盘。洪水暴发一次，饶北河被淘洗得更干净一次。历经十五年恢复，河里的鱼又渐渐多了起来。而毒鱼事件，仍然时常发生。投毒一次，河道十里内，鱼全死。戊戌年中秋节，又有人在河道毒鱼，捞鱼最多的人，捞了五百多斤。这次毒鱼，引起了民众公愤，有人报警和报告农渔业部门，可没一个单位来查。当地执法人员给村民在电话中回复：毒鱼这样的小案，没什么可查，村干部处理一下就可以。

有些人，对生命已完全麻木。对灭绝群体性生命行为无动于衷的人，和灭绝群体性生命的人，属于同一类，有肉身无人格。他们听不到动物对人的诅咒，如同苍天听不到人诅咒天灾。任何以非人道的方式对待动物的人，都是心灵扭曲的人，人格分裂，暗藏极度残忍冷酷的阴面，即使他表现出温和善良的面目，也是一种伪善。

鱼有水，而不能活，是鱼的悲哀，也是人的悲哀。

神的面孔

　　我不知道，人世间假如没有草木，会是怎样的。没有草木，会不会有昆虫，会不会有夜晚凝结的露水，会不会有掬出蓝色液体的星空，会不会有鱼群、飞鸟和猛兽？不会有的。我们也不会有故乡。故乡是什么？是漫山遍野的油茶花，是春天在田畴里掀起浪涛的紫云英，是岸边栖息了白鹭的洋槐，是池塘边六月灌满糖浆的桑葚，是萝卜，是白菜，是大蒜，是鱼腥草，是荷花，是笨拙的土豆……是硬硬的木柴，是软软的棉花，是板凳，是八仙桌，是温暖的床，是门前的酸枣，是水井里的青苔……是饭，是蓝印花布，是竹篮，是温热的中草药——它们，穿过时间黑暗的甬道，变成了蓝色火焰或黑色的记忆游丝，沿着亘古不变的动脉静脉，分布在我们灼热的胸腔。我们作为一个异乡人，循着植物的气味——即使是化为灰烬的植物，比如炊烟，比如火盆里燃烧的木炭，比如父亲写来的一封三言两语的简函——追寻我们草木茂密的出生之地。事实上，当我们历经人世诸多苦痛，会领悟，我们所有的出发，最终是另一种形式的返回：返回到一棵树下，返回到荒草萧萧的墓前，返回到芦苇吹拂的河流，返回到一根母亲尚未燃尽的灯芯里。我们返回的脚步是迟缓和犹疑的，茕茕然，茫茫然。故乡的草木将成为指引。我们终将不会迷路，星月下，风雪夜归。

"彼黍离离，彼稷之苗。行迈靡靡，中心摇摇。知我者谓我心忧，不知我者谓我何求。悠悠苍天！此何人哉？"（《诗经·黍离》）消失了。"彼采艾兮，一日不见，如三岁兮。"（《诗经·采葛》）消失了。"六月食郁及薁，七月亨葵及菽，八月剥枣，十月获稻，为此春酒，以介眉寿。七月食瓜，八月断壶，九月叔苴，采荼薪樗，食我农夫。"（《诗经·七月》）消失了。"参差荇菜，左右流之。窈窕淑女，寤寐求之。"（《诗经·关雎》）消失了。《诗经》消失了。

"江南可采莲，莲叶何田田，鱼戏莲叶间。鱼戏莲叶东，鱼戏莲叶西，鱼戏莲叶南，鱼戏莲叶北。"（《汉乐府·江南》）消失了。《汉乐府》消失了。

竹简没有了，绢绸没有了。纸也无从发明，毛笔也不会有。

不会有"四书五经"、楚辞汉赋，不会有《茶经》《天工开物》。也没有唐诗宋词元曲。

没有张骞出使西域，没有昭君出塞。

写"浴兰汤兮沐芳，纫秋兰以为佩"的楚大夫屈原不存在了。采菊东篱下的陶渊明不存在。"宁可食无肉，不可居无竹"的东坡居士也不见了……

没有草堂和秋风所破的茅屋。没有山寺桃花。没有竹里馆。

兰亭夜话的王羲之去哪儿了呢？富春江上的黄公望去哪儿

了呢？鸟眼看人的八大山人去哪儿了呢？做木匠的齐白石去哪儿了呢？

《黄帝内经》《金匮要略》《神农本草》《本草纲目》都不会有的。

"好一朵美丽的茉莉花，好一朵美丽的茉莉花，芬芳美丽满枝丫，又香又白人人夸，让我来将你摘下，送给别人家，茉莉花呀茉莉花……"美好的歌谣也不会有。

是的，我们的文明史与草木紧密相连。没有草木，也不会有文明，不会有人世间。人类史就是草木的供给史，草木翻开了人类的篇章。草木是人类史的序曲、筋脉和结束语。

我遥想，一百年前我们的家园是怎样的呢？在赣东北，是古树参天，月月有花，季季有果，处处是百花园。随意走进一座山，都是深山不见人，白云生处有人家；随意走进一个村舍，都是山水的画廊，"雨里鸡鸣一两家，竹溪村路板桥斜。妇姑相唤浴蚕去，闲看中庭栀子花。"（唐·王建）我祖父曾描述，在他孩童时期，村后的山垄是有老虎和狼出没的，一两个人不敢进山。山垄里的杉木松木比磨盘还粗，抬头不见天。我小时候，山垄里还有土狼、黑熊，一年会被村里人遇见几次，豺则是十分常见。后山的树，可以做房柱。四月梅雨，我拎一个竹篮，去山冈上采蘑菇，半天能采小半篮。后山有成片的桉树，铅灰色的树皮甚是朴素雅美，松树和杉树使整座山常年墨绿。我们上山砍柴，每次都能看见麂在溪涧惊慌地逃窜。1983年，我十三岁。这一年，山垄里的树全砍完，分给各家各户。村人当时并不知道，这是万劫不复的灾难。20世纪90年代中后期，村里号召劳力上山种树，连片种植，连续种了几年，都无功而返。山垄里，没有树了，只有茅草、芭茅、藤和小灌木，水源慢慢枯竭，喝水成了难题。

在没有公路和电的时代，动物、植物，与人和睦相处。有了公路，卡车进来了，猎枪进来了。有了电，电锯和电网进来了。水泥钢筋包围了我们的家园，野兽躲进了深山甚至无处可躲无处可居，直至灭绝。我们开始寻找逝去的家园，寻找失落的伊甸园，为了看一片原始的山林，亲近一条初始的河道，我们坐了一千公里的火车。

乙未年深秋，我去横峰新篁，意外地看到了我遥想中的林中村落。在白果村，千年的银杏在细雨中招展，金色的叶子圆盖一般，地上铺满了金黄的树叶。陈坞千年的金桂，像绿色的喷泉。在平港村，板栗树、红豆杉、苦槠、枫树，都是上千年的，在村舍的后山，形成密匝匝的树群。平港处于地势平坦的河岸，隐身在密树林里，墨绿的苦槠和紫红的枫树在山坡上，像一幅古老的风景画。我想起俄罗斯风景画家伊萨克·列维坦（1860年8月18日—1900年7月22日）笔下的《金色的秋天》《雨后》《白桦丛》。在橘园里，我们采摘橘子，在山涧边，我们采摘禾本草莓。站在古树群下，看着新篁河静静地流淌，低垂的瓦蓝色天空覆盖了原野，薄薄的粉黄阳光给村舍蒙上了温暖和煦的色调，从对面山垄延伸出来的田畴里，是各种青翠的菜蔬。邻近的落马岭是原始的草甸，一坡一坡的草浪在起伏延绵。我悲欣交集。眼前的新篁河和千年的古树群，让我似乎回到了百年前的原始山村，我问自己从哪里来、我在何处、去往何方。河流又从哪里来？经过什么地方？最终汇聚何方？在河流汇聚的地方，对它的源头是难以想象的。

是草木，使我们免于挨饿受冻。草木给予我们食物，给予我们温暖，去除我们疾病，填充我们心灵，滋养我们美学。草木是我们的父母。

无论哪一种植物，都有一副神的脸孔。有丑陋的人，但没有丑陋的植物。有残忍的人，但没有残忍的植物，植物只有一副柔肠。每一种植物以神的意愿，长出俊美的模样，各不相同。我愿意日日与植物为邻。我乡间的家门口，有一条半米宽的小溪流，溪流边有一堵矮墙，百米长的矮墙长了许多植物。我说说这些植物吧，它们是我每天拜见的神。

指甲花：有一年，大嫂从菜地地角挖了一株指甲花栽在水池边，过了两年，指甲花繁衍了十余米墙垛。指甲花是一年生草本植物，立冬后落叶，枯烂而死，开春发芽，浅黄的茎秆多汁，初夏开浅黄浅红的花，到了孟夏，繁花似火。孟夏后，花结籽，像芝麻壳。指甲花花色多种，纯白如冬雪，紫红若晚霞，嫣红似胭脂，绛紫像火焰。宋朝诗人杨万里写《凤仙花》："细看金凤小花丛，费尽司花染作工。雪色白边袍色紫，更饶深浅四般红。"多么的绚烂呀。指甲花是中医常用药，种子亦名急性子，茎亦名透骨草，清热解毒，通经透骨。烂指甲了，把指甲花摘下来，捣烂，包扎在指头上，换三五次便痊愈了。小孩得了百日咳，摘鲜花熬水煎服，喝个几次，也好了。指甲花可治妇女经闭腹痛，治水肿，治百日咳，治腰胁疼痛，治骨折疼痛，治鹅掌风和灰指甲，治跌打损伤，治呕血咯血。乡人都说蛇怕指甲花，有指甲花的地方，蛇都不会去。房前屋后，最多的花便是指甲花了。这可能与指甲花含有发挥油有关吧。指甲花学名凤仙花，也叫金凤花、好女儿花、急性子、钓船草，药名透骨草。我最讨厌的名字是凤仙花，像一个出自青楼的歌女。叫指甲花多好，像从自己手指上长出来一样。

菖蒲：一丛菖蒲长了好几年，还是那么一丛，十几柱。不是它不繁衍，而是它长在一块水泥地里的一块泥土里了。碗大的一抔土，便是它的宿命。浇水泥地的时候，那里有一个石头，浇水泥地的人偷懒，没有把石头挖出来。过了两年，石头被一个打木桩的人打裂开了。大哥看着裂开的石头，怕小孩摔倒刺破头，把石头挖出来，从田埂上随手栽下这株菖蒲。菖蒲是多年生草本植物，根茎横走，稍扁，分枝，外皮黄褐色，芳香，叶片剑状线形，肉穗花序斜向上或近直立，狭锥状圆柱形。谁都不会在意一株菖蒲，就是鸡鸭鹅也不吃它。到了端午，找不到艾草插门楣了，才想起门口还有菖蒲，拔几株插在门楣的墙缝里，驱邪防疫。《吕氏春秋》说冬至后五十七日，菖是始生，是百草之中发叶最早的。李时珍说蒲类之昌盛者，故曰菖蒲。可见，菖蒲是百草之中生命力最旺盛的。很多植物可致幻，菖蒲便是其中之一。菖蒲全身有毒，不可直接供人食用。有菖蒲之处，无蜘蛛、蚜虫。在年少时，我常常把菖蒲和生姜，识别不出来。其实生姜属于姜科，菖蒲属于天南星科，茎块和株茎都相差甚远，更别说花了。只是它们青绿油油的叶子相似罢了。作为一种植物，也许菖蒲可以作为草民最好的隐喻，遇土即安，匍地而生，生生不息。

藿香蓟：去年初秋，我在门口散步，小溪边有一种草本植物开了很多花，小朵小朵的，像菊花。花朵竖在枝头上，像一架架小风车。风吹来，风车呼啦啦地摇。这种植物乡间田埂太多了，花色有菊黄的，有银白的，有淡紫的。可我叫不上名字。沿溪边我来来回回走了十余次，一丛一丛地看。我拍了十几张图片，发给诗人夏午辨认。夏午呵呵呵取笑我："藿香蓟。"我有些沮丧。这么大名鼎鼎的植物，天天在我身边，我居然无识别之力啊。

爬墙虎：矮墙上，爬满了小叶爬墙虎。红茎圆叶，四季常绿。我出生的时候它们就有了。也许，我祖父出生的时候，它们也有了。有矮墙的时候，它们就有了。它们是壁虎的故乡。

美人蕉：电线杆旁边有两丛美人蕉，一丛开黄花，一丛开红花。蕉中的美人，是至美了。蕉与荷，是文人挚爱的植物。唐朝诗人杜牧写《芭蕉》："芭蕉为雨移，故向窗前种。怜渠点滴声，留得归乡梦。梦远莫归乡，觉来一翻动。"情意绵绵，款款有致，动人心弦。雨打芭蕉，夜雨打芭蕉，孤寂的夜雨打芭蕉，怎么不让人伤感，怎么不让人思念远方的人呢？离离远行人，迟迟不归乡，许是人的一种至痛。美人蕉也叫红艳蕉、昙华、兰蕉、矮美人，是热带和亚热带植物，姜目。绿叶肥阔，立冬后，叶子开始枯萎，变枯色变麻色，零落凋敝之气，肃穆黯然。吴昌硕和张大千均善画蕉。蕉红时有雍容之气，凋敝时有衰老凛冽之姿。一种植物，两样的生命之势，也是我们一生的缩影吧。

水芹：溪边有很多水芹，清明之后茂密地生长。水芹属于伞形科，多年水生宿根草本植物，别名水英、楚葵、刀芹、蜀芹、野芹菜等。小溪流不通畅的时候，我父亲会端一把锄头，把水芹全部铲了，倒进水田里。可要不了一个月，溪边又长满了水芹。

我爱人去老家了，会采水芹菜，洗净，焯水，凉拌，浇上酱醋，吃得津津有味。我母亲便站在一旁，说："水芹有什么可吃的呢？吃多了牙龈会痛。"

鹅肠草：鹅肠草又名繁缕，别名五爪龙、狗蚤菜、鹅馄饨、圆酸菜、野墨菜、和尚菜，是石竹科越年生草本植物，茎枝细弱，一节一节地长，像植物中的百足虫。立春后，开始发叶，到了农历三月，开始老去。老而不死，如百足虫死而不僵。一年到头开星白的花。矮墙上，鹅肠草怎么拔也拔不完。它的一生，大部分在劫难度过。但再大的劫难，它也会度过。

铜钱草：祖母在世的时候，到了秋燥，嗓子会干咳。她提一个笸篮，蹲在水坑边拔铜钱草，洗净晒干，煮水喝，喝三五天，祖母的嗓子不痒了。她的堂弟是个老中医，对她说，铜钱草可是个好东西，和艾叶一起煮水，拿来泡澡，浑身舒爽。小溪边，铜钱草撑起一把把圆叶伞，给青蛙遮太阳，给鱼虾纳凉，也是昆虫的迷宫。现在有许多城市的人，用一个瓷器钵养铜钱草，摆在案头或饭桌上自是十分养眼。诗人颜梅玖写过一首《铜钱草》的诗歌：我喜欢把她们养在水里/ 喜欢她们一尘不染的样子。下雨的夜晚/ 她们陪我看书，写信，发呆/ 为我打着一朵朵小伞// 我流泪的时候/ 她们一言不发，只是将心事默默地发芽/ 一个夏天过去了/ 有的个子长高了，有的低眉顺眼// 我想，前世她们一定个个都是/ 温柔的姑娘/ 点着油灯，做着针线/ 不说话// 每天晚上，在南风吹来的窗户旁/ 我都会和她们坐上一会儿/ 看着这些年轻的姑娘/ 我就又活了下来// "点着油灯，做着针线"，一个娴静柔善的女子，它还有一个少人知晓但十分动人的名字，叫积雪草。积雪，想想，冬天就到了,路上的归人满身白雪。

  这些不起眼的植物,给我四季的暗语。故园之所以为故园,不但有亲的人,还有日日相依的植物。草木滋养了我们的肉体,也滋养了我们性灵。我不膜拜任何人,但我膜拜动植物。它们是我们的神。神谱写了人类史。

白溪

它可能是我见过流程最短的一条溪流。白溪，说是一条溪流，倒不如说是空空的河床。床，是人安睡的地方，人三分之一时间在床上度过。动物固定睡觉的地方，有的叫巢穴，有的叫巢，有的叫窝，有的叫窠臼，有的叫泥洞。大部分动物睡觉没固定的地方，躲在树叶背面，躲在花蕊里，躲在屋檐下，躲在墙洞里，躲在岩洞里，躲在石缝里。牲畜睡觉的地方，叫圈。家禽睡觉的地方，叫笼舍。牲畜家禽，是人最亲近的动物了，它们睡觉的地方都不叫床，怎么溪流淌过去的地方，叫床呢？溪流会疲倦，会停下来睡觉吗？棺椁称眠床，溪流也像人一样需要眠床吗？

溪流是躺不下来的，它的命运是流，是淌，是奔腾。躺下来的溪流，是终结的溪流。在雁荡山，我踱步河畔，大叶桂樱在堤岸伞盖一般罩下来，墨绿墨绿，沙地上菖蒲略显焦黄，裸露的河床，赫然吞噬我。它像一条灰白舌头，长长地，粗粝地，随时可以把一个注目它的人，吸进它巨大的空腹——在冷冬，它有着一副贪婪的面孔，那么饥饿，午间和煦的阳光也不能填饱它。河床还是原始的模样，河石看似杂乱却有序，曾经的洪流和时间，把任何一个石头，安排在恰当的位置，交叠，彼此支撑，或孤陈在泥沙里，露出半截圆头。河沙和卵石把河石浮在虚空。我沿着能仁村往下游走。一个不存在的下游，像一条（不存在的）溪流的下半生。逐日凋敝的洋槐、衰老的柳杉、冰凉的山风，在一个远游人的眼里，会慢慢汇聚，缩小，如一滴寒露，那么重，相当于一个时间的背影。

堤岸约高两米，斜在河床上的野树遮住了不多的村舍，拾级而上的菜地箍在山边。河床像一条被甩出去的鞭子，而握鞭的那只手，突然被什么抽空力气，鞭子落下来，却保留着弯曲扭动的弧形——和蜕皮的蛇差不多，蛇跑得不知踪影，蛇皮干枯在那儿，把蛇痛苦的形状留在影子上。

白溪在雁荡山镇境内，源头之一始于小龙湫瀑布。小龙湫与大龙湫背山相隔。大龙湫瀑布与贵州黄果树瀑布、黄河壶口瀑布、黑龙江吊水楼瀑布并称中国"四大瀑布"，而大龙湫以其落差为一百九十余米被誉为有"天下第一瀑"。亿万年前，东海火山喷发，落熔成岩，因山顶有湖，芦苇茂密，结草为荡，秋雁南归栖息于湖，故名雁荡。雁荡山脉，绵延几百公里，山岩如屏，飞瀑叠泉，百溪成流。白溪自源头而下，溪水淙淙，明澈透亮，溪出三里，过能仁村，溪水渐渐干涸，了无影踪。河石有黑褐色巨如方桌火成岩石，有灰白色圆石，有长满苔藓麻石，河床有了河石的方阵。河床凹处，有了潭，深蓝，小鱼嬉于间，如山中童子。不足千米，每每有石拱桥跨两岸。石拱桥均以麻石修建，石栏杆，在密林间隐约。桥头三五屋舍，或庙宇。

每一条溪，都曾经有过洪流。洪流是溪的盛年。溪为洪流而存在。每一年，洪流会三番五次横扫裸呈的河床，摧枯拉朽，万马奔腾，不绝于滔滔。人的一生，又会有几次洪流呢？我们去爱一个人，去面对一次生死，便是历经一次洪流。而洪流总是把我们带走，把自己的灵魂带出了自己的身体，让我们干涸，干瘪，丧失很多生趣。在雁荡山南麓北麓，我走了两天。我几次问自己我爱的是什么，不爱的又是什么，怎么去迎接下一个洪流。

村因溪而生。能仁村、灵岩村、谢公岭村、响岭头村、白溪村、咸淡冲村。村人多种石斛、椪柑、菜蔬。也多小生意人，卖山珍，卖地方小吃，卖盆景。山不高，连绵，峰石突兀，岙深通幽，曲径若现。密林多水，水汇成溪。冬深雁高，树木层染，草白草黄，溪水羸弱，渗入河沙而消失。春夏之际，海边会有绵长的雨季，雨从雁荡山披散而下，雨势乌黑，盖压而来。岩壁哗哗，水奔泻飞溅。树林、竹林、芭茅、雨水一阵阵白亮油绿，晶莹如珠，沿树根，沿草根，顺着屋檐，顺着沟壑，来到了河床。溪流汤汤，咆哮，响彻山岭。临溪而眠的人，有福了。溪流洗刷着泥尘，洗刷着人的脏器，洗刷着山河。

水急，则速快。白溪不过三十余华里长，要不了一个时辰，便入了乐清湾。浑浊的海水早早地等着，如一个巨大的容器。白溪消失在海里，一滴水消失在汪洋里，雨也最终消失在海里。雨再次从海面升起。海是另一个巨大的人世间，一层层的泡沫泛起，破灭。

冬日的阳光，如旧年的棉花。淡淡白淡淡黄。雁荡山的野花，大多已凋谢，只有路边的山茶旺盛地生育红花，那么艳丽多姿,和冷涩肃穆的山色形成强烈的反差,似乎喻示苍山不老,大地俊美。河岸杂芜的菜地边,金盏菊开得秘不示人。屋墙挂下来的白英,结满了红浆果,圆圆的颗粒状。矮墙上的草本海棠,花朵卷缩,成了干燥花——它已忘记了凋零,忘记了盛开,忘记了雨水的浸润和阳光的催生,它甚至不在乎白溪的暴涨与干涸,时间交给它的,它交还给了时间,生命若无,四季无情——这是最好的来,最好的去。白溪直条条地裸呈了自己的骨骼。那是一张溪流的眠床。溪流不会死,也不终结,而是散去,散到了沙泥里,散到了云层里,散到了植物的身体里。溪流在等待来年的复活。它要旺盛地繁衍,为生而息。白溪,是另一个我,在东海边,被我毫无意识毫无预料地遇见。这两年,我去很多地方,去深山,去海边,我一直不知道自己在寻找什么,那么盲目。一个人在没有尽头的铁轨上,一个人在高山之巅深夜遥望月亮,一个人在武陵源听深冬冷雨,我似乎在期待一种我并不知道的东西降临,等待一个天之涯的人坐在我身边,等待一滴寒露塌陷在我额头。

无论走多远,只为和自己相遇。劫后重逢,洪流之后的再度拥抱。山河多故人。在白溪边,在显圣门山谷,我眼前几次出现了幻觉:穿黑色复古服饰的人,金边绣花看起来像凤凰,这个人一直走在我前面,头发有瀑布的流线型,在转弯的山道,不时回头看我。这个人以前来过,以后也会来。我随着这个人的影子来。或者说,我带来了影子。这个人,提一个水罐,银饰叮当作响。我深深地爱上了这个人,绛紫的头巾落了一层细细雪花。我贪恋生,从未有过的贪恋。第一次贪恋。在这异乡的溪边,太阳如树上的野柿。我爱这个无常的尘世，爱深冬枯草败枝，爱没有水流的河床。这个世间，有我爱的人，有我爱无言的人，有我爱不够的人，有我完全爱的人。一生并非如自己所愿，但命运已经做出最好的安排。山梁安排了日落，悬崖安排了飞瀑，潮涨安排了潮落。你安排了我，生安排了死，在没有结束之前，我不会安排自己遗世独立。

白溪的旅程很短，我以踱步的方式，走到了它的尽头。在乐清湾的西门岛，冬日灰色的天空铺满了云翳。苍莽的海面，不见帆船，不见海鸥。沼泽地的海草被风吹得倒伏。雁荡山的溪流在这里，与大海相汇，清浊交融。

河床在等洪流的到来。我等的是什么呢？白溪，在雁荡山方言里，即无水之溪。无水亦可成溪，是生命的大浩瀚。

去野岭做一个种茶人

新篁的王晓峰几次对我说,要把山林里的甜茶移栽下来,开垦一片甜茶园,免得甜茶消失了。王晓峰问我:"你知道甜茶吗?"我说当然知道,甜茶是土茶的一种,茶叶厚实,肥绿一些,还结茶籽,茶籽和龙眼差不多,也可以泡茶,农人用茶籽放在脸盆里泡茶,暑天,热气难耐,喝一大碗甜茶,解渴又解暑气,十分畅快。几次去新篁,去葛源,去青板,都没喝上甜茶。或许甜茶过于老土,品相粗糙,上不了桌面,不方便待客吧。在崇山的老徐家,倒喝了两次甜茶。野茶青绿,毛尖细细,味是涩后甘甜,喝起来很是顺爽,可惜是塑料杯泡的,若是瓷器杯泡茶,色泽还会清透些。

深山出好茶。我去恩施时,很多人便向我推荐硒茶,出租车师傅也自豪地说,硒茶可抗衰老,可防血管硬化,似乎硒茶是不老灵药。后来我才知道,恩施是中国硒之乡。到了咸丰县,在茶楼喝茶,也是喝当地的野山茶。泡茶的女子说,野山茶喝了一杯,第二天咽喉不痛,长期喝,不得咽喉炎。我品不来茶,喝起来倒是很提气,香气清幽,微苦微甜。我问山上哪有那么多野山茶呢。

野山茶是常绿乔木，很难采摘。泡茶的女子说，是用绳索把人吊树上采摘的，所以野茶昂贵。我看了一下茶价，几乎每斤都在千元以上。我身边玩的朋友，都是资深茶迷，提包里随时放着好茶叶，前几年是黄山毛峰，后来是正山小种、肉桂岩茶，或是祁门红，现在是黑茶或安吉白茶。茶叶和烟一样，都是他们离不开的。一个朋友，茶喝了十七八年，工资发到手，第一件事便是买一斤好茶叶，在办公室、家里，各摆了一副茶具，他说，能喝上一杯好酒、一杯好茶，一生无他求了，能喝到死，一生也算完满了。我以前也喝茶，因有浅表性胃炎，把茶戒了，现在喝一杯，如喝咖啡，整晚入睡不了。

婺源有种茶的传统，大鄣山茶是绿茶上品。上饶的其他地方鲜有种茶的，即使种，也只是乡人在地角山边种几株，待谷雨时分，采摘几篮子做手工茶，留在家里待客泡泡。在灵山下的茗洋、望仙，在武夷山北麓的篁碧，在怀玉山下的南山，在大茅山下的龙头山和桐西坑，在铜钹山下的岭底，都能喝到上好的高山手工茶。谷雨时，妇人围条围裙上山，采摘抽芽的嫩茶叶，放到铁锅里烘烤，搓揉、翻晒几日，茶叶便做好了。高山手工茶，制作简单，保留了山野的元气，清香弥漫，气韵悠长。可惜手工茶量少，也鲜有外卖的。

但每去一个地方，我还是非常愿意去品当地的茶。茶和豆腐是一样的，一杯茶便可见山水的灵性。去青板，肖建林便带我去一个叫山帽凸的山里。山路像盘结的盲肠，我坐了十几分钟车，有些恍惚了。越进山，树林越茂密。树林是灌木林，阔叶的，油绿得发黑。也有延绵的毛竹林，在山腰以上，兀自随风汹涌。到了山帽凸山顶，车停了下来。我看看，海拔只有几百米高，可能是进山的路偏长，以至于山给我高海拔的想象。山体被垦荒了两个山坳，连绵近千亩。陪同进山的人有一个浙江安吉汉子，四十来岁。他说，找了好几个省，才找到这个地方，日光照射足，又多雾，雨量充沛，非常适合种安吉白茶。垦荒的山体，被人工垦出了一垄垄的条坑，条坑上栽种的茶苗已经成活了，叶子疏疏地黄稀稀地绿。安吉汉子给我讲了很多安吉白茶的故事，可我几乎没听进心里。我脑海里，始终盘踞着他那句话："第三年，就能喝上新茶了。"

继续往山帽凸进山，到了祝家垄。这是一个废弃的山中小村，有五六户人家，夯土的泥瓦房。高大的柿子树上挂满了小灯笼一样的柿子。橙黄的柚子悬在柚树上，已开始腐烂。墙垛下的木柴，被树虫噬空，腐化，落下灰扑扑的木尘。门口两畦大蒜还是油绿绿的，畦垄铺上了茅箕。茅箕黑枯枯的。屋后的高粱无人收割，倒伏在地里。七八只蜂箱还是崭新的，放在廊檐下。要走的人，始终是要走的。要回来的人，却再也回不来。细雨中，向下延伸的山脊像是沉入翻滚的大海。油茶花在雨丝中，开得过分孤独。有一户人，在门前晒场上，垦挖了一块地，种上茶苗。我猜想这种茶的人，是一个花甲老人，家里的门锁着，似乎那不是他的家，他像他的先祖一样，逃难或逃灾或逃凶，来到这个山顶，见一片地，种上茶，有那么一日，日上三竿，他可以摆上一张小桌，坐在竹椅子上，慢慢喝，慢慢回味简单的一生。安吉汉子说，可以把这里修葺一下，做旅游民居，把当年下放的知青请回来看看。我一下子想起了我多年的挚友苏万能兄长。他曾在这一带度过青年时期，早晨习武，夜读诗书。他刚毅正直的性格，和这座深山相关。我在蒙昧的青年时期结识了他，如今已二十余年。他一直视我为弟弟。我突然期盼，天降大雪，我就约他融雪煮茶，坐在这山野里，看看灰蒙蒙的天空，看看被雪淹没的林海，我会给他朗读孟浩然的《岁暮归南山》："北阙休上书，南山归敝庐。不才明主弃，多病故人疏。白发催年老，青阳逼岁除。永怀愁不寐，松月夜窗虚。"雪中一碗茶，或许比酒入肠更炙人，茶越喝越渴，越喝越醉人。我不明白这个在晒场种茶的人怎样参悟人生呢。原原本本的寂寥，原原本本的独自一人面对深山，原原本本的独自一人面对剩余的另一个自己。一个有强大孤独感的人，他的心里足够容纳一座深山野林。

茶树，可能是最贴近我们的一种树了。进门一杯茶，上桌一杯酒，是我们的待客之道。婺源是中国的茶乡，漫山遍野是茶园。每次去婺源，我都喜爱去看茶园，一坡一坡的，沿着山边，沿着公路边，甚是美。茶园，相当于女人的头，梳得整洁，发亮，有层次。这和黄山的太平是极其相似的。太平人，五亩茶园养一家人，婺源也差不多如此吧。茶园是需要常年打理的，把人困在园子里，男人除草施肥，女人采茶，还要做茶，摆摊子卖茶叶，一季一季的茶上市，一季季地忙碌，等秋茶卖完了，一年已近尾声，大人又老了一年，小孩又长高了一截。所以，婺源人很少在外务工，千好万好不如茶园好，勤勤恳恳地营生。采茶的时候，茶园里便响起了清清丽丽的《采茶曲》：

溪水清清，溪水长

溪水两岸好呀么好风光

哥哥呀，你上畈下畈勤插秧

妹妹呀，东山西山采茶忙

插秧插得喜洋洋

采茶采得心花放

插得秧（来）匀又快呀

采得茶（来）满山香

你追我赶不怕累呀

敢与老天争辰光

哎，争呀么争辰光

左采茶（来）右采茶

双手两眼一齐下

一手先（来）一手后

好比（那）两只公鸡争米 上又下

溪水清清，溪水长

溪水两岸好呀么好风光

姐姐呀，采茶好比凤点头

妹妹呀，采茶好比鱼跃网

一行，一行，又一行

摘下的青叶篓里装

千篓，万篓，千万篓

篓篓新茶放清香

姐姐妹妹来采茶呀
　　青青新茶送城乡，送城乡
　　送呀么送城乡

　　我不懂茶，茶禅和佛道一样，博大精深。前几日在德兴，刘传金留了一罐手工茶给祖明喝。祖明拿出茶叶罐，摇一摇，茶叶不多了。他说，最后一撮茶，晚上喝了吧，你也喝一些。我说，手工茶难得喝，喝一杯吧。第二天，祖明问我："你眼睛怎么那么红啊？"我说，茶醉得太厉害，一夜无眠。祖明笑我："茶，这么好的东西，你都不知道享受，你确实是一个无趣的人。"我二十年之前喝茶，且爱喝浓浓的绿茶。后来患有浅表性胃炎，医生告诫我别喝绿茶，我便戒了茶。我到福建工作时，又喝起了岩茶。福建人爱茶，嗜茶。记得在很多年前，我有一次去厦门，坐火车回来，同卧铺包厢的人，是两个闽南人，入铺落座后，他们便取出茶具，泡工夫茶喝。坐了十几个小时的火车，他们便喝了十几个小时，你一杯我一杯，兴味盎然。福建人爱红茶爱岩茶。我上班报到，便购买了茶具，还专门学习泡工夫茶。茶叶是我雇人到高山采的野生茶，再给茶厂加工。我也喝不完，送给外地爱茶的朋友喝。喝了茶的朋友也谬赞我："武夷山的岩茶，确实不同凡响。"每次做茶，我便做几百斤，用青花瓷茶罐装起来，看起来，也清雅。我办公室客人不断，有的人是来谈事，有的人是来喝茶。有一杯好茶，他们跑几十公里来喝，也是乐意的。

　　我身边的人，多为爱茶之人，什么东西都可以将就，唯独茶叶不可以。有一个朋友，每月领下工资的第一件事，便是买一斤好茶叶。出差了，忘记身份证，忘记资料，忘记香烟，什么都会忘记带，但茶叶不会忘记带。他有一个锡铁罐，那可是随身之物啊。

茶和笔墨纸砚、瓷器、丝绸一样，是我们最古老的文化之一。茶马古道是一条以茶为核心的人文精神超越之路，蜿蜒延绵数万里。我的朋友刘海燕是央视纪录片的编导，两次获得了金熊猫奖。今年她自驾，从云南往西藏，走了一个多月的茶马古道。她在朋友圈发了海量照片，看得我眼睛发直。当然，像我这样缺乏探险精神的人，也只能看看照片了。南方也有茶马古道，即福建入江西，经鄱阳湖至湖北襄阳，走陆路达泽州（山西晋城），在大同分两路，一部分运往归化厅（呼和浩特），一部分经天镇运往张家口。茶叶研究者郑望在《坦洋工夫茶话》一文中写道：清嘉庆二十三年（1818），清政府规定茶叶运往广州必须走江西路，不准从厦门、福州等地转口。因此，闽东茶叶水运路线几乎中断。福安茶只能靠人力肩挑先运往崇安下梅（后改赤口），再转运江西铅山县河口镇（当时系江南大码头）。到河口镇后有两条路线：一条是入赣江水路向南往广州口岸后再到东南亚和欧美；一条是向北运往俄罗斯，以陆路为主。后一条商路成了与"丝绸之路"齐名的"茶叶之路"，也为坦洋茶商融入茶马古道开辟了道路。

河口，是信江中上游的一个码头，离我生活的城市不足五十公里。我常去。中国最早的红茶，在河口集散，发往世界各地，取名河红茶。茶叶的集散，使一个码头演变成了一个小镇，后又成了铅山县城。

陆羽写世界第一部《茶经》，是在上饶市的茶山祠。写《茶经》的时候，上饶叫广信。他所在的茶山祠，便是现在的上饶市一中。

距离我家只有十分钟的脚程。可惜我从没去拜谒过这个把茶形成文化的人。我种田的父亲,曾在茶山祠读书,对陆羽颇为膜拜。父亲说:"南方,有两种植物贴近人的五脏六腑,一种是禾稻,一种是茶树。"父亲也爱茶,用碗喝。

父亲也种茶,但他没有茶园。他把茶树种在菜地边,种了几百株。清明后,母亲便提一个扁篮,去采茶叶。我也去采茶叶。菜地在一个山垄里,晨雾还没散去,茶叶还挂着露珠。茶也是母亲手工做的。用一口大铁锅焙茶。我还卖过茶叶,用手绢一包包地包好,提一个篮子,送到小镇卖,一包两块钱。

近年,我对城市生活越来越厌倦。厌倦城市的时候,我便想去找一个荒山野岭生活,筑一间瓦舍,种一片疏疏朗朗的小茶园,白天种茶,晚上读书,听溪涧流于窗前。从青板的祝家垄回来之后,我这样的念头,似乎更强烈了。

第四辑 关关四野

每一只鸟活着都是奇迹／鸟声中醒来／落日／鹊鸟情歌／桂湖／野池塘／关关四野

每一只鸟活着都是奇迹

鸟无处不在。只要可以看见天空的地方，就可以看见鸟。

鸟的头顶上，只有天空。鸟的翅膀上，只有气流。鸟的鸣叫声如春雨洒向大野。苍茫大野，芳草萋萋，树木擎天，白雪皑皑，湖海渺渺——我们生活的地方，鸟在生活；我们无法远足之处，或许正是鸟的天堂。我们无法仰望的高处，鸟会抵达。

鸟是离我们最近的生灵之一。在窗外，在格子般的屋顶，在下午长坐的公园，在晨光洒落的林荫道，在通往远方的公路，在钟塔般的山巅——鸟以自然公民的身份，与我们同吸共存。

在我的生活中，鸟以陌生知音的方式，问候我，给我无以言说的欣悦。窗外的石榴树上，两只褐柳莺翘着毛茸茸的脑袋，在吃挂在蜘蛛网上的昆虫。它们在喊喊地叫，它们吵醒了我，我推开窗，阳光斜照进来。两只褐柳莺让我的一天生动了起来。

一次，我在家中坐在屋檐下吃饭。饭有些硬，有米心，我把硬饭从碗里扒到地上，等鸡吃。鸡在田里。可没一会儿，三只麻雀来了，边吃边看我。过了十几分钟，又来了五六只，吃饭粒。

我端着碗，不敢动，把饭一小筷子一小筷子扒下地。一碗饭，扒得一粒不剩。麻雀来了十三只，围着我吃。有一碗我不吃的硬饭，多好。

在鄱阳谢家滩排上村，我一个人走在无人的山林中，黄泥土路夹在椰榆、野樱、白背叶、苦竹、栲树之间，深秋干燥的土气似乎可以让人感知木枝欲燃的干裂。我眼睛瞭着树林，双脚疲惫。突然天空传来"嘎呀，嘎呀，嘎呀"的叫声。我抬头仰望，一只白腹隼雕在空中盘旋。它呈螺旋式盘旋，忽而高忽而低，绕着山坳。我怔怔地看着它。扁圆的浅灰蓝的天空，被白腹隼雕画出一圈圈无痕的影线。我喜滋滋地望着天空，即使白腹隼雕已消失于天际。

远远看去，河边一棵乐昌含笑，开满了白色的花。花朵如炸，一朵朵如雪团堆在枝丫上。信江两岸怎么会有野生乐昌含笑呢？我走过去细看，原来是一棵叶芽油绿的乌桕树上，停满了白鹭。白鹭"开"在树上，在初夏的夕光中，如莹白的含笑花。

我在山中荒地，看见一只火斑鸠窝在焦土上孵卵。我在离它十余米之处的矮松下，静静地坐下。它扑着身子，头耷拉在收拢的翅肩上，眼睛机警地看着荒草稀稀的四周。我坐了一个多小时，火斑鸠飞走了。我看见了三枚鸟蛋。它的巢只有不多的干草。斑鸠一般营巢在树上或高大的芦苇丛，巢呈杯状，这只火斑鸠怎么会在焦土上营巢呢？巢怎么是扁平的呢？这个发现，让我惊喜了好几天。

鸟让我枯燥的生活，有许多意想不到的生趣。我把大部分的闲余时间，留给了旷野。我徒步去，去草木茂盛的河边，去空空的山坞,去狭长的峡谷,去深处的田野。鸟是我行踪的唯一知情者。只要我可以走向旷野,听鸟叫,看鸟飞,我的生命就不枯寂。坐在板栗树下打盹的时候,两只绿翅短脚鹎欢叫不休。我会像突然爱上一个人一样爱上它们。站在山腰歇气的时候,佛法僧从一个山梁飞向另一个山梁,我的视线追寻着它,像追寻海浪远去。

近乎天使的鸟,一生却充满了苦难、不幸和悲壮。

从"蛋"开始,鸟惊心动魄的一生便已开始。许多动物,喜欢吃鸟蛋,如蛇、黄鼬、蜥蜴、山鼠、野山猫等。蛋躺在巢里,三五个七八个,像做梦一样恬美。山鼠窥视着鸟巢,待亲鸟离巢,它溜了进去,尾巴把鸟蛋卷起来,拖走,躲在阴暗的角落,享受美味。黄鼬是个暴虐的杀手,即使母鸟在巢,它也龇牙,撕咬母鸟。母鸟弃巢而逃,一窝鸟蛋,被黄鼬吃得一个不剩。猎人因此以鸟蛋为诱饵,设置踏脚陷阱,捕获黄鼬。

所以,鸟秘密营巢于高枝,或灌木丛,或茅草丛,或高处岩石缝,以免被猎食者发现。可鸟的叫声和鸟蛋的腥味,会出卖自己。蛇,再高的枝,它可以爬上去;再深的洞,它可以钻进去。它探测器一样的芯子,会忽闪忽闪,它幽灵一样在草丛、树木、洞穴之间寻找美食。在荣华山,我多次亲见蛇偷吃鸟蛋。它绕树而上,滑向枝头,扑向鸟巢,冷冷的气息让鸟惊惧。

家麻雀和家燕,是与人最亲近的鸟。家燕筑巢在农家厅堂的横梁上,每年4月至7月是其繁殖期。乌梢蛇爬上屋顶,钻进瓦缝,顺着横梁进入燕巢,吞食燕蛋,大快朵颐。家麻雀筑巢在土墙洞里,非常隐秘。土墙洞是夯墙时留下的毛竹洞,距地面比楼梯还高。有一种叫麻雀寸的蛇,全身有黑黄相间的蛇纹,像一根筷子，专吃麻雀蛋。我不知道这种蛇的学名叫什么，也不知道它是怎样爬上墙的。小时候摸麻雀蛋，手伸进墙洞，摸到冷冰冰的软软的物体，便是麻雀寸。

蛇也有自找死路的时候。雉科、夜鹰科、杜鹃科、鸮科、鸺科、鹗科、鹰科、鸥鸮科、咬鹃科、隼科等的大部分鸟，具有捕杀蛇的能力，因为它们都有尖利刚硬的爪和铁钩一样的喙。尤其是夜鹰科、鹗科、鹰科、隼科、鸥鸮科的鸟，把蛇抓起来，飞向高空，松开双爪，把蛇摔在岩石上，蛇骨碎断。杜鹃对蛇这样的敌手毫不心慈手软，十分凶狠，它把蛇按在脚下，啄烂蛇头。杜鹃干脆把蛇吞下去，边走边吞，寸骨寸肉都不浪费。

同类相残，更隐蔽。鸟有一种繁衍习性，叫巢寄生，指某些鸟类将卵产在其他鸟的巢中，由其他鸟（义亲）代为孵化和育雏的一种特殊的繁殖行为。鸟类学家已发现，大约五个科、八十种鸟，有典型的巢寄生行为，数量占全世界鸟类总数的百分之一左右。黑头鸭、纵纹腹小鸮、长耳鸮、棕胸金鹃、大杜鹃、褐头牛鹂等鸟，都具有巢寄生的习性。有的宿主鸟幼雏与寄主鸟幼雏共生，纯属代养，如黑头鸭。它把卵产在潜鸭（也寄生在骨顶鸡、朱鹭、秧鸡等巢中）的窝里，由潜鸭代孵化、养育，直至成年。它不伤害义亲的蛋或雏鸟。但大部分巢寄生鸟，生性凶残。恶名昭著的，是大杜鹃和四声杜鹃。大杜鹃不营巢也不孵育，无固定配偶，将卵产于大苇莺、麻雀、灰喜鹊、棕头鸦雀、北红尾鸲、棕扇尾莺等雀形目鸟类巢中，由义亲代孵代养。大杜鹃幼鸟出壳，肉像熟透的柿子，它眼睛还没有睁开，便用屁股或脊背，把同窝的蛋，一个个推出窝，让义亲遭受"灭门"。

有一种鸟,比麻雀略大,很喜欢吃蜂蜜。它四季寻蜜,四处飞行。它腹部灰白色,背部青黄色,喙尖短坚硬。它不能破坏蜂巢而无法吃蜜的时候,甚至会飞到最近的村庄,在离人很近的地方,发出刺耳的叫声,快乐地跳,以引起人的注意。它从一棵树飞到另一棵树,把人引到蜂巢。它隐藏在树上,看着人刮蜜。刮蜜人割了蜂巢,刮了蜜,把少量的蜜、蜂蜡和蜂蛹留给它。人们叫它指路鸟。它有一个甜蜜动人的学名:响蜜䴕。它比大杜鹃更凶残,破蛋出壳时喙带双钩(出生十天左右,双钩会自动脱落),能把其他出壳的雏鸟,全部杀死。即使是同类雏鸟,也相互残杀,只留下最后一只。

即使没有巢寄生,也并不意味着不"手足相残"。加拉帕戈斯群岛有一种鸟,叫纳斯卡鲣鸟,也叫橙嘴蓝脸鲣鸟,以乌贼、飞鱼等为食,它一窝产卵两枚,产卵相隔六天。第一只雏鸟会把第二只雏鸟驱赶到暴烈的太阳下,母鸟也不再给它喂食,任它活活饿死或脱水而死。鲸头鹳和金雕,也是如此,产卵两枚,弱小的一只被活活啄死,成为食物。体形较大的鹰、雕类鸟,每次产卵三枚左右。体壮的幼鸟感到饥饿时,亲鸟还没送来食物,便啄食最小的一只,再遇此类情况又会啄食第二只,直至剩下一只。白鹈鹕也如此,因雏鸟食量过大,亲鸟无法提供充足的食物时,最强壮的雏鸟把其他雏鸟赶走,任其自生自灭。雏鸟离开母鸟,唯一的结局,便是死亡。

这就是鸟世界著名的"杀婴现象"。很多鸟在孵化育雏时都会"杀婴",让"同胞相杀""同巢相残",弱肉强食,最强者生存。如苍鹭、白骨顶、黑水鸡等,在雏鸟众多又无法提供充足食物时，便开始"杀婴"。这是最残酷的选择。自然的法则让每一个物种，都经受生命垂死的考验。为了保留自己的基因，为了让自己的物种延续，让强者活下来，它们选择了"杀婴"。自然的道德高于伦理，它们选择了自己动手。食物的短缺和恶劣的自然环境，是一把夹棍，紧紧扼住了它们命运的咽喉。白鹤于每年5月至6月，在西伯利亚等地繁殖。白鹤将巢筑在荒原冻土带的沼泽中，每窝产卵两枚，但通常只有一只能健康长大。

生命诞生，并不意味着拥有生命；拥有生命，也不意味着延续生命。这就是鸟。

从破壳开始，鸟的每一天，都惊心动魄。破壳的雏鸟要面临无法抗衡的自然灾害，如洪水，如暴风雪，如台风。东方白鹳属大型涉禽，是国家一级保护动物。它们有迁徙的习性，在东北的中、北部繁殖，在南方越冬。近年，在鄱阳湖区，有部分东方白鹳成了留鸟。2019年9月，在鄱阳县、余干县、进贤县、南矶山，我看到了东方白鹳和它们的巢。

在南昌的三江口，我近距离观察到了东方白鹳。一对东方白鹳在沼泽（水淹没了的稻田）觅食。不远处的草洲，耸立着高压电线铁塔。它们把巢营造在高塔上。东方白鹳栖息于开阔偏僻的平原、草地和沼泽地带，尤其喜欢有稀疏高大树林的湖泊、河流和沼泽的开阔地。东方白鹳一般营巢在大树或铁架上，但在河岸或湖岸边，这样的树稀少，它们便在铁塔上营巢，巢呈盘状，比大脚盆还大。东方白鹳每窝产卵三枚至五枚，孵卵期一个月左右，繁殖期4月至6月。

繁殖期正是南方雨季，也是暴风雨最猛烈的季节。暴风会把鸟巢掀翻下来,或者把雏鸟吹落下来。落下铁塔的雏鸟,很难逃脱被摔死的命运。所谓"覆巢之下安有完卵"。

雏鸟还是猛禽、蛇、野山猫的美食。猛禽在空中盘旋,发现巢中雏鸟喳喳叫,它把利爪插入雏鸟身体,叼啄分食。捕食者猎杀雏鸟时,亲鸟表现出无比的勇敢,与之周旋斗勇。在荣华山,我看过灰背燕尾斗白花蛇。灰背燕尾是一种非常洁净的鸟,头顶至背蓝灰色,腰和尾上覆羽白色,尾羽梯形成叉状,黑白相间,堪称美观。它喜爱在山中涧泉边的岩石缝隙营巢,以水生昆虫、毛虫、螺蛳、昆虫卵为食。

山中溪涧,是蛇出没之处。蛇善捕食山老鼠、蜥蜴和小鸟。蛇盘在岩石上,吸收阳光的热量。白花蛇从溪涧游滑而来,溜上青苔斑斑的岩石。它嗅出了雏鸟的气味,慢慢滑向洞口。它冷飕飕的死亡之气,被灰背燕尾发现了,抖起翅膀,翘起长长的尾巴,唧儿、唧儿、唧儿,叫得十分激烈。另一只灰背燕尾从林中呼呼飞来,也对着白花蛇惊叫,边叫边甩着乌钢色的鸟喙。洞里的雏鸟,快速地拍打着翅膀,惊恐地叫。白花蛇昂起头,风吹青菏一样摇着。蛇鸟相峙了几分钟,蛇滑入了芭茅丛。

关山路远,始于翅膀。试飞是路途对飞翔者的第一次生命检阅。

飞十米。

飞一百米。

飞一千米。

飞三千米。

低空飞。中空飞。高空飞。

山越来越小,河越来越长。关山飞渡。

但很多鸟,生命的长度不足一千米——试飞时,摔下来,翅膀折断,被掠食者分食,或活活饿死。鹭科鸟中,如大白鹭、小白鹭、白鹭、牛背鹭等鸟,有覆巢的现象,即雏鸟开始试飞,亲鸟把巢掀翻,不再回巢,逼迫雏鸟练飞。在南方7月的田野、河边和湖泊附近的草地,常见断翅的试飞鹭鸟。没有人的救助,它们将成为黄鼬的美食。

鸟漫长或短暂的一生,试飞是最难的一关。我捡到过试飞时折翅的雕鸮。小雕鸮从樟树高枝上掉下来,落入泱泱水田。我养在笼子里,买小鱼给它吃,它不吃;切肉碎给它吃,它也不吃。它的眼神显得凶恶,透出让人惊惧的阴绿之光。它撒开翅膀,像一架战斗机,张开钩喙,拒人于千里。养了三天,它便死了。那时还没有动物医院,我也不知如何救治,只能眼睁睁看着它死。

候鸟,或旅鸟,一生都奔波在旅程中。它们的一生,都与远方有关。它们是远方的探寻者和征服者。它们依据地球磁场、月盈月亏、风向、气候、草枯草荣、水涨水落,寻找远方的终点。

它们飞越海洋冰峰。它们飞越高山沙漠。它们因干渴而死。它们因饥饿而死。它们因疲倦而死。它们因受伤而死。它们因落伍而死。它们的翅膀剪开暖流寒潮,剪开雨雾霜雪,剪开白天黑夜。它们将忘我。它们将忘记生命。2019年12月,江西举办鄱阳湖国际观鸟周,江西卫视拍摄的《飞向鄱阳湖　白鹤回家路》中卫星定位系统显示,白鹤从西伯利亚飞向鄱阳湖,全程约五千公里。只有强者,唯有强者,可以驾驶帆船一样的翅膀,长途飞行,飞往越冬地鄱阳湖。它们征服莽莽高山,征服茫茫荒漠。没有比鸟翅更高耸的山峰。没有比鸟翅更宽阔的大海。没有比鸟更轻的东西，它比蒲公英的种子还轻，轻得只剩下飞翔的梦想。鸟的翅膀，是天空裁剪下来的一角。鸟，是地球上最英勇的旅程征服者。

在全世界，已知鸟类达九千种，其中约四千种是候鸟。当候鸟迁徙时，数万只鸟，甚至数十万只鸟，作为一个种群，长途投奔于南北之间，振翅之声数公里之外清晰可闻。天空在翅膀下翻卷，气流如大河奔泻，气吞万里。候鸟用翅膀求证生命的长途，求证远方到底有多远。

候鸟的迁徙通常为春季从南向北，由越冬地飞向繁殖地；秋季从北向南，由繁殖地飞向越冬地。除非发生意外，候鸟迁徙的时间、途径年年不变。迁徙时，候鸟的必经之路称为鸟道。

在鸟道上，种群数量越大，越是危机四伏。像鲨鱼截杀沙丁鱼一样，空中掠食者（游隼、雕、鸮等鸟）组成了阵列，肆意截杀。最残忍的是，在候鸟途中补充食物时，少数非法之徒架网、投毒，大量捕杀。鸟飞越了自然的屏障，却逃脱不了人欲的罗网。

鸟太弱小，尤其是体形较小的鸟，死亡是随时发生的。有一次我去水库玩，水库养了几百只麻鸭。养鸭人拉了一板车谷糟（酿酒剩料）给麻鸭吃。谷糟卸在水库边，上百只麻雀和一群鸭子，围着谷糟吃。鸭子吃着吃着，顺便把麻雀夹起来，吞进嘴巴里。我看了半个多小时，有七只麻雀被吃了。

没有安全之地，是鸟的宿命。鲣鸟、海鸥、信天翁，都是以海为生的凶猛鸟类，以鱼为主要食物。茫茫海面，它们自由翱翔。它们追逐风暴，追逐日出日落，追逐鱼群。它们是捕食者，它们也会成为海洋生物的美食。珍鲹、虎鲸、大翅鲸等，都具有捕食海鸟的能力，围成阵列，大肆捕杀海鸟。珍鲹根据海鸟在水面移动的影子，可以预判海鸟下降的速度和到达海面的时间，以此捕杀海鸟。

即使在平静的河流中，鸟也会被不知不觉掠杀。喀纳斯湖有一种鱼，叫哲罗鲑，长到较大后，蛰伏于湖底，吞食水獭等体形较大的动物。在较小时，生活在河流湍急处，以蛙、鱼、鸟为食。鸟在临河的树枝上嬉戏，快乐地鸣叫，在最快乐时，死亡之神紧紧抓住了它——哲罗鲑从鸟的倒影中，判断鸟距离水面的高度，跳起来，把鸟吞食。

于鸟而言，死亡并不神秘，而是出其不意。它可能死在清晨去觅食的空中，可能死在享受美食之时，也可能死在快乐的求偶声中。它无法摆脱随时被掠杀的宿命——作为食物，鸟简直过于完美。

人是鸟类最大的天敌。把鸟囚禁在笼子里，作为豢养之物，悦其声，赏其羽。把鸟（如环颈雉、鹰、天鹅）的羽毛拔下来，当作饰品。拔毛取肉，填自己的皮囊。鸟作为一种交易的商品，被四处贩卖。

距离我家不远处，有一个葡萄园，有百来亩。葡萄是人类栽种的最古老的水果之一，丰富的果糖让人迷恋，也让鸟迷恋。葡萄园呈四方形，打桩搭架，盖了薄塑料皮，铁丝网把葡萄棚罩起来。8月，葡萄开始糖化，很甜。每天几千只鸟，从铁丝网的破洞里，飞进去，吃葡萄，吃老鼠，吃昆虫。葡萄园是鸟类最丰盛的餐桌，各取所需。画眉、黄鹂等鸣禽，在这里纵情高歌，饕餮美食。麻雀、短脚鹎、柳莺、噪鹛、鹡鸰，在葡萄园里寻欢作乐。

到了傍晚，鸟回巢，从网洞里飞出去，哗啦啦，乌黑黑，往山边的灌木林飞。但每天有很多鸟，挂在铁丝网上，飞不出去。葡萄园的两个女工进到棚子里，拎一个大扁篮，一垄一垄捡鸟。女工用食指和中指，夹住鸟脖子，要不了三秒钟，鸟便没了呼吸，被扔进大扁篮。晚上拔毛，破膛，剁头，第二天早上卖到餐馆。小鸟十块三只，大鸟十块一只。自葡萄挂果开始，工人每天收鸟，至少百只，多时达六百余只。9月底，葡萄收完，再也无鸟投网。

这是我所见到的人对鸟最惊骇的杀戮，年复一年。糖分的诱惑，是致命的，鸟为食亡，它听命于食物。而人，远远还没有学会，更不懂得如何尊重生命，甚至不懂得尊重死亡。

而死去的鸟，塑造了活下来的鸟。鸟遵循活的法则，也遵循死的法则。

在公园一角，在湍急的溪流，在荒芜的草洲，在破败的村落——鸟作为自由生命的符号，落墨于天空的宣纸之上，与天空同在。旷野之中，一只只云雀高高在上，一对对大雁南飞，一行两行三行白鹭上青天——它们在飞翔，它们在鸣唱。它们所经历的九死一生，又有谁知道呢？

鸟声中醒来

三两只鸟儿在叫,天一露出光,便开始叫。叫得冷清,婉转。我穿衣起床。我也不知道是什么鸟在叫,也不知道鸟儿叫什么。细细听鸟声,似乎很亲切,像是说:"天亮了,看见光了,快来看吧。"我烧水,坐在三楼露台喝一大碗。露台湿湿,沾满露水。路对面的枣树婆娑,枝丫伸到了露台上。青绿的枣叶密密,枣花白细细地缀在枝节上。枣树旁边的枇杷树,满树的枇杷,橙黄。几只鸟儿在枇杷树上,跳来跳去。鸟儿小巧,机灵,腹部褐黄色,上体淡淡暗红色,喙短而叫。鸟儿叫的时候,把头扬起来,抖动着翅膀。

水温太高,烫手。我把碗摆在栏杆上。碗里冒着白气,淡淡的,一圈一圈。白汽散在湿湿的空气里,没了。房子在山边。山上长满了灌木、杉木和芒草。路在山下弯来弯去,绕山垄。乌桕树在房子右边,高大壮硕,树冠如盖。冠盖有一半,盖在小溪上。小溪侧边是一块田。田多年无人耕种,长了很多酸模、车前草、一年蓬和狗尾巴草。田里有积水,成了烂水田。这里是蛤蟆、青蛙、田蛙和泥鳅的乐园。中午、傍晚、深夜，这三个时段，田蛙叫得凶，咕呱，咕呱。我可以想象田蛙怎样叫：撑起后肢，昂起前身，鼓起胀胀的气囊，奋力把气从囊里推出来——咕呱，咕呱。田蛙通常是一只在叫，也无回应，叫声冗长，且格外寂寞。田里还有两株野生的芋头，芋叶像一把蒲扇，青蛙蹲在芋叶上，不时弹出舌头，粘吃蛾蝇。蛙多，蛇也会来。蛇是乌梢蛇，溜溜游动。

白汽冒完了，我喝水。喝一口，歇会儿，又喝一口。鸟叫声，越来越多，越来越喧闹。有好几类鸟在叫。有的鸟儿离开树，飞到窗台上，飞到围墙上的花盆，飞到晾衣竿上。路上没有行人。我听到有人在房间里咳嗽，有人在院井里打水。

光从天上漏下来，稀稀薄薄。空气湿润，在栏杆在竹杈在树丫在尼龙绳上，不断地凝结露水。露水圆润，挂在附着物上，慢慢变大变圆，黏液一样拉长，滴在地上。横在栏杆上的两根竹竿，挂了一排露珠，摇晃着。露台上没有收入房间的皮鞋，全湿了。鞋面上也是露珠。露珠润物，也润心。我看见露珠，人便安静下来，我便觉得人世间，没什么事值得自己烦躁的，也更加尊重自己的肉身。很少人会在意一颗露珠，甚至感觉不到露珠的存在。只有露水打湿了额头，打湿了身上的衣物，打湿了裤脚，我们才猛然发觉，露水深重湿人衣，再次归来鬓斑白。露是即将凋谢的水之花。它的凋零似乎在说：浮尘人世，各自珍重。

围墙上摆了四个花盆，各种了凤仙花、剑兰、葱、络石。络石爬满了墙。剑兰已经开花半月余，花嫣红夺目。鸟儿在啄食花蕊里的蚂蚁，细致，快乐，轻悦，还啾啾啾地叫。枇杷树上来了好几只鸟儿。枇杷被啄出一个个孔洞。鸟儿歪着头把喙伸进孔洞里，枇杷摇晃,啪啦,掉了下来。蚂蚁在地上,繁忙地搬运坠地的枇杷。

继续喝水。每天早晨我喝两大碗。水温温,进了口腔,进了肠胃,人通畅。水通了人的气脉。碗是蓝边碗。水是山泉水。我站在露台边,远眺。山脊线露了出来,起伏的线条柔美。山朦胧,天边的残月仍在。残月如冰片。不远处的河,无声而逝。

每天早上,我听到鸟声,便起床,也不看几点。时钟失去意义。我没有日期的概念,也不知道星期几,也不关心星期几,也不问几点钟。我所关心的日期,是节气。节气是一年轮转的驿站:马匹要安顿,码头上的船要出发。其实,早起,我也无事可做。即使无事可做,坐在露台上,或在小路走走,人都舒爽。清晨的鸟叫声,成了我的闹钟,嘟嘟嘟,急切地催促我起床。

光慢慢变得白亮。我下楼,到鱼池里看鱼。我在小溪边建了一个鱼池,放养了二十几条鱼,有锦鲤、鲫鱼、翘嘴白,还放养了半斤白虾。早上,晚上,我都要看一次鱼池。我喜欢看鱼在池里游来游去。一个入水口,一个出水口,北进南出,鱼池干净。池边长了矮小的地衣蕨和水苔。地衣蕨有两片叶,像女孩子头上翘起来的头发辫。我不喂食,养了半年多,鱼也不见长。三月份以后,鱼少了好几条。第一次少一条锦鲤,第二次少了一条翘嘴白,第三次少了一条锦鲤,第四次少了两条鲫鱼。我不明白,鱼怎么会少了。出水口入水口,用铁丝栅栏封了,鱼游不出去。有一次,在半夜,我听到两只猫吱吱吱地打架,乌桕树的树叶沙沙沙响。我想,山猫可能在争夺异性,打架的时间持续得比较长,听得让人毛骨悚然。我明白了,鱼是山猫吃了的。山猫爱吃鱼。山中,很多动物会吃鱼,如黄鼬,狐狸,野猫,鱼鹰,雕鸮,蝙蝠,蛇。

路上陆陆续续有人，有挑菜去卖的，有去河边跑步的，有上街买早点的，有端一把锄头去种地的。光线有了润红。墙上多了红晕和人影。人影斜长，淡黑，在移动。地上也有了影子，树的影子草的影子狗的影子鸭子的影子。我也去菜地，摘四季豆青辣椒，做早餐下粥菜。粥是红薯小米粥，我常吃不厌。红薯去年冬买的，两大箩筐，吊在伙房的木梁上。吊起来的红薯，可以保存时间长。红薯刨皮切块，和小米一起煮。四季豆是最早上市的夏时菜，吃了半个月，黄瓜、辣椒、长豇豆、小南瓜才上市。四季豆，我们也叫五月豆，细朵的白花，绕上竹扦的藤，阴绿的叶子，看上去心生喜爱。摘四季豆，豆叶上露水扑簌簌落下来，衣襟湿了一片，凉飕飕。竹扦上停了好几只红蜻蜓，我摇摇竹扦，它们也不飞，黄绿的眼睛在溜溜转动。也可能翅膀露水湿重，飞不起来。我挽起衣角，把四季豆兜起来。

卖河鱼的人来了。他骑一辆破电瓶车，搭一个鱼篓。我昨晚打电话给他，请他来的。我说，好几天没吃鱼了，你有什么好鱼送来我看看。他是一个驼子，用竹笼捕鱼，一个晚上可以捕好几斤。我不吃饲养鱼，要吃鱼就给他打电话。他每天很早起床，去河里收鱼笼。他撑一个竹筏，收了鱼，太阳才上山。大多时候，渔获一般是"穿条鬼"、红眼、翘嘴白、鲫鱼、阔嘴鱼和泥鳅。我要个半斤八两阔嘴鱼。我也和他一起去放鱼笼收鱼笼。做这样的事，真是很有乐趣。以前河里有很多大鱼、白虾，这两年突然少了，也不知为什么。

太阳爬上了远处的山脊，红红的，漾漾的，涂了西红柿酱汁的圆饼一样，到处披上了霞光。云朵慢慢散开，丝絮状。山峦有了层次之美。鸟呼呼地飞。菜地的南瓜架上，晾衣竿上，树梢上，都有鸟儿。雾气散去，视野纯净如洗。露水不再凝结。地上的灰尘黏成湿湿的颗粒。走在路上，鞋底下的沙子嚓嚓嚓响。买了早点回来的人吹着嘘嘘嘘的口哨。口哨时高时低的音调，让我觉得他是一个随性的人。麻雀在他身后落下来，落在一根竖起来的竹杈上。一个穿睡衣的女人，抱着一个脚盆，去小溪边洗衣服。

小溪有一个水埠头，可供四个人洗衣。埠头在乌桕树下。溪里有很多螺蛳，油茶籽一样大。若是天热，清早的埠头石板上，有螺蛳吸附在上面，也没人去捡。

有开着挖掘机的人来了，突突突，绕进山里，开荒。据说有人在山垄里，种铁皮石斛和灵芝。我去了几次山垄，也没看到别的人。山垄不大，遍地是茂盛的苦竹和矮灌木，鸟特别多。有人在山垄里架起网网鸟。相思鸟、苇莺、黄腹蓝鹟，都被网过。我也不知道是谁架的网，我看见一次，把网推倒一次，把竹竿扔进灌木林里。鸟粘在网上，叫得很凄凉。这让我难受。

其实，我是一个喜欢赖床的人。但每次听到鸟叫声，我会立即起床。不起床，似乎辜负了鸟声。鸟声是我生活中，唯一的音乐了。我不能辜负，不可以辜负。

每一个早晨，我都觉得无比美好。即使没有太阳升起，阴雨绵绵；即使冬雪纷飞，冰冻入骨。山还是那座山，乌桕树还是那棵乌桕树，但每天早晨看它们，都不一样。每天遇见的露水也不一样。在露水里，我们会和美好的事物相逢，即使是短暂的。诗人海子在《房屋》写道："你在早上／碰落的第一滴露水／肯定和你的爱人有关／你在中午饮马／在一枝青丫下稍立片刻／也和她有关/你在暮色中/坐在屋子里，不动/还是与她有关……"我对此深信不疑。

"所有的生活，行将结束。所有爱的人，都已离去。"这是朋友吴生卫说的。他作为在外漂泊大半生的人，他这句话我也深信不疑。当我听到清晨的鸟叫声，我又否定了这句话。离去的人，让她离去；要来的人，去拥抱她。结束的生活，也另将启程。在山中生活之后，我慢慢放下了很多东西，放下无谓的人，放下无谓的事，把自己激烈跳动的心放缓。其实，人世间也没那么多东西需要去追逐。很多美好的东西，也无须去追逐，比如明月和鸟声。风吹风的，雪落雪的，花开花的，叶黄叶的，水流水的。

人最终需要返璞归真，赤脚着地，雨湿脸庞。我向往这样的境界。每一个早晨，鸟声清脆，光线灰白，露水凝结，这样的境界呈现在了我面前。缀满竹竿的露水，我是其中一滴。朝日慢慢翻上山梁，我知道，活着，无须太悲观。人生还有什么比看见日出更美好的呢？

落日

扣碗一样的山梁，一座毗连一座。在两座最高的山梁之间，夕阳漾起了淡红色云絮。向南的山坡，覆盖着青黝色影子，一片叠一片，有了渐暮的气息。山脊割下来的阳光，带着菊花色，飘浮在空气中，虚虚的。投林的鸟，一阵阵飞过。

山峦之下，是一片收割后的田畴，几户人烟依在溪边。田畴像一把打开的折扇，遗落在群山怀抱之中。溪流从远处的峡谷无声无息地转过来，大幅度无规则地弯曲，随意率性地分切田畴。燥热的秋气被溪流浇灭。我在田埂上，走来走去，毫无目的。蚱蜢在枯死的稻草叶上跳来跳去，偶尔呼呼地飞起来，停在另一块稻田里。鸡在田里追逐昆虫，咯咯咯，边跑边叫。几只红蜻蜓悬浮在空气里，薄翼透明，颤动。麻雀一群群，在田里，找谷粒吃。我走过去，它们会突然飞走，在不远处，落下来，继续吃。

每天的落日时分，我都会在溪边、在田畴、在山边走走。我迷恋一种原野初入睡眠的气息，只有这个时候才有的气息，火堆慢慢熄灭的气息——渐凉但仍有余温，澄明但仍有混沌。这些地方都是我无数次走过的,哪里有一棵苦楝树,哪里有一棵桑树,哪里有大石头,哪里有简易的木桥,我心里有数。木桥有三座。一座是在洋槐树下,两根粗壮的松木,夹在石头堤岸上,松木板钉桥面,挑担的人从这里来回,站在桥面上,担子换一个肩,后箩筐移位到前面,扁担在肩上抖一抖,会发出咔嚓咔嚓的声响,桥身会轻轻地颤动。另一座木桥在溪潭右侧,潭边有妇人洗衣,蹲着,棒槌啪哒啪哒捶打衣服,水沫扬起来,落在潭面,水纹叠加在一起,密密有致,像老人脸上的皱纹。木桥是六根柱状杉木,用长条"一"字钉骑马式固定。孩子从桥上一个翻身,跳入潭里洗澡。另一座稍宽一些,在山坳前的滩头、溪中间,架了两个"人"字木桩作桥墩,桥面是刨了平面的杉木,用磨尖了的钢筋头揳入,桥两头以铁链锁在石柱上。独轮车从桥上推过,咿咿呀呀,推车人的影子在水面上像一条鱼,慢慢游动。下游还有一座石拱桥,可以行驶车辆。桥两侧有十三级麻石台阶深入溪边。这里是村人出殡前买水的地方。低处的石阶边,插满香头,纸灰淤积在泥里,破旧的碗盏有厚厚的污垢,水里沉着白白的硬币。买水一般在早晨或落日前,哭丧的队伍披着白布,唢呐流水一样呜咽,炮仗零星地炸响——即将在地里长睡的人,在人世间,最后一次和相爱的人相怨的人相会。

　　再往南,是南浦河了。夕阳的余晖铺满了河面,彤红彤红,光点闪闪。几叶竹筏漂在斜影里,打鱼的人赤着身子,鸬鹚嘎嘎嘎地叫,钻入水中叼鱼。远处的群山罩在一片红褐色之中。河水仿佛不再流逝,只有波光跃动。天际一片银白。

　　身边的叠叠山影在移动,缓慢地,如水渍洇在草纸上。天空似乎更透亮浑圆,薄暮青蓝,布满锡箔的光泽。夕阳浑圆,如架在火炉上的铁饼,赤焰喷射。我从来没改变过这个想法:苍穹里,有一个推铁环的人,从早晨开始,赤足奔跑,披着红色战袍,一脚跨过高山,三步跑出大海,越跑越快,战袍飘飞,因空气的摩擦,战袍开始自燃,灰烬纷纷落下,正午时分,肉身开始燃烧,但他不会停下脚步,直到肉身燃烧殆尽。但我从没看过这个推铁环的人。我听到了铁环在滚动时当当当的声音,从东边响彻西边。他由于过快奔跑,以至于没有脚步声。他飘飞的战袍,猎猎作响,带来令大地浮荡的风——芦苇在倒伏,树梢在摇晃,河水有节奏地掀起浪花,炊烟在飘散,笛声传得更邈远。我相信他一直存在,虽然他从未言说。他会在暮黑之时消失,不知影踪,但他第二天又会来,沿着亘古不变的路途,从海面启程,推向山坡。他有神秘的技艺,携带着时间的密语,他从不理会我们的仰望,显得残酷无情。

很多艺术家都热爱落日。荷兰印象派画家文森特·威廉·凡高(1853—1890)画过《麦田里的落日》:麦子收割在地,尚未收割的麦子完全倒伏,收麦的人面目不清,草帽破旧,不远处的一棵树是那么孤单,山峦青黛,落日被海浪一样的云朵抛起夹裹。被誉为"画水的贝多芬"的法国画家杜比尼(1817—1878)有一幅名画,叫《落日与渔夫》,金黄的色彩丰富、明朗,即使太阳即将沉入大海之中,也如一个成熟的橙子。夕阳,也是诗人热衷的吟咏之物。王勃之"落霞与孤鹜齐飞",写得美轮美奂,有油画的斑斓,视野开阔,心藏江河。白居易写《暮江吟》:"一道残阳铺水中,半江瑟瑟半江红。可怜九月初三夜,露似真珠月似弓。"似乎显得矫情，虽然至幻至美，远不如王维《使至塞上》浑厚苍劲："单车欲问边，属国过居延。征蓬出汉塞，归雁入胡天。大漠孤烟直，长河落日圆。萧关逢候骑，都护在燕然。"马致远写《天净沙·秋思》："枯藤老树昏鸦，小桥流水人家，古道西风瘦马。夕阳西下，断肠人在天涯。"几乎是一个思乡人的穷途末路，有家去不得，故国早已不存。李商隐在《乐游原》说："向晚意不适，驱车登古原。夕阳无限好，只是近黄昏。"这是晚唐时代的挽歌，多么让人悲伤。

"斜阳无限无奈只一息间灿烂，随云霞渐散逝去的光彩不复还。迟迟年月难耐这一生的变幻，如浮云聚散缠结这沧桑的倦颜……"这是二十五年前在看电影时听到的《夕阳之歌》，由梅艳芳演唱，我再也没有忘记。云霞渐散，谁的生命不是这样呢？2003年12月30日，梅艳芳病逝。在新闻中得知这个消息时，我脑海中萦绕不散的是这首歌。落日，让人迷恋。或许夜晚即将来临，夕光是最后一抹绚烂；或许绚烂之美，转瞬即逝，犹如雄浑的悲歌。

我守望过落日。在山巅，看着夕阳滑落地平线，像一尾锦鲤游入大海。地平线漫溢火山一样的灰焰。大地一片灰白。我相信了那个推铁环的人，他的存在。他一直在追赶的东西，不是别的，而是遥远的地平线。无论多高的山，他可以跨越；无论多大的海，他可以穿过。但他无法到达地平线。地平线是最远的远方，比远方更没有尽头。地平线是所有道路的尽头。升起，又落下。落下，又升起。

大地开始灰暗，霞光消失。田畴里，萦萦白雾，沿着溪边游弋。远山如喑哑的牛皮鼓。天空变得浅蓝,暗灰蓝,空气潮湿。视野渐渐模糊,远处的景物被一只手抹去,只留下疏疏淡淡的灯光。我沿着溪边的草茎,往回走——过一个矮小的山冈,便可以摸到寓所的院门。

我翻开旧日的诗作,低低地读了起来:

> 日落前,我在临河的阳台上
> 安安静静地躺一会儿,闭目凝神
> 那个从不来看我的人
> 我细细地想一遍
> 她手腕上的玫瑰刺青
> 光洁的耳垂
> 提笔就老的眼神
> 落地窗一样的长裙
> 旧纸张中浮出来的面容
> 有几分羞赧……
> 日落之前,我必须完成这个过程
> 她更多的生动和完整
> 不会被夜色吞没
> 也不会迷失
> 落日给她满身的金黄
> 荷花开得更饱满
> 日落前,我回到这个偏僻的寓所
> 喝水,洗澡,更衣

躺下来，细细地想一遍

这是每一天不可耽搁的事情

反复读，站起来读，越读声调越高，直到颓然而坐。

呱呱呱，大雁列阵飞过我的屋顶。向南的大雁，越飞越远。稀疏的星光浇水一样，淋湿了地面。夕光已完全被不可知的大海吞没。

黄昏时分，我日复一日在山野中走，走重复的路，看同样的景致。有时看看天空，有时看看远处，大多时候，我低着头，看着自己被夕光拉长再拉长的影子，变形的影子，一个人的影子，被树影覆盖的影子，被山影覆盖的影子，被溪流带走的影子。这时，我想找一个人说话，说说秋后的银杏树，说说晚露，说说昨日凋敝的秋海棠。可我找不到合适说话的人。落日沉降，山峰高耸，神开始窥视，弯刀一样的残月露了出来。

我仰起头，露水冰凉，星辰从我额头坠落。星辰吟唱过的，我也吟唱。油蛉沉默，我也沉默。那个从不来看我的人，大雁会在她屋前的乌桕树上，筑巢，育雏。

鹊鸟情歌

湿漉漉的三月清晨,天空水汪汪,淡白的雾气尚未散去,山谷传来"叽咔咔、叽咔咔、叽咔咔"的鸟声,清亮、干脆、悠扬,如牧童轻轻撩拨手鼓。牧童的指尖不经意地击奏,鼓皮颤动,发出一阵阵鼓鸣。山谷开始醒来,木荷莹白的花开遍了半山腰,略带寒气的和风吹着低矮山地,草浪"沙沙沙"响。草是茅荪,根芽在悄悄返青,黄荪叶卷着晃荪叶。高大的香椿树却显得单调,秃枝横斜。

侧耳细听,鸟声不像是从发声器发出的,而是上下两片喙在磕碰,如快板翻打。一串串的鸟声,似乎来自一位大地上的行吟诗人,穿着青蓝色的袍裳,穿过树林,来到原野游荡。它的歌声多么嘹亮,不知疲倦地歌颂着葱郁的树林、潺潺不息的河流和浩瀚的蓝天。歌声中,万古之地,万物常青,百鸟齐鸣。"叽咔咔、叽咔咔","叽咔咔、叽咔咔",两只鸟在彼此酬唱对歌。我一下子就听出来了,这是红嘴蓝鹊在对唱情歌。我的心,浇洒了春水一般湿润。我的心房鼓鼓的,如数重山。

三月是红嘴蓝鹊求偶的季节。在它烂漫的鸣叫声,透露出早春的清新气息,惺忪的土层冒出尖牙,鱼摆尾逐浪。在早上八点以前或下午三点之后,我造访偏僻的山谷、人迹罕至的荒凉山冈、芦苇茂盛的河滩。我每次出门造访,并不怀有遇见某种奇迹的期待——原野是日复一日的平凡,日复一日的重复和更迭。在野外,即使毫无新奇的发现,我也不觉得是空手而归、一无所获。因为在每一次的徒步造访中,会获得一些新的感知和认知,哪怕是细微的。这才是根本,也最为重要。没有哪一个自然观察者,是通过一次或几次造访就认识自然的,而是长期不懈地在考察、寻访、长居中,获得了生命的认知,才得以完成自己生命的完整性。只要长期不懈地在野外造访,肯定会遇上奇迹。这样的奇遇,让人着迷。我与红嘴蓝鹊的偶见,正是这样。

一日下午,我去田畈的葡萄园,沿着一条田间石板路走,穿过一片抽穗的稻田,看见一个个塑料大棚在太阳底下反射出白白的阳光。感到浑身燥热,我突然改变了主意,不想去看葡萄园。我拐过一段半截的河堤,走上机耕道,往官葬山(自然村地名)后面的野树林走去。官葬山处在一个斜缓的山坡,村后山地种红薯、花生和板栗树、橘子树。山坳有一个很深的废弃煤洞。一个酿土酒的人在煤洞口盖了简易房养猪。猪舍下,有一片茂密的树林。树林下有一块荒田,因为无法排水,荒田成了一个小水塘。水塘浮着稀少的灯芯草,水质非常洁净。在一条荒草路,我听到了翅膀抖动水面的声音。我停了下来,挨着一棵泡桐树坐了下来,我看见五只红嘴蓝鹊在水塘里洗澡。

水塘靠近小路的一边,有三块大石板,供路人蹲身洗手,塘边是一棵三米多高的黄荆树。五只红嘴蓝鹊站在石板上,把头扎进水里，快速地晃动，抛起薄薄的水花，水珠四溅。一会儿，它们又把身子扎进水里，扑棱棱地闪翅膀，滚着身子，翅膀扑腾起水珠，旋出水圈。它们从水里飞起来，在距水面约两米高扑扇着翅膀，水珠四溅。它们拍打着的宝蓝色翅膀，露出纯白的斑纹，如一把唐朝的折扇。它的尾羽起伏摆动，楔形的端白叉尾如鲸鱼露出海面的尾鳍。它们在"叽咔咔，叽咔咔"地叫，欢快无忧。它们悠长、气韵绵绵的啼唱，像古老的山歌。似乎它们永远春情勃发，热情洋溢。

这是我第一次看见红嘴蓝鹊洗澡戏水，并且是五只。它们像畲族的少男少女，包着黑色的头巾，插着纯银的发饰，穿着灰蓝浅青的布裙，镶着棉白的裙摆，在纵情地跳舞欢歌。水珠抖净了，红嘴蓝鹊边飞边叫，往山垄飞去。我望着它们水波浪形的飞影，飘逸俊俏，我怅然若失。

在山垄，我走了两个来回，也无心看别的了，怅然的心绪有些难以平复。太阳温软。君子竹油油青青。被人剃了底层两圈枝条的冬青，躲藏着一群焦躁的棕胸鹩鹛。它们"呋呋呋"地叫，在枝丫间跳来跳去。我又回到小水塘边，想再看看红嘴蓝鹊，可它们再也不出现。太阳下山了，山边荡出了鱼鳞形的云层，我返身回家。众鸟也在此时慢慢归巢。"嘘哩哩，嘘哩哩，嘘哩哩"，黑脸噪鹛吹起了晚归的口哨。

鸟，在体型上，有时很难分辨。尤其是雀形目中的鸦科、画眉科、莺科、鹟科、鸫科、山雀科等鸟类。同科中的鸟，差别非常细微，如褐头山雀和灰蓝山雀，即使资深鸟类观察员，不仔细观察的话，也难以区分出来。而有些鸟，我们见了一次，以后无须辨别就可以一眼认出来。我们看到它飞行的姿势，它美丽的色彩，即使在三百米之外，也可以指认出来。因为它们是独一无二的。红嘴蓝鹊是其中之一。红嘴蓝鹊色彩斑斓，嘴、脚红色，头、颈、喉、胸黑色，腹部纯白，背部和尾羽灰蓝色，楔形尾，尾叉白色，翅膀有白色斑纹，尾长于体身，善低空飞行，嬉戏于高大树木之间，啼叫声洪亮，如口琴吹奏。因其雍容优雅高贵的身姿，被人称为小凤凰。

如果可以用"最"去代指鸟美的至高等级，在郑坊盆地，我见过的鸟类中，红腹锦鸡、红嘴蓝鹊、寿带无疑可并称为"最美的鸟"。

在饶北河上游一带，红嘴蓝鹊并非十分常见，即使在体型中等的鸟类中，也不如黑卷尾、长卷尾、红嘴山鸦、乌鸫、灰乌鸫、褐头鸫、山斑鸠、珠颈斑鸠、黑领噪鹛、灰翅噪鹛、棕噪鹛、橙翅噪鹛等鸟类那么常见。其中最多的，是山斑鸠、黑卷尾、乌鸫、灰翅噪鹛。无论在河边，还是山谷，抑或田畈，它们成群结队，像唱诗班里的孩子。灰翅噪鹛无疑是最引人注目的鸟，不是因为它"呋哩呋哩哩"激越沉静的歌声，而是在求偶期间，在林地边的草坡或河边的草洲，十几只鸟为了"争风吃醋"，以死相搏地"斗殴"。

见到红嘴蓝鹊，也成了一件并不容易的事。唯一的方法，便是经常去有小溪流的山谷，那里有高大树林的河滩、有山塘的次林地。它爱戏水洗澡，爱在高枝鸣叫。红嘴蓝鹊成双成对，一直占据树的最高处枝头，兴之所至，在枝头上鸣唱一个多小时。在山溪拱桥边的柳树上，它们唱了一个多小时，我坐在桥下的石墩上，听了一个多小时。唱完了，它们比翼齐飞，低低地掠过菜地，飞往远处的山谷。

在某一片阔大的山林中，红嘴蓝鹊以小群落的方式生活，一旦发现异族（蛇、松鼠、黄鼠狼等），高枝上的红嘴蓝鹊立即发出"呱嘎嘎嘎，呱嘎嘎嘎"的警告声，以不容被威胁的威严，驱逐异族"出境"，无意中庇佑了树下觅食的煤山雀、地鸫、灰背松鸦、斑鸠等鸟类，即时飞离险地。在饶北河对岸的一个无名山谷，我看过十一只红嘴蓝鹊。这是我见过的最大群落。

丁酉年十月。晨雨初霁。天空浅蓝，草叶还沾着雨珠。我涉水过河，在芦苇茂密的河堤上，走了一华里多，被一群放养的胡鸭败坏了兴致，不想再走河堤了。我顺着瓜田，往山脚下走。山一个堆一个，堆出最高的山，便是灵山。灵山闪耀着银色的光辉，洁净的青黛色北部山坡如一块漂在海面的船板。最低处的两座山，以"U"字形拼合了一个山谷。山谷有一个水库。远远地，我看见了水库的坝面，如一块横板切断山谷。我从没去过这个水库，虽然距我枫林只相隔了约三华里。但水库归属洲村。隔河隔千里，隔了一条即使不宽的河，无论多近，也是很远的。整条山谷没有人烟，山上是人工杉树林，墨绿得摄魂攫魄。到了坝顶，见库水浅了半塘，库边裸露出黄土层，水青蓝。水库后面是往上慢慢收缩的山体，形成一个尖塔形的山峰。

去库尾，有一条草径。草径侧边有矮矮的山楂树，红熟金黄的山楂，挂满了枝头。我撩过树丫摘山楂，摘一个吃一个。一棵山楂树还没摘干净，呱嘎嘎，呱嘎嘎，叫声从不远处的山坳传来。我站在草径，等着鸟飞来。我听出了，是红嘴蓝鹊在叫，且是一群，叫声喧哗。如一幕歌剧，开幕的序曲才唱起，已初入高潮。果然,一只领头的红嘴蓝鹊,翩翩而飞,如冰上舞蹈迎面而来。它们一浪一浪地飞过来,向田野方向飞去。这么壮观的飞行鸟群,只有夏季的归巢白鹭才可以与之媲美。于我而言,这就是神迹显现——万物之神会在某一刻,在某个特定环境展现美神。

由此,我感到卑微,也为人感到卑微。美神降临,只有最少数的人可见。行走的物种,与飞行的物种相比,不仅仅缺少了一双翅膀,还缺少了飞翔的心。旷阔的盆地,在我眼前一览无余,如一张墨迹未干的画布。远山低垂如谜,凹陷在大地深处的河流已被秋色抹去,稀疏有致的白杨树叶正黄。半阴半阳的山谷扬起虫吟雀鸣之声,鸣奏优美的旋律。我既喜悦,又略有悲伤。人在自然的大美面前,会万分羞愧。人,其实无限渺小。只是我们自己不知道。在田畈边沿的一棵野柿树上,红嘴蓝鹊落了下来。柿子红熟,囊肉浆水饱胀,柿子叶大多已凋谢,柿子无人采摘,吉祥灯一样挂在枝枝杈杈。红嘴蓝鹊吵闹着,啄食柿子。

在近五年,常见红嘴蓝鹊。红嘴蓝鹊大多成双成对,仙侣般恩爱。一次,我在废弃的砖瓦厂,看一对红嘴山鹊在一棵高大的香椿树上嬉戏,看得很出神。挖芋头地的泉叔问我:你看得出,哪一只是雌鸟哪一只是雄鸟?我哑口无言。我散了一支烟给他,说,我哪有这个眼力分得出雄雌呢?他接了烟,慢条斯理说:我也看不出。他又说:不过,我知道有个诀窍,鸦鸟站在树上,尾巴翘起来的是雄鸟,尾巴垂下去的是雌鸟。我又散了一支烟给他,说,这个口诀,我得一直记着。

庚子年三月,我发现有一对红嘴蓝鹊,每天沿着狭长的山谷飞进飞出,飞行高度约距地面十余米,飞行长度约千米。它们边飞边叫，声音洪亮。它们经常停在山边荒田的一棵苦楝树上。

一天傍晚，我去山边，看见一只红嘴蓝鹊，喂一条蚯蚓给另一只红嘴蓝鹊吃。尾巴垂落的一只，站在树丫上，翘着头，张开赤红的嘴巴"咔咔咔"地叫，尾巴翘起的一只，抖着翅膀把喙伸进爱侣的嘴里，喂进蚯蚓。它们无比快乐，张开翅膀，摇着枝头，"咔咔咔，咔咔咔"，叫得无所顾忌。我被眼前的一幕深深地感动，试问人间凡胎，有谁可以爱得如此真切？

过了十余天，这对红嘴蓝鹊衔枝筑巢。巢筑在苦楝树距地面约三米高的枝杈之间。山谷因为有了这对红嘴蓝鹊，日日喧闹。它们的叫声，在山谷里回荡、扩散，如河水激荡着河谷。树杈被繁茂的树叶遮蔽，隐藏着巢。我记了一下，红嘴蓝鹊营巢时间为3月23日至4月17日。

两只亲鸟轮换抱窝，天天窝在巢里。一班岗，约抱窝三十五至四十五分钟。抱窝的时候，亲鸟把身子缩得紧拢，很安静地趴着，换岗的时候，两只亲鸟鸟喙对着鸟喙磨蹭一下，"叽咔咔"叫两声。5月14日，我第一次看见亲鸟叼食，飞向苦楝树。我激动了一阵子：幼鸟出壳了。但我看不到巢里的幼鸟，也不知道有几只。两只亲鸟站在巢边"叽咔咔，叽咔咔"，似乎在说："我家有大喜事了，有鸟宝宝了。"其中一只亲鸟，叼起一只蛋壳，"咔嚓、咔嚓"吃了起来。哦，红嘴蓝鹊和乌鸫、山雀一样，有清巢时吃蛋壳的习性。

我看过山雀，一天之内，两只亲鸟吃了八个蛋壳。山雀吃蛋壳很有技巧：身子抱窝着幼鸟，喙啄起蛋壳，放在巢室外，一只脚伸出来，压住蛋壳，喙啄裂，叼起破蛋壳，夹在喙嘴，吞食。

乌鸫清巢时，不但吃蛋壳，还吃幼鸟的体物。体物白白的，泡状，乌鸫一口吞进去。

我便天天下午来山边，看鸟夫妻养育雏鸟。这是我生活中最有意思的一件事情了。5月22日下午3点多，我去山边荒田看红嘴蓝鹊，我还没到荒田，被吓呆了。一条约有1.5米长的黑眉锦蛇从苦楝树晃着身子掉下来，落在一块方桌大的石头上。红嘴蓝鹊紧随而下，抖开花骨扇般的翅膀，与黑眉锦蛇对峙。黑眉锦蛇体背有金黄色，眼后两道黑纹，体侧有蝴蝶一样的斑纹，半曲在石头上，昂着扁平粗壮的头。红嘴蓝鹊扑闪翅膀，跳一下，蛇电射一般，跃起头部，欲袭击对手。

蛇电射一下，鸟后跃一下。鸟落下的时候，伸出喙，啄蛇的头部。蛇头晃一下，鸟扑了一个空。蛇匍下身子，鸟又扑闪翅膀，发出"嘟嘟嘟"的挑衅声。蛇弹射起前身，张大嘴巴，扑向鸟。鸟高高跳起，后跃，爪钩一下蛇头，蛇头甩一下，扑下身子。

红嘴蓝鹊是长尾巴鸟，也叫长尾山鹊，属鸦科鸟类，也因此叫长尾山鸦。体型相似，但喙色不同，另有黄嘴蓝鹊。鸦科鸟类大多生猛，强悍斗狠。乌鸦、喜鹊都是捕食的高级猎手，以红嘴蓝鹊最有战斗力。红嘴蓝鹊杂食性强，吃浆果、草籽、浆果，也吃蚯蚓、蜗牛、青蛙、蜥蜴、蝎子、蜈蚣，以及偷食其他鸟的鸟蛋、幼鸟、捕食老鼠、蛇。它甚至偷袭鹰。

红嘴蓝鹊不断地挑衅，把蛇粗暴的性子激发了出来。黑眉锦蛇灵动，弹射迅速，张开的大嘴露出密密麻麻的钢牙。蛇不停地弹射前身，甩着尾巴，发出嘶嘶嘶的声音，信子闪电一样闪动。红嘴蓝鹊轻巧活泼，张开翅膀，跳起来，后跃。对峙了十几分钟，蛇慵蜷地卧在石头上，懒得理会红嘴蓝鹊，似乎对红嘴蓝鹊的挑衅毫无办法。红嘴蓝鹊飞起来，双爪把蛇头钩住，把蛇往空中拉起来，蛇扭动身子，红嘴蓝鹊又落下来。蛇向后退缩，扭过头身，欲爬走。红嘴蓝鹊再一次跳起来，喙啄在蛇头上。这时，另一只红嘴蓝鹊叼着食物，飞到苦楝树上，护着雏鸟，看树下的"鸟蛇恶斗"，发出"叽嘎嘎，叽嘎嘎"严厉的警告声，似乎在警示蛇："我的伴侣不容伤害。"

蛇彻底怒了，弹簧一样弹直前身，半悬空中，伸出头，扑向红嘴蓝鹊的头部。红嘴蓝鹊飞出蛇头的高度，爪钩住蛇头，喙啄下来。蛇缩回，盘在石头上。红嘴蓝鹊落下来，爪摁住蛇头，继续啄。蛇一个翻滚，甩开敌手的抓捕。敌手恶汹汹地站在蛇的前面，张开翅膀，伸长脖子，准备随时啄下去。蛇又弹射出头，扑向敌手。红嘴蓝鹊后跃，撒开翅膀，嘟嘟嘟叫。蛇伸长，扭动了一下蛇腰，溜下石头，往石头下的地面逃。刚滑下头，红嘴蓝鹊飞跃一下，爪勾住蛇颈脖子，拉出两米多高，把蛇摔在石头上。红嘴蓝鹊落在石头上，啄蛇头，啪啪啪，猛啄。蛇卷了起来，欲把鸟卷包菜一样卷起来。红嘴蓝鹊飞跳一下，落在石头上，嘟嘟嘟，叫得很激烈。蛇张大了大嘴，匍着身子，信子火苗一样抖动。红嘴蓝鹊掠起翅膀，双爪摁住蛇头，雨点一样密集地猛啄，蛇扭动着，可头再也伸不起来。蛇头啄烂了，蛇慢慢不动了，腹部在剧烈地收缩起伏，起伏了一阵子，腹部干瘪了下去。红嘴蓝鹊死死地摁住蛇颈脖子，啄肉吃。

黑眉锦蛇也叫菜花蛇，以鼠、鸟、蛙为主要食物。它没想到自己最终死在鸟喙之下。红嘴蓝鹊捕杀大蛇，花了一个半小时。

我在距它们十米远的岩石下，看得浑身冒汗，手脚发凉。在自然界，猎手和猎物之间，没有妥协，当互为猎物互为猎手的时候，壮烈的战斗在所难免，直至一方无法动弹，被撕食。我从没见过如此惊心动魄的激斗，几乎可以算得上是一场战役。只要有捕食者存在，激斗就不可能停止。这就是动物界的天道之一。

回想起这个下午，我心脏激烈地搏动。求偶、繁殖、育雏、喂食、捕食、搏斗，是动物一生中非常重要的环节。在目睹其中一个环节发生的细节，足以让我激动，似乎我参与了生命其中发生的过程。最罕见的是目睹动物的搏斗全程，每一个细节都无比惊心动魄，招式之间藏着生死。胜者往往不在于体魄大小，更在于勇气、胆识、谋略、耐力、体能，和搏击手一样，快、准、狠，出手招招夺其要害。

6月24日，我再次回到枫林，去看红嘴蓝鹊的鸟巢，已空空如也。很惋惜，我没有看到雏鸟出窝、试飞。但愿两只雏鸟都平安出窝。我扛了把木楼梯，爬上树，看见鸟巢内室有干草、苔藓、根须和几片蓝色白斑的羽毛，外巢以藤条细根构建。

河滩和山谷，是红嘴蓝鹊出没的地方。有一段时间，红嘴蓝鹊常出现在村舍附近，在香樟树，在竹林，翩翩起舞、尽情啼唱，它们尽情炫美，袒露心扉。或许，这是它们对美对爱最好的诠释和答谢。有几次，红嘴蓝鹊还落在我家的屋顶上，"咔咔咔"，叫上大半个时辰。它们是不是又要开始寻找筑巢的地方，孵卵育雏呢？

宋朝诗人秦观在《鹊桥仙》说："金风玉露一相逢，便胜却人间无数。"我想，红嘴蓝鹊便是这样恩爱的。

桂湖

一直不知道山坳里为什么鸟声热烈。我站在山梁上,循声而望,只有一片墨绿的树梢在摇摆。山梁平缓,密密匝匝的芭茅沿斜坡生长,山崖上高大的香枫,有一种不可言说的孤独感。

这个山梁,我来了十余次,每次都可听见山坳里的鸟声,叽叽喳喳,啾啾啾,不论晨昏。我也分辨不出有哪些鸟。在中午,会有苍鹭在坳里盘旋。可我找不到去山坳里的路。

山坳里一般是冷水田、菜地、苗木地,或者是芭茅地。牛在山坳里,吃着野草,唔——唔——唔——吃饱了,无聊地仰着树蔸一样的头,干涩地叫几声。或者,把冷水田筑高田埂,修成乡人的鱼塘,养几百条鲩鱼鲫鱼。乡人在晚边(吴方言,指傍晚)握一把割草刀,背一个圆肚篮,割草喂鱼。鲩鱼在草料下,摆着尾巴,翕动着扁嘴,把草叶拖进嘴巴里。可这样的山坳,都不会有很多鸟。

我是一个喜欢在山里乱走的人,漫无目的,也没有计划,走到哪儿算哪儿。一条山道走上百次,一棵树下坐上半天。有一次，一个在山边种果树的人，见我天天看他打理果树，他斜睨着，问我："你是哪里人？"

"广信人。"我发了一根烟给他。

他捏捏烟海绵，又问："广信在哪里？"

我说："广信在广信。"

他咔嚓咔嚓地把玩剪枝刀，说，你是个有意思的人。又问："你天天来山里，找古墓吗？"

我说，草木枯荣，我每一天都想看看。

他继续修剪果树。我问："香枫树下的北边山坳，怎么可以进去？"

他歪着头，看我，说："要坐竹筏过河去，山林太密，人进不了。"我说，那个山坳有什么，好多鸟飞去那儿。

"那里有一个湖，一年也难得有一个人去。"

去哪里找竹筏呢？更何况，我不会划竹筏。但我第二天，便去对面的矮山上，砍了六根毛竹，又去镇里买了三十米棕绳。等毛竹泡上几天水，晒上几天太阳，请人来扎竹筏。

过了半个月，一个来我这里喝茶的捕鱼人，看我院子里晾晒毛竹，问我，是不是又要搭花架了。我说，江边的山里有湖，听人说要坐木筏去，便想扎竹筏了。捕鱼人说，不要过江也可以去，江边码头有一条古驿道，荒废二十多年了，走人还可以。

我约了捕蛇人老吕。老吕矮小，乌黑，背一个竹篓。我拿了一把柴刀一根圆木棍，提一个布袋。竹篓里是柴刀、矿泉水和圈绳，布袋里是六个花卷、白酒、望远镜和毛巾。我坐上老吕的破摩托，一颠一颠往江边码头去。

很多次进山，我都带上老吕。他会抓蛇。他用圈绳套住蛇头，手腕用力一抖，便把蛇束起来，塞进竹篓里。更厉害的是，他赤手捏蛇七寸，抖几下手腕，蛇不动了，软弱无骨。他不是捕蛇为生的人，捕蛇是为了防身。

古驿道，其实已经不存在，长满了荒草。但古驿道的石头路还在。走了一里多，穿过一条溪涧，往右边山侧走三里多，便到了山坳。翻过一个低矮的山梁，一个山中湖泊呈现在眼前。

在山里客居一年多，却是第一次看见山中湖泊。湖泊有三个足球场那般大，深陷在四个矮山之间。矮山是石灰石山体，被人工炸开出了悬崖，悬崖上的灌木和松树已稀稀成林。我问老吕："在几十年前，这里是不是料石厂？"老吕说，在1980年代之前，这里是石灰厂，是个上百年的老厂，弃用已有三十多年了，另一边山侧有一条老路，拉石灰的，山体塌方，把路堵死了，形成了这个湖。

矮山上，有几栋倒塌的矮房子，我估计是早年工人临时休息的工房。房前有十几棵枣树，钵头粗，皮糙色黑，牵牛花绕着树身爬。正是小满时节，枣花刚落，绽出细珠似的枣状。

从进山的时候，鸟鸣便不绝于耳。站在湖边，看见悬崖的树上栖着很多鸟。枣树上也窝着鸟巢。野鸭在湖里，游来游去，兀自悠闲自在。小野鸭三五只，在水里浮游嬉戏，叽叽叽叽地欢叫。"我们坐在大枣树下，不说话，看看鸟。"我说。

老吕说，蚊虫多，坐不了一会儿，满身虫斑。我取出白酒，在身上抹一遍，说，蚊虫不咬人。老吕说，我闻了酒就发酒疹，比长虫斑难受。

正午，炎热。我看到了麻雀、大灰雀、山雀、乌鸦、画眉、鱼鹰、苇莺、夜莺、相思鸟。还有几种我不认识的鸟。在头顶上——一枝横生的枣枝，大山雀站在上面，拉出灰白色的体物，落在我额头上。画眉在吃隐藏在树丫上的蜗牛。

湖是一个不规则的湖，漾起淡淡波纹，像蓝绸。湖面不时地冒出咕噜噜的水花。树影和山影，在飞翔。水鸟低低掠过，细碎的水珠洒落，看上去，湖泊像长满了苔藓的月亮。鸟叫声，此起彼伏。

我去过其他的山坳，大多清静，鸟声也略显孤怜。要么是大山雀，要么是相思鸟，嘀嘀嘟嘟，叫得人心里很空。有时，我想，假如我是一只鸟，会叫出什么声音呢？这几乎是一个不可以想象的答案。鸟一般叫得欢悦、轻曼。在两种情况下，鸟会叫得绝望，一种是伴侣不再回到身边（尤其是一夫一妻制的鸟，如信天翁、乌鸦、喜鹊、果鸽），一种是幼鸟呼唤母鸟。有一次，一个在鱼塘架网的人，网了一只雏鱼鹰，我买回来放生。幼鱼鹰有灰鹊大，已经会飞了，可网丝割破了它翅膀，它蹲在矮墙的木柴上，嘎——呃，一声长一声短。我打手势，请它飞走，它跌跌撞撞地移动着脚步，瓦蓝的眼睛看着我。嘎——呃，嘎——呃，一直在叫。我退进屋里看着它，生怕被猫抓了。这样的叫声，听了一次，一生也不会忘。

湖边芦苇油绿。水蛇在湖面弯弯扭扭地游动。在湖边，十几只鸳鸯成双成对地凫游。鸳鸯是冬临春飞的候鸟，却成了这里的留鸟。雄鸟羽色鲜艳而华丽，栗黄色的翅像帆一样，扇状直立。雌鸟上身灰褐色，眼周白色。在澄碧的湖面，鸳鸯像隐约的星宿。老吕摇摇空空的烟盒，说："这有什么好看的呢？看得我眼睛发花。"我说，看到别处不一样的东西，就值得看。老吕"哦"了一声，说没看出什么不一样。我说，同一棵树同一株草，每天看，也都不一样，只是我们看不出来，看出来的人就有了佛性。老吕说，看得出和看不出，有什么区别？哪有那么闲的人，每天去看？一株草发芽、开花、结果、枯死，是自然规律，看不看，人都知道这个规律。

"知道这个规律，和目睹这个过程，是有差别的。"我又说："我们不看湖，湖也是在的，看了湖，湖会入心，每天看，心里有了一片湖，心里有湖的人也就是心里有明月的人。"老吕说，我才不要那么深奥，我心里只有孩子、钱、女人和扑克牌。

我说，改日我们带渔具来，这湖里一定有大鱼。南方鲜有山中湖泊。山中一般是山塘、水库，用于灌溉。有十几年，我特别喜欢去水库钓鱼，在水边坐一天，吹山风。突然有一天，觉得鱼被一条蚯蚓、一根草诱骗，自己很无趣，便不再钓鱼了。事实上，人至中年，可以生趣的东西，越来越少，朋友也是这样。

这是山中的五月，野蔷薇开得正旺，大朵大朵的白，啪嗒在芦苇上。山樱花已经凋谢，翠绿的树叶跳出枝丫。枇杷橙黄。我眺望，山梁上的香枫墨绿绿一团。山下的江水，在翻着白浪。

在回来的路上，我问老吕："这个湖，叫什么名字呢？"老吕说，一个野湖，哪会有名字呢？

第二天，老吕给我电话，说："我问了好多人，才知道那个湖叫桂湖。"我说，为什么叫桂湖？老吕说，以前石灰厂里有一棵大桂花树，金秋的时候，桂花采下来，有一大箩筐，可以做很多桂花酱吃,后来被水淹死了,便叫了桂湖。

桂湖。我默念了几遍。一棵树死了,但魂魄还在,留在湖里,留在人的念想之中。就像一个厚德之人,记在石碑上或族谱里。

桂,是永伴佳人的解意。在一个无人踏足的山坳,桂湖却有了悲伤的意味。那么孤独,却又那般纯净。也或许,只有孤独之物才是至纯之物,像我们想象之中的天堂。

在很多僻远静美的地方,我都会有盖一座草房住上一些时日的想法,如山溪潺潺之处,如迎接日出的山巅,如密林的入口处。唯独在桂湖,我没有。我觉得自己配不上桂湖的孤独和美好。甚至我再也没有去过桂湖,我怕再去,会改变自己的想法。

我在香枫树下,搭建了一个简易的草寮。草寮,是我和一个木工一起搭建的,用了四根粗圆木做四脚柱,寮篷用火烤竹,铺上芭茅匾,花了三天时间。草寮里摆了两个木墩,可落座。从山梁上看过去,像一个古道上的凉亭。

每个星期,我都要去草寮坐坐。有时一个星期去好几次。不为别的,只想听听桂湖的鸟叫声。尤其在我意乱情迷的时候。鸟声会灌满我胸腔。山风猎猎。流云飞逝,苍山邈远。

野池塘

野池塘是大地的蓝眼睛。蓝眼睛里，只有天空，对其他一切视而不见。天空会浓缩，夜晚也浓缩，漫天星辰缀出雪色花环。一朵花，两朵花，三朵花……无数朵花，白天凋谢，晚上盛放。蓝眼睛像一个孤独者，看见星群一样庞大的迷途者，在海面上，排着神秘的队形，等待圣餐。

我见过这样的野池塘。池塘在两段河堤交错的三角地。挖沙人租用了两块田，剥去泥层，采沙。沙是白水沙，匀细，无泥质，挖上来，不用水洗，直接掺水泥，盖房粉刷那一带，六十年前是沙滩，筑堤围滩，才有了上百亩田。沙层很深，一天挖十几车。两块田挖去了一半多，被村人制止了，说，取走了沙，土层松动，河堤会下塌，洪水来了，门板是拦不住的，人本事再大，也拦不了洪水。

挖了田，便弃在那里，也无人抬田复垦。大沙坑是一个四边梯形，长边约有二十米，两条斜边约十五米，短边约十米。有人在长边，即田的衔接处筑了一道石墙，免得田塌方。短边是剥出来的田泥,已被拉沙车碾压得结结实实。两个斜边是两道石灰石筑起来的河堤。沙坑有四米多深,像一个地下球场。雨季来了,饶北河汹涌滔天,水浪黄浊,浮着枯枝柴屑,浩浩荡荡席卷河滩。最漫长的雨季,叫端午雨。在端午前后,雨捶下来,雨滴像一枚钉子,吧嗒吧嗒,捶入地里。雨滴呈颗粒状,热锅炒豆一样,蹦跳在树叶草叶上。雨击一下树叶,树叶软塌下去,又弹上来,周而复始。竹林沙沙沙,被雨声罩着。雨一直下,无日无夜。田畈一片白,水与天交融的白,白得发灰。饶北河漫上了半截枫杨林,空留树冠在疯狂摇动。水库放闸,大鱼从闸门摔下来,摔成两截,或头部开裂。小鱼也摔下来,摔在浪头,被浪卷走,落水奔逃。汛期从来不耽搁自己如约而至的马蹄。马蹄嗒嗒,马从天空跑下来,跑过山巅,翻下绵延的山梁,把雨水的消息带给每一棵草,带给每一粒种子,带给每一条根须,也带给大地上每一处低洼。汛期催促着朽物飘零,催促着百鸟育雏。

大沙坑储满了水,成了池塘。芦苇、芒、白茅和沙柳,在第二个春天,占领了池塘的四边。芦苇分蘖,根蔸要不了三年,大如箩筐。芦苇是高秆芦苇,一节叶片,比人高。芒和白茅消失。沙柳独枝而长,高过了芦苇,纷披枝条。薜荔缘枝而上,缠了每一条柳枝。

也不知道是谁,在沙坑刚废弃的时候,扔下了几节芦荻(亦即茭白)和几节莲藕(也可能是洪水冲来了芦荻和莲藕),池塘东边一个内角,长出了芦荻和莲荷。芦荻宽叶,挺拔,分蘖而生。4月,莲荷从水中吐出幼芽。幼芽呈笔状,芽叶淡黄淡白淡绿,卷曲成一个叶苞。一枝枝叶苞竖在水面,像春天的浮标。苞叶一

· 205 ·

天天张开，以顺时针螺旋形的序列张开，翻盖下来，铺在水面。

水蓝得深邃。我几次站在堤岸，目不转睛地凝视水面，会出现幻觉。沙沉淀了水质，水也和我一样出现幻觉。它把自己幻想成了晴空，幻想成了柳树的倒影，幻想成了水的梦境。天空有多深，池塘便有多深；倒影有多沉静，池塘便有多沉静；梦境有多变幻，池塘便有多变幻。我出现的幻觉，是一群穿水绿色连衣裙的女子，抖着白色的裙摆，站在荷叶上跳月光舞。

在每一次河边散步时，我散步的尽头，便是池塘口。池塘口的芦苇地，足有两亩面积。芦苇地侧边，是一片野树林。树林呈长条形，有二十多棵大香樟树和十几棵枫杨树。芦苇地和树林之间，是一块不大的菜地。树林里，有非常多的长卷尾、松鸦、斑鸠和啼鸣不歇的乌鸫。它们在高高的枝丫上，跳来跳去嬉戏，或者缩着身子躲在树叶遮挡的地方。它们时而来到菜地、河滩吃食；时而成群结队飞到田野浪一圈，在某一条田埂窝很长时间。随时去芦苇地，都可以听到沙沙沙的芦苇晃动声。芦苇里，苇莺和小山雀太多，偶尔还有红胁绣眼鸟来，乌压压一群。

溽热的夏天，池塘有鱼沉浮悠游。鱼是鲩鱼、鲫鱼、鲤鱼。鲫鱼一群群，沿着池塘边，时沉时浮，黝青色的鱼背与水色相融。假如池塘和鱼等比例放大数百万倍，鲫鱼像游动的群山，驮着黛色山峰。被海洋浸没的山峰，是自由的山峰。鲩鱼躲在莲荷叶下或芦苏丛里。我表弟几次对我说：把鱼网上来煮汤喝，汤汁肯定非常白，和牛奶一样，鲜美无比。谁看过池塘里的鱼，谁的想法就和我表弟一样。但终究无人下去网鱼。芦苇太密，池塘太深，谁也不会为了吃鱼而去割芦苇，也还得冒着危险——芦苇里蛇多，池塘无处落脚。

芦荻和莲荷，始终是不多的几株，可能是池塘淤泥不足。它们都长得清瘦，但清雅。有时候，我觉得它们活在这里，确实有些楚楚而孤单。这个池塘，于它们而言，更像供奉它们的庙庵。一个没有晨钟暮鼓的庙庵，水是终日萦绕的云雾，鱼是它们的僧童。鱼穿着黝青黝蓝的衲衣，游步于缥缈峰。

相较于荷花初绽的夏天，我更喜欢深秋的池塘。芦荻倒伏在水面，黄黄的荻叶渐渐麻白，有着生命最后阶段的素美。莲荷叶还没完全破碎，也没腐烂，叶尚圆。这是蛙在冬眠之前，乘叶泛舟于冷月之下——诺亚方舟上的鸽子已被蛙取代。但大多数人不喜欢深秋的池塘，因为过于冷清残败，色彩也过于枯黄单调。其实，残败与枯黄，也是大地的原相。世界上，没有一个地方，四季繁盛。盛极而衰，是生命恪守的原则，也是生命之一种。繁盛的过程，其实极其艰难，叶一片片抽绿，每长一厘米的茎如人跋涉千山万水。一片芦苇，一丛芦荻，一枝莲荷，从垂死的肃黄到郁郁葱葱，需要数月完成。而极衰，只需要一夜的秋霜。万物在大地上轮回，秋霜是轮回中重要的一环。春天给予万物的，秋天又从万物中索取。给予和索取，永远等量。

2015年冬，池塘来了一对小鸊鷉。小鸊鷉在池塘边的芦苇丛筑巢。天泛白，它们一起出来潜水、游泳，一起吃食。翌年初夏，又多了五只幼小的小鸊鷉。小家伙绒毛灰黑，趴在父母的背脊上，神气活现地出游。父母的脊背成了它们的私家豪华游艇。"叽叽叽"，它们愉快地轻叫，似乎在说：世界太辽阔了，我们一起快快长大，周游世界。初夏过了，池塘也没了它们的踪影。

到了立冬时节，小鹛鹛又来了一对。我不知道是不是去年的那一对。我站在河堤上，往水中扔一粒小石子，"咕咚"一声，惊出一圈水波。小鹛鹛啪啪啪，撒开脚蹼，拍起翅膀，贴着水面，呼噜噜，躲入芦苇丛，或潜入水中。我看着它们潜下去，却再也看不到它们从水中露头。隔了好一会儿（大约一刻钟），它们从芦苇丛游出来，又是一副悠闲快活、与世无争的样子。小鹛鹛每年在立冬前后几天来，在翌年清明前后飞走。飞走的时候，已是一个小家族。但我从没见过它们是怎么来的，又是怎么走的。它们与一个池塘，有了相守冬季的约定。

有时，我想，池塘在没有成为池塘之前，是农田，种油菜，种稻谷，种棉花，给予人饱食和温暖。它仅仅是一块田，和所有的田一样，限于粮收。池塘虽无粮收，被人荒弃，却成了小鹛鹛的繁殖之地，足够容纳它们和睦的一家子，那么，池塘就有了无可取代的生物学价值。这是池塘的幸运。也是小鹛鹛的幸运。人谋食取材之地太多，可掠夺的地方，都被人掠夺了，小鹛鹛找一个容身之地何其困难。

洪水每年都会来。洪水来一次，又把河里的鱼冲进来。池塘里的鱼，也会被冲走。洪水退了，鱼便再也出不去。有的鱼，从第一年进来，就没出去过。我不知道，鱼是不是有记忆力。在池塘生活多年的鱼，会不会忘记了河流的湍急与平缓，忘记了自己曾击浪搏水，像河中的勇士，跃过礁滩跃过高高的水坝，追寻河的源头。池塘没有浪，没有水流。但池塘四季不枯竭，维持着高水位——河水渗透了地下砂层，给池塘补充了水。芦苇和莲荷枯死之后，完全腐烂，给鱼提供了腐殖物和浮游生物。鱼，成了水中的王维，成了世外桃源的隐士。

有一次，我突发奇想，干了一件让自己觉得很有意思的事。我从浙江一个鲵养殖场买了十条小鲵装在雪碧瓶里带回来，投放在池塘里。我再三问养殖场专家，小鲵会在自然的环境中存活吗？专家以绝对保证的口吻说，水质无污染，又无人干扰，小鲵存活没任何问题。他还语重心长地说："鲵长五年才会繁殖，你要有耐性等。"我便盼着鲵安然无恙，可以存活，繁殖很多的小鲵。

过了两年，我又为这事内疚起来。鲵是两栖动物，爬来爬去且不说，池塘里捕食鲵的动物太多了，如蛇，如小鹧鸪。鲵即使逃脱了蛇口，也难以逃脱小鹧鸪的"鸭嘴"。

河里以前有很多物种，现在不见踪影了，或者说灭绝了。仅我所知的水獭、河鳗、石斑、鳜鱼，已二十余年不见了。这些以水为生的物种，对水质的要求特别高。生活排水和农药残留，严重污染了河流，使它们失去了生存的环境。池塘里的水，经过了砂层的过滤，完全可以放养河鳗、石斑。

回到上饶市，我找到一个在信江河捕鱼为生的人。我对捕鱼人说，你有河鳗打电话给我，一定要卖给我。他说，一年也抓不到两条河鳗，太稀少了。等了一年多，才等到卖鱼人电话：二百八十块钱一斤，有两条，三斤多重，明天早上你七点半在菜市口等。我请了一天假，买了河鳗连忙赶路回老家。两条合计三斤多重的河鳗，我有三十多年没见过了。天佑它，千万不能死了。河鳗虽是鱼，却很像花水蛇，白斑绕黑斑，修长俊美。河鳗吃小鱼小虾，吃浮游虫卵，在淤泥藏身。

河鳗放养了一年，我也没见过它，也不知道它死活。生死由命吧。大约隔了一年多,我和邻居在河边溜达,他说他儿子用地笼(地笼是一种网式渔具)网上了一条河鳗,清蒸吃了,真是鲜,胶原蛋白裹嘴巴。我问,河鳗有多重,他说,三两多重。我悬起来的心落了地——我担心他吃下的河鳗,是我放养的。放养河鳗和放养鲵一样,我不会对任何人说。我想在池塘投放无害的物种,让它们在饶北河再次繁殖起来。甚至,我想过在池塘里,放养大闸蟹和白水虾,但小䴘䴘会来越冬,它们存活的机会不大,我又打消了这个想法。我不可能为了放养虾蟹,把小䴘䴘赶走。

七八年了,池塘也没干过——水只有漫过了塘堤才会外流。池塘里有多少鱼,有多大的鱼,无人知道。电鱼的人也不会去,水太深,电不了。芦苇包围了池塘。沙柳半边的树冠,斜在塘面上。

2019年夏秋,郑坊盆地自7月7日下了一场小雨,便一直干旱,到了11月20日才迎来大雨。饶北河近乎干涸。池塘越来越干,到了10月下旬,露出了淤泥。淤泥晒白了。污泥上,横陈着很多鱼,有鲩鱼,有鲤鱼,有鲫鱼。最长的鲩鱼,有半米多长。曾经的天堂,成了鱼的地狱。它们无处可退,四边是沙壁石壁。鱼连挣扎的余地都没有。它们不会想到池塘也干涸得如此彻底。它们滚着泥浆,翕动着嘴巴,最后和淤泥一起干裂,被鸟啄食。雨水来得太晚了。雨水对死鱼来说,没有任何意义。

雨水带来了冬季,冬雨最终注满了池塘。又一年的洪水接踵而至。芦苏和莲荷比往年更肥厚了。

很惋惜的是,在星月之夜,我没有去过野池塘。那会是另一番景象:星星如玉珠倾泻,月光如梦境游离。那样的话,野池塘成了大地观察者的心相。

关关四野

没有饶北河畔鹭鸟声声的呼唤，没有悠远的蓝色晨光，没有芒草返青，没有野湖上轻轻溅起的水泡，那么四野将丧失灵魂，那么四野仅仅是一块供人种植的土地。我们与四野产生内心共鸣的，不仅仅是粮食、果蔬，更是那些能唤起我们生命萌动、感知岁时节律的美好景物。我们会知道，在匆匆的生命旅行之中，因为某一个晚上的月色，因为高大枫树上一对戴胜鸟的求偶之舞，因为甜瓜种子昨夜冒出的两片嫩芽，因为一场突然而至的暴雨，我们感受了纯真的心灵愉悦，而获得在大地之上永恒存在之感。

4月河水初涨，草洲渐渐被淹没，小䴙䴘、白骨顶、鸳鸯、红脚隼等冬候鸟北迁。苍鹭、三宝鸟、小灰山椒鸟、寿带、家燕、黑短脚鹎、黑眉柳莺、灰背椋鸟等夏候鸟，慢慢开始在河边树林、山间灌木林和荒芜的茅草地聚集。它们日夜鸣叫，发出（带有荷尔蒙气息）欢快的歌声。在天光稀薄的清晨，它们的歌声更清亮，更富有情调。我通常在窗外第一声野鸽啼叫时，披衣起床下楼。山峦还朦胧，田野则渐渐清明。这个时候，走向河边或山边林地，我们因为耳鼓被鸟声气流所充盈而感动。

所有的人，都会听到鸟声，只是有的人继续在沉睡，有的人去野外干活。可能我是唯一一个因为谛听鸟声而走向野外的人。河边或山边，湿气形成了低回的晨雾，很薄的一层，随风回荡。寒塘边的樟树上，鹭鸟站在枝头，拍打着宽大的翅膀，兴奋地跳舞，嘎嘎嘎的叫声，振聋发聩。它们似乎在向我发出邀请：我们一起来跳个舞吧，山川俊美，风和日丽。雾气在我的头发上，蒙罩了细细的水珠。我摇一摇头，水珠并不落下来，手摸摸，湿湿的。山野渐白，草木露出了原色。野樱的白花点亮了我的眼睛。在两里外，我就看见了野樱，在山垄斜深进去的山崖上，满树白。

在冬候鸟与夏候鸟交替换季时，我内心有抑制不住的蠢蠢欲动和狂热。这让我难以安睡。在城市里，我心绪不宁，进入不了生活中的角色，书也阅读不下去，我迫不及待地想返回乡间。即使在乡间，夜色深沉，在房间里，听见赤腹鹰"叽叽叽哩"的叫声，我也会马上激动起来。在白天，很难听到它清晰的啼叫。夜星低垂，旷野四合。我的内心草芽疯长，露水静静滴落。鸟一声一声地叫，我一声一声地听，听了一声，等着下一声。我甚至听出了灰树鹊啼叫的节奏："嘘——叽叽，嘘——叽叽"。它高声啼叫五声，间歇两分半钟，又叫五声，周而复始，到了深夜两点，啼叫止歇了。我生出了奢望：我的屋舍若能建在高大的树林里，该有多好。

"你要听鸟叫声，听夜风，你去枫林水库夜宿。鸟早早把你叫醒，风吼起来，你还以为山鬼来了。"臣忠对我说。他在水库有个小山庄。山庄呈"U"字形，石墙泥瓦。夏天，他一个人去水库睡觉，避暑气。"蛇敲门，你听过吗？"他说。他听过蛇敲门。

他睡到半夜,听到门"嘟、嘟、嘟"轻响。他以为是山鸡啄门,或者山鼠撞门。水库一带,茅草茂盛,山鼠非常多,常来屋舍找吃食,也到水库尾部找死鱼吃。门响了几分钟,他提着一个大手电,拿着一个火钳,开门。一条蛇竖起身子,与他肩部等高,望着他。他也不惊吓,手电照着蛇。蛇吐出芯子,扭了扭身子,溜了。他几次怂恿我去水库夜宿,我答应不下来。我怕蛇,又很心动。他好几次在夜里看见山麂在屋后山冈溜达。他这样说了,我更想去小山庄住几夜。山麂是性情胆怯、谨慎温良的动物,深藏山野。

我没有见过活山麂。我见过的山麂,大多是横在屠案上,剥了皮、剔了骨、剁了趾。山麂的骨头白如玉石,硬如生铁。山里人用大锅熬骨头汤,大木柴架在锅底,沸水噗噗噗把骨头腾起,油珠漂溢,熬一个时辰,再把麂肉氽下去。即使是大雪之夜,端一碗氽肉汤,嘞下去,也全身滚热。"山麂的骨头汤氽山麂的肉,这样的吃法太不人道。山麂是一种懂得害羞的动物,它不侵犯人,人有什么权利伤害它呢?"有一次,两个山里的亲戚来我家做客,说起了吃山麂的事,我这样说。亲戚不可思议地看着我,面面相觑。其中一个亲戚质问我:"那你以前来我家,也吃山麂呀。"我在他眼里似乎是一个假崇高的人。"以前是以前,我已经六年不吃野生动物了,十四年不吃狗肉了。"我说。我为自己吃过野生动物、吃过狗而自责过很长时间。这是我欠下的债,我无法偿还的债。这也许是一生中很大的过失。在我们的自然启蒙中,"万物为人所有、万物为人所用"的实利主义,深深地影响了每一代人:只要可以吃的动物,皆入锅上桌;只要可以锯板的树木,都砍下山。人把自己凌驾于其他物种之上,主宰它们的生命。人没有把自己当作是其他物种的守护神,而是把自己当作它们的帝王。殊不知,我们只是自然界的物种之一,在生命面前,万物皆平等,人的智慧在于守护生命而非杀夺生命。过了不惑之年,我才慢慢懂得这个道理,并在生活中去实践。我也深信,放下杀夺加害的妄念贪念,一切都还来得及。我也因此获得了生命的慈悲——万物在自然之中,共有共享共生共荣,我尽可能不去浪费,绝不去践踏。在每一种动物每一种植物的身上,我们都可以看到自己的过去、现在和将来,我们的命运与它们的相依存。无论我们的一生如何卑微,我们都需要神性,要敬重万物。在自然中,我们需要学会卑微地自处。

我们不要麻木地活着。麻木是一件可怕的事情,麻木让我们不再敬畏生命,让我们失去对自然的敏锐直觉。这是我们获得知识却缺乏自然文明孕育的巨大损失。而经常到原野中去,沐浴自然的光辉,敏锐的直觉也会慢慢恢复——当大雁飞临我们的头顶,当细雨簌簌飘在眼前,当瀑布的哗哗之声从山谷远远传来,当山毛榉一夜枯黄下去,当秋虫暴死于霜露,当金盏花诉说着凋谢,当雏斑鸠第一次飞出鸟巢——见到这些的时候,我们心中会慢慢翻涌起原始情愫的白色浪花,会由衷发出"生命多么可贵"的感慨。我们会知道,我们所经历的挫折和倦怠,实际上是那么微不足道,我们由他者的生命历程感知到自己生命的宽阔。这就是自然给予我们的智慧的恩赐。

我四季不歇地来到盆地,去无人的山坞,去暴雨中的河滩,谛听荒野之声,观察虫飞鸟舞,在夜色朦胧或星夜平阔之下,感知大地细微的颤动。

即使是在冬天,四野略显荒凉,仍然会发现许多鲜活的、苏醒的事物，让我们欢愉，并且沉醉。去年腊月，按照以往年份，已该是冬雨绵绵或初雪来临，人很少去野外了。但去年是个暖冬，冬雨未来，暖阳高悬。一天中午，我在午睡，我妈对我说："你快去找找你爸，他不知道去哪儿了。"我爸高龄，记忆力衰退得厉害，一个月有那么一两次去了田畈，会找不到回家的路。我去了一里外的菜地找他。阳光蔼蔼，蒲公英发出嫩芽，田野如一把打开的折扇。扇面有一幅水粉画：山峦由低往高收拢并绵延，色彩由枯黄向青黄、青绿渐变，越往高处色彩越浓郁，山顶被一团墨绿堆叠；由西至东的田野，斜缓地低下去，渐渐开阔，阡陌如网织；有着优美曲线的落叶树林，半藏着发亮的河流；不远处的葡萄园有人在拉车，灰白的天空下，葡萄园也是灰白的……我心里有些焦虑，急于找人。菜地没有人。我从废弃砖厂侧边的田埂路，往大片芋头地走，弯过一片绕满了枯藤的西瓜地，去了沙石场。拉沙石的德明见我焦急的样子，说："你找你爸吧？你爸从坡道下河去了，赶着两头牛。"我站在河堤上，望对岸的洋槐林，没看到人，也没看到牛。

洋槐高大，光秃秃的树枝繁密。林下是茂盛的芦苇、芭茅和矮杂的灌木。河水泛着白水花，狐尾藻青油油顺水漂浮。我脱了鞋袜挽起裤脚下河。河水并没有预想中的冰寒，舔着肌肤有些痒痒的。河底下是粗糙的沙石，脚踩在沙石上，脚板不由自主地弓起来，脚趾收缩，像一个吸盘。白条在砾石之间穿梭斗水。上了岸，我提着鞋子往芭茅丛走。芭茅半倒伏，却还比我人高。被挖沙人留下的沙坑，成了小池塘，有十余个。小池塘水质清洁，塘底长满了青蓝的水苔，白条、鳑鲏、小白虾在忘忧地游来游去。洋槐上，我看到了两只蓝翡翠，在"嘘咕噜，嘘咕噜"地叫着。它们是河流的衍生者，在这里意外相逢，让我感到无比亲切。它们爽脆的歌喉带给河流明亮之感，与哗哗流水声，合奏了冬之曲。它们是那么娇美、沉静，悠扬婉转地吹着温柔的口哨，享受着煦暖的阳光。这一带，应该有很多伯劳、草鹗、鱼鹰，小池塘是它们丰盛的餐桌。果然，我在一棵矮柳树上，见到一群（十余只）牛头伯劳。

北极鸥在河面上，呈"D"字形盘旋。北极鸥是旅鸟，但每一年，都会有一只或几只可能是失群了，留在饶北河过冬。它清洁无瑕的白色羽毛，让人觉得它是天外来客。它略显哀伤低沉的叫声，会突然洪亮地响起，仿如河流的背景音乐。我不知道这只北极鸥为什么会失群，它洁白庄严的盛装，使得它在视野里格外醒目。我生出几分隐隐的担忧，失群的旅鸟，存活下来的可能性太渺茫了。

走了百余米荒草地，看见两头大水牛在河边草地吃草。我叫了几声："爸、爸、爸——"无人应答——我爸有些耳背。一群雀鹛反倒被我洪亮的声音惊吓得四处乱飞。我到了草地，看见我爸坐在一棵冬青树下，搓自己的脚板。我有些责怪他，说："大冬天，打双赤脚，下到河里来干什么？万一摔倒在河里怎么办？"说着，我搀扶他过河。"你还扶我？不要我扶你就算好了。"我爸说。

"在河滩坐，比在家里坐舒服。河滩坐了，人通透。"我爸斜着眼看我，说。我挽着他的肩膀，他拉着我的裤带，一起过河。我爸又说："人还是要多来河边坐坐，河水怎么流，也流不完。我小时候，河就是这样流的。"

送我爸上了岸，我又渡河，回到我爸坐过的冬青树下，坐了下来。我抱着身子，靠着树，眯着眼睛，听着流水声。一个下午就这样过去了。鸟叫声和哗哗的流水声,并没有破坏四野的宁静,与之相反,让人更真切地感受到大地的宽厚、仁爱。是的,大地永远不会老去,每一个人,无论年岁,都是大地出生的婴孩。

站在四楼的天台上,也可以瞭望整个原野。在家里,我每天早上上一次天台。我把天台改成了半个阳光房,请来木匠老四打了一张写字桌。写字桌是我自己设计的,一米二长、一米二高、六十厘米宽,分两层。坐在这里写字,倦怠了,望一眼原野,或者站起来,远望青山。四野都在我眼里,满目葱茏,或者满目苍黄。

燕子栖落在电线上,灰卷尾也栖落在电线上。

燕子是另一个我,溪边的竹林是另一个我,青桐树是另一个我,随风而飞的蒲公英是另一个我,四处找食的黄鼬是另一个我,夏夜的促织是另一个我,堆积不起来的冬雪是另一个我,稀稀拉拉的阵雨是另一个我……无数个另一个我,分布在原野。我无处不在。我是所有的之一,也是之一的所有。我如雨水,渗透了四野,又被分解得无影无踪,被蒸发,回到天上,成为积雨云的一个水分子。

大多时候,四野空茫又繁茂,在任何时候,露出了原色。即使冬雪来临,簌簌簌地下了一天一夜,雪覆盖了山丘,覆盖了田野和屋顶,白鹡鸰还是四处翻飞,草芽还是把雪耸起,枇杷盛开着米黄色的花,河水轰出腾腾白气,黄鼬闯过公路来到某一户人家的厨房偷食,松鼠在板栗树上荡秋千。

四季都有鸟在求偶、育雏。四季都有草枯草荣。原野有着旺盛的欲望,有着强烈的期盼。我抱有持久的耐心和细腻的情感,等待每一天的到来和过去。这是必须的,也是美好的。我不愿意四野的生命迹象,从我眼中轻易地溜走。溜走,意味着丧失。

附 /

做一个大自然的布道者
——论傅菲的生态散文

汪树东

傅菲曾在《每一个作家都是大自然的布道者》一文中说:"我始终有一个观念,根深蒂固,即,每一个作家都是大自然的布道者。一场雨,一滴霜露,一片飘落的树叶,一片草芽,都是对生命的喻示。我是一个不杀生的人,也是一个不砍树的人。我崇尚极简生活。看到别人砍树,我会非常痛苦。谁杀野生动物,我痛恨谁。作为一个作家,我们都有责任把这样的理念传递给更多的人。"的确,对于中国当代生态作家而言,做大自然的布道者是首要的使命。自从2002年投身于散文创作以来,傅菲已经创作了四个系列散文,饶北河系列、城市系列、身体系列、大自然系列,出版散文集二十余部,产生了极大的社会影响。应该说他的饶北河系列和大自然系列散文是最富有生态意识的,尤其是《草木:古老的民谣》《深山已晚》《鸟的盟约》《风过溪野》堪称较为典型的生态散文集,真正实践着大自然布道者的理想。傅菲已经构筑了敬畏生命、众生平等、与自然万物共生共荣的生态伦理,以诗意笔触为读者描绘出或质朴或绚丽的自然之美;他也关注自然生命的内在灵性,亲身实践惜生护生的生态伦理，屡屡严厉批判现代人对自然生命的残害；他还自觉接受华夏古典诗词的美学浸润，接受美国约翰·巴勒斯等生态作家的深刻影响，试图建构一种人文与自然、写意与写实、古典与现代交融的山地美学。他的生态散文对于推进中国当代生态文学的发展而言必定具有重要的意义。

一、与大地同频共振的生态伦理

在散文集《深山已晚》的扉页，傅菲赫然自我介绍道：南方乡村研究者，自然伦理探究者。这是傅菲自觉的身份认同。说南方乡村研究者，对应于他的饶北河系列散文创作，这个系列散文主要围绕着他的故乡——江西上饶市广信区郑坊镇枫林村展开，《故物永生》写早年故乡生活中的熟悉物什，《草木：古老的民谣》写赣东北饶北河流域的常见植物，《河边升起炊烟》谱写枫林村乡野小人物的心灵史，《木与刀》写南方乡村工匠艺人的百年孤独文化史，再加上早期的《屋顶的河流》《南方的忧郁》等散文集，较为完整地呈现了饶北河边这个南方小村庄的物质文化史和时代变迁史。至于说自然伦理探究者，当他致力于书写饶北河系列散文时，他同时就有意展开对大自然的生态伦理的探究，他细致观察故乡的草木鸟兽，思考人与大自然的生态关系，常常到横峰、婺源等赣东北大地上漫游，寻觅自然之美，考察自然生态，《鸟的盟约》《风过溪野》便是他的自然伦理探究的结晶；2013年7月他还到福建浦城县荣华山下客居，朝夕与山为伍，散文创作也围绕着自然生态体验展开，最终凝结为《深山已晚》一书，更是把对自然伦理的书写推向诗意顶峰。

颠覆人类中心主义，恢复人在大自然面前的谦卑姿态，膜拜动植物的自然生命，细腻地描绘日常生活中的动植物，是傅菲散文值得关注的生态立场之一。对于常人而言，人类中心主义是不言自明的价值立场，他们总以为只有人类具有内在价值，而动植物等自然生命只有供人类使用的工具价值，因此他们在动植物面前总是高高在上，颐指气使的，他们也只会关注大自然的工具价值，而不会耐心细致地观察体认自然生命的万千姿态。傅菲完全不认同这种人类中心主义立场，他曾反复在散文中表达了对自然生命的崇拜心理。他在散文《神的面孔》中把植物视为神的面孔，"草木，使我们免于挨饿受冻。草木给予我们食物，给予我们温暖，去除我们的疾病，填充我们的心灵，滋养我们的美学。草木是我们的父母。无论哪一种植物，都有一副神的脸孔。有丑陋的人，但没有丑陋的植物。有残忍的人，但没有残忍的植物，植物只有一副柔肠。每一种植物以神的意愿，长出俊美的模样，各不相同。我愿意日日与植物为邻。"[①]的确，对于人类而言，植物才是我们生命的根源，植物之美与善是远远超越于人的，人类对待植物要知道感恩，要承认它们生命的神性。傅菲对动植物的膜拜，体现的就是高贵的生态伦理。

可以说，正是有了这种膜拜心理，傅菲才能不像绝大多数现代人一样在自然生命面前掉头他顾，而是认真细致地观察每一种动植物，怀着极大的爱心和虔诚描绘它们，为读者提供了一幅幅难能可贵的动植物精美图景。例如在散文集《草木：古老的民谣》

---

① 傅菲：《草木：古老的民谣》，广西师范大学出版社，2018年版，第195页。

中，傅菲就为故乡饶北河流域常见的植物树碑立传，其中《酸橙》写橙树，《一葛一裘经岁》写葛，《竹谱》写竹，《芋艿记》写芋艿，《玉一样的信使》写白玉豆，《人间多落寞》写柳树，《溪野枇杷》写枇杷，《笨拙的木耳》写木耳，《苔藓一样活下去》写苔藓，《夜雨桃花》写桃花，《嘉木安魂》写杉树，《枣树的血脉》写枣树，《桂花落》写桂花，《番薯传》写番薯。可能常人只能会关注这些植物的功用价值，但是傅菲却耐心地描绘它们的外形、习性，从中可见出他对这些植物的浓浓爱意。例如他在《隐秘的法则》一文中写南方乡村常见的马齿苋，观察极为细致，描绘极为精准，在中国当代文学中堪称极品文字。中国古典文学无论是诗词还是散文，要描绘自然生命时，大多是删繁就简的写意式，不可能出现像傅菲这样繁复精准的刻画；而当代作家大多跻身城市，更没有人能够像傅菲这样耐心地去观察名不见经传的一种马齿苋，更不要说用精准的语言把它描绘出来了。即此一端，傅菲生态散文的价值就不容小觑。

正是颠覆了人类中心主义价值立场，傅菲才能真正深刻地体验自然之美。在傅菲笔下，没有像阿来笔下高原藏地的神奇之美，也没有姜戎在《狼图腾》中所展示的内蒙古大草原的那种壮美，也没有李存葆笔下自然生命的那种撼人心魄的绚丽；他多聚焦于赣东北、闽北、浙西那片山区，山不高但植被丰茂，早已经没有毒蛇猛兽，多的是潺潺溪流、飞鸟鱼虾、修竹藤萝等。因此他笔下的自然之美，更多的是阴柔美，是朴素美，是人与自然和谐的生态美。例如他在《星星缀满我的脸》一文中写道："在提井水的时候，我伏在井栏上，星光一圈圈落在井水里。星光凝结，珍珠的模样，晃到眼里，成了星星。天空是圆的，箍在水面上，松松垮垮，印出水的皱纹。星星似漂浮物，但看起来，星星一直在下沉，飘摇着下沉，却永远沉不了水底。星星是最轻的一种东西……从亘古的远方瞬间跑来，它奔跑的速度比我眨眼还快，它的脚步不带灰尘，也不带声响，它跑的时候，紧紧拽着整个星空。我把木桶扔进井里，咕咚一声，提水上来，顺带提上一个木桶圈大的星空。"[1]写星星、星空，傅菲没有像帕斯卡尔所说的那样感受到"这无限空间的永恒沉默使我恐惧"，进而描绘星空的崇高之美，他别出心裁地从井水中去看星光，以小博大，也显示出天人合一的和谐之美。傅菲在《群山》一文中这样描绘婺源地区的群山，先以海喻山，再以马做比，以动写静，写活了群山，也彰显了万物有灵论的盎然生机。

当然，傅菲不单单感受自然之美，他同时也常常能够从宏观的生态角度领悟生命智慧。例如他在《荒木寂然腐熟》一文中写到森林中的荒木倒下腐烂孕育新生命的循环过程："倒下去，是一种酣睡的状态，横在峡谷，横在灌木林，横在芭茅地，静悄悄，不需要翻动身子，不需要开枝长叶。它再也不需要呼吸了。它赤裸地张开了四肢，等待昆虫、鸟、苔藓。树死了，但并不意味着消亡。死不是消失，而是一种割裂。割裂过去，也割裂将来。死是一种停顿。荒木以雨水和阳光作为催化剂，进入漫长的腐熟期。这是一个更加惊心动魄的历程，每一个季节，都震动人心。对于腐木来说，这个世界无比荒凉，只剩下分解与被掠夺。对于自然

---

[1] 傅菲：《深山已晚》，广西师范大学出版社，2020年版，第11页。

来说，这是生命循环的重要一环。这一切，都让我敬畏。如同身后的世界。"[1]对于一株荒木而言，倒下死去是残忍的，但是从更为宏大的生命循环角度看，它的死亡却是其他自然生命源源不绝孕育出来的根源，生死流转，正如常言道，一鲸落，万物生。重要的不是单个生命，而是生命能量的不息流动。这才是一种生态整体主义意义上的生态智慧。

融入特定的地方，融入大自然，与大地同频共振，明晰地书写地方感，是傅菲散文生态意识又一值得关注的重要表现。现代文明有意让现代人脱离具体的地方，成为漂泊流离的原子式个人，从而摆脱对大自然的依恋。但是当代生态作家却反其道而行，再次重申地方的重要性，重申融入特定地方的恋地情结。傅菲在对饶北河边的故乡枫林村进行精雕细琢式的描绘时，表现出来的是高度的恋地情结，是浓郁的地方感。他还常常在横峰、婺源等地四处漫游，进行田野考察，自2013年7月在闽北浦城荣华山客居十六个月，更是融入当地的大自然，展现了身心落定的地方感。在《大地的浪漫主义者》一文中，傅菲写道："在荣华山，无论是草木、昆虫、鸟兽，还是养蜂人，都是大地上的浪漫主义者。它们和他们知道大地上发生的一切。大地上发生的一切，都与它们和他们生老病死有关。他们和它们，与大地同频共振。世间万物，其实很简单——如何生，如何死。剩下的还会有什么呢？浪漫主义者，从来不会悲苦，也不孤独，只由心性地吹奏和沉默。生也至美，死也至美。这是艺术的最高境界，也是生命的

---

[1] 傅菲：《深山已晚》，广西师范大学出版社，2020年版，第230页。

最高境界。抬头看一眼荣华山，我对人间不再有怨恨。"[①]融入荣华山，融入大地，融入大自然，与大地同频共振，个体生命的小溪汇入了整体生命的大江大河大海，从而才找到了自己的准确定位，因此傅菲说"抬头看一眼荣华山，我对人间不再有怨恨"，自然生命的大道净化了人间的怨恨。

对于傅菲而言，融入大地，融入大自然，并不是高头讲章，而是实实在在的生命体验，是去认识自然万物，是用手去触摸自然万物，是用脚重新丈量大地，就像他在《林中小屋》一文中所写的，"爱大自然，我们得到的是无限慰藉。早晨的露珠，照亮和它恰时相遇的人。月亮总是沐浴旷野漫步的人。一片树林，一丛草蓬，一汪泉水，哪怕是一处荒滩野地，一条干涸的断流，一座荒凉的山冈，都会给我们意外的喜悦和无法言说的审美。鸟儿用它柔软的腹部抚摸蓝天，树木用它苍翠的枝丫丈量四季，鱼儿用它的鳞鳍畅游大地。我的守则是，尽可能地把双脚交给大地，哪怕我走的大地只有方圆两公里，我要像熟悉我深爱的女人一样熟悉它，贴近它，闻它气味，爱它坏脾气，听它莺歌燕语，抱它赤裸身子，摸它粗布衣裳，看它云开雾散草木枯荣。"[②]正是在融入大地、融入大自然时，傅菲才能够感受到生命的充实和自由，感受到自然伦理秩序对个人生命的矫正和救赎。

[①] 傅菲：《深山已晚》，广西师范大学出版社，2020年版，第92页。
[②] 同上，第274页。

二、惜生护生的衷情与生态危机的批判

肯定自然生命的内在价值,进而惜生护生,实践生态伦理,呼吁现代人不再残害自然生命,是傅菲散文生态书写的另一宗旨。傅菲在日常生活中也是竭尽全力呵护自然生命,把生态伦理落实在一言一行中。例如在《草结种子,风吹叶子》一文中,傅菲曾写到他自己因为考虑到鲫鱼有鱼卵而不再钓鱼。从生态伦理角度看,傅菲的选择无疑是正确的。其实,我国古人早已经立下了许多规矩,例如孔子所说的"弋不射宿,钓而不纲",孟子所说的"不违农时,谷不可胜食也;数罟不入洿池,鱼鳖不可胜食也;斧斤以时入山林,材木不可胜用也"(《孟子·梁惠王上》),等等。虽然这些规矩还是人类中心主义的,是从长远的人类利益出发的,但是它们终究有利于自然生命的繁荣生长。然而自20世纪50年代开始这些规矩往往都被弃若敝屣,人们对待自然生命无所不用其极,竭泽而渔、焚林而猎、杀鸡取卵式的生态劫掠层出不穷。因此像傅菲这样考虑到鲫鱼肚子里有鱼卵就废钓的行为,显出值得尊敬的高古品格。傅菲在《鸟声中醒来》一文中还曾写道:"有人在山垄里架起网,网鸟。相思鸟、苇莺、黄腹蓝鸦,都被网到过。我也不知道是谁架的网,我看见一次,把网推倒一次,把竹竿扔进灌木林里。"[1]他还在《通往山顶也通往山下》一文中写到有一次朋友请他吃猴子,他当面和朋友翻脸断交,他认为这违背了做人的底线。傅菲曾说:"我看见树被砍,动物死,都会异常难过。树也是一生,动物也是一生,人也是一生。生命的消失都是同样

---

[1] 傅菲:《深山已晚》,桂林:广西师范大学出版社,2020年版,第74页。

悲凉的。对动物残忍的人，我想象不出这个人的人性会美好成怎样。"[1]在《风过溪野》中，傅菲还写到他曾专门找捕鱼人购买活的河鳗，到饶北河放生。傅菲对待自然生命和人一视同仁，都以慈悲心观之，堪为生态伦理的典范。

　　日常生活中，人对待自然生命却不像傅菲一样具有慈悲之心，而是予取予求，肆意残害，因此傅菲就在散文中把这些残害之举写下来，试图让人们稍有反思。例如他在散文《谁知松的苦》中就写到人为了割松脂就残害松树。也许在常人看来，割松脂本是稀松平常之举，松树是植物，又没有语言，如何不能刀砍斧劈。但是傅菲却感受到松树的无言痛苦，站在松树一边控诉人的罪恶，绝对不是小题大做、大惊小怪，而是挑战常人的麻木和冷漠，争取更多人善待自然生命。

　　相比于植物，动物的命运也好不到哪里去，屡屡遭受世人的穷追猛打、敲骨吸髓。傅菲对身边的动物也充满惜生护生的善意。他的《每一只鸟活着都是奇迹》就为读者叙述了鸟类生活的艰难，从母鸟产下卵时就要面临着蛇、黄鼬、蜥蜴、山鼠、野山猫等喜欢吃鸟蛋的动物的劫掠；还要面临着同类相残的厄运；还有因为食物的短缺和自然环境的恶劣，白鹭、苍鹭、白骨顶鸡、黑水鸡等鸟类在雏鸟众多又无法提供充足食物时，便开始"杀婴"；更不要说，雏鸟还要面临无法抗衡的自然灾害，如洪水，如暴风雪，如台风；雏鸟还是猛禽、蛇、野山猫的美食；还有很多幼鸟试飞时就死掉；至于候鸟在迁徙过程中更是面临着种种危险。当然，

---

[1] 傅菲：《深山已晚》，桂林：广西师范大学出版社，2020年版，第179页。

更为恐怖的威胁还是来自人类，人，是鸟类最大的天敌。把鸟囚禁在笼子里，作为豢养之物，悦其声，赏其羽。把鸟（如环锦雉、鹰、天鹅）的羽毛拔下来，当作饰品。拔毛取肉，填自己的皮囊。鸟作为一种交易的商品，被四处贩卖。"[1]人类对待鸟类这样的自然生命的罪行实在罄竹难书。在《鱼路》一文中，傅菲还曾写到人类对鱼的残忍，"鱼活得比人不容易。人至少吃饭时，不会被人下毒，走在路上不会被人电击。但鱼不会羡慕人，只会痛恨人，假如鱼有思想的话。这个时代，有少数人，是坏事做绝、恶事干尽的变异物种。油毛松被切口剥皮，取走了松脂；熊被关在笼子里，取走了胆汁；狐狸被吊了起来，取走了皮毛；野牛落入了陷阱，取走了肉和骨膏……"[2]面对这种种人类的恶行，傅菲呼唤人们要给动植物以尊严，要意识到给动植物尊严，就是给我们人类自己尊严；因为说到底，动植物是我们的另一个肉身，众生本为一体。

傅菲尊重自然，敬畏自然，渴望融入自然，在日常生活中生活简朴，惜生护生，以散文礼赞自然，讴歌自然之美。但是他毕竟是生活在经济高速发展的当代社会，人们往往缺乏生态意识，肆无忌惮地剥削自然，摧残自然，造成了触处皆是的生态问题，乃至屡屡出现层出不穷的生态危机。对此，傅菲忧心如焚，竭力批判。例如他反复书写的故乡饶北河边的枫林村就遭遇了可怕的生态恶化。在《神的面孔》一文中，他写道："1983年，我十三

---

[1] 傅菲：《鸟的盟约》，广西师范大学出版社，2021年版，第32页。
[2] 傅菲：《深山已晚》，广西师范大学出版社，2020年版，第247页。

岁。这一年，山垄里的树全砍完了，分给各家各户。村人当时并不知道，这是万劫不复的灾难。20世纪90年代中后期，村里号召劳力上山种树，连片种植，连续种了几年，都无功而返。山垄里，没有树了，只有茅草、芭茅、藤和小灌木，水源慢慢枯竭，喝水成了难题。在没有公路和电的时代，动物、植物与人和睦相处。有了公路，卡车进来了，猎枪进来了；有了电，电锯和电网进来了，水泥钢筋包围了我们的家园，野兽躲进了深山，甚至无处可躲无处可居，直至灭绝。我们开始寻找逝去的家园，寻找失去的伊甸园，为了看一片原始的山林，亲近一条初始的河道，我们坐了一千公里的火车。"[1]小小一个枫林村，短短几十年间，就遭遇森林被毁，水源枯竭，野生动物凋零殆尽的生态惨相，令人浩叹。

在《游过饶北河》一文，傅菲还写到饶北河的生态破坏惨状，"饶北河，江南河流中的一条小河，一个不被人传颂的名词，它途经一个村庄时，与一个气质相仿的人相遇，它赋予他美学，赋予他习性，赋予他生死相爱。或许，记忆都是过于美好的。现在的饶北河，已经完全污浊，河水像米汤。河水会使人浑身发痒，长红红的皮疹、溃烂、漫延。河里的鱼很少，只有指头一般大。在五年前，饶北河上游的望仙乡，大力开发石材，废水不经过任何处理，直接排泄到河里，石材的白色粉尘，沿河床沉淀下来。河鳗、鳜鱼，已经绝迹。河獭更是灭绝无踪。沙滩被挖沙机掏得鸡零狗碎，像一具抛尸被野狗掏出的内脏。大片的树林只留下树蔸。枫林作为一个村子，它的灵魂已经死去——假如河流是村子的灵魂的话。

---

[1] 傅菲：《草木：古老的民谣》，广西师范大学出版社，2018年版，第194页。

生活在河边的人,远离了河流。"①的确,像饶北河这样死去的河流在全国不知凡几;当代人为了钱财,为了所谓的发展,掠夺资源,污染河流,在所不惜。

在散文集《河边生起炊烟》的后记中,傅菲还沉痛地写道:"三十年,枫林在急速变迁,饶北河因工业废水和生活污水的污染,已经在慢慢死去。人在物质的漩涡里沉沦。这样的痛心,也只有在河边长大的人,有更深切的体悟。我对乡野的认知,对农人的认知,以及沧桑变迁,有很多想法要表达。城镇化不但使古老的民俗和乡村艺术消失,还给农民带来更重的沉轭,更让南方农村格式化。我曾表示,我痛恨水泥、农药和塑料。水泥消灭泥房和石板路,同时消灭了河道,挖沙使原始河流不复存在,满目疮痍。农药灭虫,同时消灭了河鱼、泥鳅、黄鳝,进而食鱼类动物无生存空间,如水獭。农药还消灭了食谷类鸟儿和燕子,在长达十余年的时间里,村里几乎看不到麻雀和燕子,近乎绝迹。随着农田荒芜化,麻雀燕子又回来了,真是滑稽。塑料消灭了木、竹、陶等器皿家用物件。它们彻底消灭了乡村。"②这就是三十几年高速发展的生态代价:河流污染,鸟雀稀少,农田荒芜!这样的乡村如何承担得起乡愁呢?如何谈得上诗意栖居呢?如何能够成为美丽中国呢?

当傅菲把视野扩展到故乡周边地区,他也发现生态恶化乃是不可控制的普遍状况。例如在散文《群山》里,他写到婺源乃至赣东北地区的野生动物的现状,指出几十年间云豹、豺狼、猕猴、

---

① 傅菲:《瓦屋顶下:回望故乡卷》,北岳文艺出版社,2017年版,第81—82页。
② 傅菲:《饶北河有自己的文化史——〈河边生起炊烟〉后记》,《上饶日报》2019年3月18日。

穿山甲等野生动物相继灭绝。当越来越多的野生动物消亡,出现地区性乃至全球性的生态灭绝时,地球上的生命之网就越来越稀疏了,人类的前途也越来越晦暗不明。

对于中国人而言,野生动物多被吃到灭绝,虐食文化所在多有。对这种虐食文化,傅菲深恶痛绝。在散文集《风过溪野》中,傅菲曾写饶北河的宽鳍鱲在近二十余年濒临灭绝,就是因为当地人过度捕捞。在散文《鸟》中,他曾写到吃鸟的虐食恶风,"这几年,城乡出现了吃鸟的恶劣之风。在我生活的城市里,有一家名曰百鸟朝凤的餐馆,用一个大铁锅架在桌上,锅里全是鸟肉。据店家说,锅里至少有二十几种鸟肉,麻雀、斑鸠、乌鸫、布谷、竹鸡、白鹭等,无不遭受筷子的扼杀。锅里全是大卸八块的鸟,菜油咕咕地冒泡,辣椒刺鼻。餐馆三层,是一个农家院子,门口停满了车。厨房门口有一个大箩筐,里面堆满各色鸟毛。我去过一次,再也不去了。去的时候,看见一个女孩子蹲在饭桌下,号啕大哭,说鸟再也飞不了啦。"[3] 现代人鲸吞了鸟兽虫鱼的栖息地,肆意地繁殖人口,扩大消费,根本不去反省自己的越界之举,还要把孑遗的鸟兽虫鱼吃掉,这是何等的盲目和愚昧啊!在美食文化的遮掩下,跳动的是多么粗俗的心灵!面对这种虐食,傅菲还考虑到更为广远的物种灭绝问题。

当代生态作家大多厌恶城市,向往乡村和大自然,傅菲也不例外。他曾在散文《一截江面》中写道:"我越来越厌恶城市,城市让我急切、焦虑、失眠。我厌恶酒浸泡出来的笑脸,厌恶汽车,

---

[3] 傅菲:《大地理想》,北岳文艺出版社,2016年版,第267页。

厌恶商场，厌恶柏油路，厌恶塑料，厌恶电脑手机，厌恶水泥钢筋，厌恶快递，厌恶银行，厌恶新闻。它们把人分割成了片段，挤压成一群怪物。荣华山让我彻底安静了下来。树是会说话的，草是会说话的，鸟鱼是会说话。江水是会说话的，月色是会说话的，泥巴是会说话的。它们用色彩、声音、质感与温度，和我们说话，彼此会意。一个人，一生最难的事，是明白自己如何生。永哥在帐篷里，呼噜噜睡着了。我还坐在岩崖上，听滔滔江水。我似乎正一滴一滴地，溶解在江涛里。"[1]傅菲认为城市把人分割成碎片，使得人变成了怪物，只有大自然才能让人恢复完整，宁静下来，只有在大自然中，人才能与自然万物自由交流，才能突破自我中心主义的隔膜，融入浩浩荡荡的生命河流中。

三、构建一种生态的山地美学

傅菲在创作大自然系列的生态散文时，还有一种自觉的美学追求。他曾说："写这个系列散文时，我有自己的想法，我要写出属于自己的山地美学。我的山地美学强调了人及人文与自然的融洽、个体的人与社会处理自然的关系、人的自然属性、自然的生命属性、自然给生命的启示、自然亘古的法则和伦理、人之情趣和自然之情趣的和谐关系、自然现象的瞬逝之美、自然之美的永恒价值。我把自然和日常生活融合在一起书写——人与自然的同频共振。从某种角度上说，人和自然，互相照耀，互为主客，彼此印证。忠于自然，却不雕刻自然之像；忠于内心，却不失丰

---

[1] 傅菲：《深山已晚》，广西师范大学出版社，2020年版，第262页。

富浪漫的想象。于自然而言，最大的人性，是尊重生命，尊重一切生灵的生和死；尊重自然原始的风貌；尊重自然的原则；尊重自然的丰富性、残酷性和仁慈性。"[1]傅菲所说的山地美学，其实还多是对生态伦理的一种个人表述。在笔者看来，傅菲的山地美学大致可以概括为三个方面：人文和自然交融；写意与写实交融；古典与现代交融。

先看人文和自然的交融。当代生态作家中，有些作家书写大自然时，偏重于书写远离日常生活、具有奇异之美的自然生命或风景，例如刘先平写高黎贡山上的大树杜鹃王、写黑叶猴、写雪山上的雪豹等，李存葆写野象谷、狼毒花、山西祖槐等，都是典型的例子。与这些生态作家相比，傅菲偏重于书写日常生活中的大自然，书写赣东北、闽北、浙西常见的自然景观、自然生命，也偏重于书写日常生活人与大自然之间的关系。因此他的散文所描绘的自然生命、自然风景多的是日常之美、凡俗之美，或用他自己的话说，是卑微之美。以散文集《草木：古老的民谣》为例，他所描绘的多是日常生活中常见的植物，例如橙树、葛、竹、芋艿、白玉豆、柳树、枇杷、木耳、苔藓、桃花、杉树、枣树、桂花、番薯等。而且，在描绘这些草木时，他并不单纯做植物学意义上的客观描述，而是始终结合着人的生活展开，从人的生活角度认识自然生命的重要意义。不过，这也不同于人类中心主义的狭隘视野。因此，他对大自然的描述兼具人文性和自然性。

傅菲在大自然中既不是一个功利主义者，也不是一个猎奇者，

---

[1] 傅菲：《深山已晚》，广西师范大学出版社，2020年版，第312页。

他是一个温情脉脉、怀有浓厚人文精神的皈依者。他曾说:"我怀有这样的想法,以自己的心灵去浸透山林,鸟一样投奔山林的怀抱,建构一个属于自己的山地美学,它是奇异的、丰富的、寂静的、多变的。山林会在某一个瞬间,被我吸进五脏六腑,我能听到它的心跳,感受它的脉搏。"[1]可以说,"以自己的心灵去浸透山林",保证了傅菲生态散文的人文性;而"山林被吸进五脏六腑",保证了傅菲生态散文的自然性。人文和自然的交融使得傅菲生态散文超凡脱俗,诗意盎然,生气弥漫。

再看写意与写实的交融。傅菲最早是写诗的,2002年才开始投身散文,到了2013年才开始致力于大自然系列散文的创作。可以说,对傅菲的审美趣味影响最深的还是从《诗经》《楚辞》就开始的古典山水田园诗歌传统,例如陶渊明、王维、孟浩然、李白、柳宗元、苏轼等延续下来的崇尚自然、亲近自然的美学倾向。对于这些古典诗人而言,亲近自然、欣赏自然,往往采用的是得其神忘其形的老庄式的道家智慧,因此他们描绘自然,多是写意式的,优美空灵,若羚羊挂角,无迹可寻。傅菲在赣东北、闽北等处漫游时,真正引导心灵的也是这种道家智慧。因此他在《葛溪,葛溪》《野望》《赭亭山记》《葛源盆地记》等散文中描绘大自然也多是写意式的,至于《深山已晚》中的诸篇更是写意笔法处处可见。

但是傅菲毕竟又是受过严谨的现代教育的作家,他也处处采用写实笔法描绘大自然。他无论是描绘一株野草,还是一只鸟,往往都会描绘清楚它们的外形、习性,而且非常精准。他还尽可

---

[1] 傅菲:《大地理想》,北岳文艺出版社,2016年版,第294页。

能地调动博物学知识，例如他曾研读过《中国湿地植物图鉴》《中国鸟类分类与分布名录》《南方药用植物》等专业书籍。在《群山》一文中，傅菲曾写道："高高昂起来的马头是大鄣山。从大鄣山俯瞰而下，竖起来的鬃毛是绵密的树林。婺源的树林，以野生灌木和香樟、苦槠、栲树、枫树、野紫荆、青冈栎、栎树、泡桐、木荷、冬青、女贞、松、山樱树、野桃树、杉树、水杉树、洋槐、柳树、柏树、白杨、栾树等乔木为主要种类，也有银杏、红豆杉、檀、红楠等珍贵种类，人工种植的树林以杉树和松树为多，也种植大片的竹林。和树林共生的则是藤萝。在涧水边，在阴湿的山崖下，有一种木质藤本的野葡萄，一丛丛地繁殖，盘满了树梢或芭茅叶，在四五月份，开米白的花，绒毛一样，细细长长，坠在一个蕊里，到了九月，浆果绯红发黑，熟透了。野葡萄圆圆的，两倍黄豆大，汁液酸酸甜甜，是酿酒的好材料。还有一种紫藤，搭在苦槠或栲树上，垂挂下来，在三月，开紫底透白的花，形成花瀑。无论在哪一座山，在婺源，夏季前，山上都挂满了藤萝花，与树木的新叶搭配在一起，会让一个突然而至的人，怦然心动，让人误以为，又一次美好的邂逅即将降临。"[1]他可以耐心列举几十种树的名称，介绍野葡萄和紫藤时也非常准确，这就是带有科学气质的写实笔法。还有他的《群鸟归来》一文描绘浙江省瓯江入海处九龙湿地的鸟类景观，开篇时就以极度写实的笔法描绘湿地边缘群鸟的叫声，随后描绘了湿地几十种鸟的活动景象，"食物充沛的湿地，从来就是鸟的天堂。松鸦、红嘴蓝鹊、红尾水鸲、黄苇鹣、绿鹭、

---

[1] 傅菲：《时间的形式》，2016年《西湖》第12期。

夜鹭、白鹭、黑领椋鸟、金翅雀、乌鸫、山雀、小鸦鹃、斑头鸺鹠、绿翅短脚鹎、斑鸠、白胸翡翠、灰头绿啄木鸟、灰胸竹鸡、冠鱼狗、矶鹬、金斑鸻、喜鹊、乌鸦、锦雉、暗绿绣眼鸟、凤头鹰、白腰文鸟……它们和湖中的游鱼，同为自由主义者的主人。"①该文典型地展示了傅菲博物学的知识和高超的写实笔法。

当然，更为常见的是，傅菲能够在写意和写实两幅笔墨中自如地转换。例如，他在《神性的相遇》一文中写道："午后，秋雾散去，山峦像一朵朵从腐木上长出来的蘑菇。林场院子里银杏树有了更浓的秋韵，树叶微微发黄，是阳光过滤出来的黄，浅浅的，橘皮的颜色。溪河边的灌木林，漆树和梓树却完全发红了，妍妍的蔷薇红。山坡上的青冈栎树却郁郁葱葱，肥绿的叶子沉沉下坠，而含笑开始落叶了，焦黄的树叶像寄往没有地址的书信被退回。我看到整座山，和一块调色板差不多，各样的颜料堆在上面，任季节之手挥洒。"②整体看，这是一幅斑斓秋色的写意画，但从细部看，却也极其写实，因此既精力弥漫又气韵生动。

最后看看古典和现代的交融。写作生态散文的傅菲就像是陶渊明那样的古典山水田园诗人和像约翰·巴勒斯那样的现代生态作家的融合，古典和现代的融合，交汇点当然是亲近自然、融入自然的志趣。傅菲受古典诗词影响极大，他的许多文章题目就常采用古典诗词名句，例如《苍翠暖寒山》《绿树村边合》《露从今夜白》《山际见来烟》《碧山暮云遮》《飞雪满孤村》《江春

---

① 傅菲：《群鸟归来》，《光明日报》2018年12月28日。
② 傅菲：《大地理想》，北岳文艺出版社，2016年版，第244页。

入旧年》《夜声杏花落》等,而且他在散文中经常引用古典诗词。他在《大地理想》一文中还说:"我们需要一次次去投奔大地,像雨一样,去熟悉大地的细胞、脏器、骨骼、血液、筋脉。大地是我们的父母,是我们的胞衣,也是我们的摇篮和眠床。任何时候,我们站在大地面前,都是初洗的婴孩。"①这种对大地的亲近和融入,也是古典山水田园诗歌的终极动力。他还说他的散文"在审美上,我根植于东方古典:宁静、祥和、绚美、质朴。在写作的过程中,我始终遵循'有情、有趣、有思、有异、有美、有灵'的美学,讲述奇妙又平凡的大自然世界。"②的确,宁静祥和、绚美质朴的古典美学特质是傅菲生态散文的核心特质之一。

当然,我们不要忘记梭罗、约翰·巴勒斯这样的现代生态作家对傅菲的影响。傅菲读到约翰·巴勒斯的《鸟与诗人》后就为之对大自然的精美描绘深感折服,他又相继读过《自然之门》《醒来的森林》《清新的原野》等书,并深受影响。他曾说:"如爱默生、梭罗、惠特曼对约翰·巴勒斯影响一样,约翰·巴勒斯对我有着深远的影响。他不但影响了我的审美,还影响了我的日常生活。我开始崇尚极简主义。我崇尚环保主义。我不再杀生,不再吃野生动物,不穿也不购买皮草;我尽可能不要塑料,买菜也提篮子,尽可能不要电,外出尽可能步行或坐公交车——我开始自学植物学动物学,慢慢学会辨识身边的植物以及它的药用价值。……我爱上了种树,爱上了自然界的一切。我爱上了书写自然。"③他甚

---

① 傅菲:《大地理想》,北岳文艺出版社,2016年版,第9页。
② 张滢莹:《傅菲:朴素之语尽写万物卑微之美》,《文学报》2020年6月11日。
③ 傅菲:《深山已晚》,广西师范大学出版社,2020年版,第308页。

至把《深山已晚》当作一本向约翰·巴勒斯致敬的书。应该说，像陶渊明这样的古典山水田园诗人赋予了傅菲亲近自然、融入自然、领悟大自然的心魂，而像梭罗、约翰·巴勒斯这样的现代生态作家则教会了傅菲如何以一种现代生态学、博物学的眼光来发现大自然的特殊意义，赋予生态散文饱满的筋肉和坚实的骨骼。两者融合，古典与现代相遇，遂成合璧。

结语：生态散文的鼎力推进

张守仁在为傅菲的散文集《深山已晚》作序时，认为傅菲和苇岸、胡冬林、徐刚一样是自然的圣徒，"笔者阅读范围有限。请允许我把本文中谈及的苇岸、冬林、徐刚、傅菲四位文友，视作四根粗大的圆柱子，加上其他作家，合力顶撑起当代自然文学的大厦，巍然矗立在散文原野之上，组成一道被读者注目的亮丽风景。"[①]应该说，这个评价是比较中肯的。虽然除了苇岸、胡冬林、徐刚、傅菲之外，韩少功、张炜、阿来、阎连科、李存葆、鲍尔吉·原野、艾平、古岳、周晓枫、学群、杨文丰、王开岭、龙仁青等人的生态散文也写得风生水起，绚丽多姿，但是像苇岸、胡冬林、徐刚、傅菲这样专注于生态散文创作并取得较高艺术成就的作家并不多。相对而言，傅菲更多地继承了华夏古典生态智慧，他的散文也表现出更为浓郁的东方古典美，人文和自然、写意和写实、古典和现代融合得较好，从而具有更大的思想美学价值，对于推进中国当代生态散文的发展而言具有更为重要的价值。

---

① 傅菲：《深山已晚》，广西师范大学出版社，2020年版，第10-11页。

笔者也希望更多的读者能够从他的生态散文中获得大自然的安慰，找回真实的自己。

【作者简介】汪树东，1974年出生，江西上饶人，现为武汉大学文学院教授，博士生导师，主要从事生态文学、20世纪中外文学研究。已经出版学术专著《生态意识与中国当代文学》《天人合一与当代生态文学》《超越的追寻：中国现代文学的价值分析》《中国现代文学中的自然精神研究》《黑土文学的人性风姿》《中国现代文学中的反现代性研究》等。

跋 /

自然心灵

自然写作是文学写作的一个重要方向。自然写作的重要性正被越来越多的人看到。也许,你马上会联想到环保写作和生态写作。不错,自然写作和它们有着密切关联——但确实又有微妙的不同。

当我们强调关于人类生存环境之现代忧患、社会行动和政策执行的时候,环保和生态无疑会成为主题词,这些主题词,是显性而响亮的,有着时代赋予的特殊任务。然而,环保和生态这些概念,其本身,难以构成缘起与归宿意义上的文学精神底色。相比之下,自然,及相关的自然写作,有着人类更恒久更共通的精神资源。

自然写作为什么重要?它不仅仅是关注到环境保护和生态保护——这些当然是极其重要的——在时代强调的主题词之外,在时代环境难题出现之前,在时代生态困境解决之后,自然是一个始终高悬的、启迪人类向善向真的伟大力量。正是这样的力量,催生了自然写作。

当我们的思考与自然产生越来越亲密的关系时,我们相信,我们在接近那个最深的情与理，同时，我们相信，无论你的写作贴什么标签，自然写作、环保写作，还是生态写作，只要称得上杰作，它一定吸纳了来自自然的智慧。

2021年9月21日，"津读书苑"公众号在推介我的自然文学作品集《风过溪野》时，请百花文艺出版社总编辑汪惠仁老师写一段"引言"，汪老师举重若轻，写下了这段高屋建瓴、意蕴深远的话。汪老师对自然文学，以及对自然写作的理解（解读），很养我的脾性，给我很多启发，获益匪浅。

任何一种方向明确的写作，是作家成熟的标志。用通俗的话说，这样的写作"不胡来"。作家发生方向明确的写作，从某种角度说，不是这个作家自己所预料的，与他（或她）个人的生活史、阅读史，以及个性、情趣、审美、价值观等密切相关，有一个衍生、环链形成、开掘、长期野外考察、趋于充分表达的过程。他（或她）必须把自己隐秘发现的自然现象、自然之物和自然行为，如炼金术般，塑造出生命现象或生命价值，并尊崇于此，衍化为人的精神底色，让万物贴近心灵，物我浑然，豁人耳目。

在2013年10月之前，我从没想过自己会从事自然文学写作。我甚至不知道自然文学为何物。诚如我在《深山已晚》后记所写：

2013年9月，在一份不知谁遗落在我办公桌的书单上，我看到了诗人马永波主编的"世界自然文学"丛书目录，其中有辽宁诗人川美翻译约翰·巴勒斯的《鸟与诗人》。川美是一个视野开阔、语言清丽、节奏舒缓的名诗人，曾翻译了英美不少经典诗歌，我在报刊上读了很多年。她去翻译散文集,一定是这本散文集比诗歌更使她痴迷。半个月之后,我通读了《鸟与诗人》,给川美电话,感谢她出色地翻译了这么好的书。在电话中,我有些激动,说,很多年没读到这么让我入迷的书了。

我当时在福建省浦城县仙阳镇郊的荣华山下,过着"与世隔绝"的"隐士"生活。每日三次(早上、中午、傍晚)去荣华山森林闲走,毫无目的,说不上是饮风观鸟,更说不上是"观察自然、体验生活"。我仅仅是排解孤独,打发烦闷的时间,落得个清净。我和大多数人一样,不识草木虫鱼,不辨兽迹鸟影。我仅仅是一个异乡客,一个人去山林"发傻"。

《鸟与诗人》读完之后,我买了约翰·巴勒斯的《醒来的森林》(程虹译)、《清新的原野》(川美译),读得兴味盎然。约翰·巴勒斯怎么那么厉害呢?听到鸟声就知道是什么鸟在叫,知道它的习性,知道它的迁徙路径,知道它生活的海拔高度,知道它的羽毛颜色。他描写鸟鸣如同音乐家谈音乐,绘声绘色,情趣勃然。他对太阳的光线、雨水的流动、湖鱼的活动、树木的色彩,大段落大段落地精彩描写,赏心悦目,沁人心脾,深深地吸引了我。之前,我从未读过这样的书,对风景精美的描写,倒读得很多。如屠格涅夫的《猎人笔记》,列夫·托尔斯泰的《安娜·卡列尼娜》,米哈依尔·亚历山大维奇·肖洛霍夫的《静静的顿河》,川端康成的《雪国》。在华语作家中,还没出现过《醒来的森林》这般的作品。

如果华语作家出现这样的作品,该有多好。

如果我听到鸟鸣，就知道是哪种鸟在叫，并精确描写出来，该有多好。

如果我能写出一篇《在铁杉林中》这样的文章，我的一生不会有遗憾了。

即使写不出《在铁杉林中》这样的文章，如果可以像约翰·巴勒斯一样在静谧的乡间，度过平凡而美好的后半生，该有多幸福。

我买来有关植物的书，学习辨认植物，了解植物。每日去荣华山，"会见"许多植物，除了松树、杉树、樟树、油茶树、毛竹、蛇莓、菖蒲、狗尾巴草、紫云英等等，其他植物"概莫相认"。甚至连薜荔、马塘草、牛筋草、蒲儿根这样常见普通植物，也叫不上"姓名"。我太不应该了。我太漠视它们的存在。我采集草木标本，与"植物图谱"比对，去熟悉它们。

我粗陋，只能用笨方法。一天识一草木，我也高兴了。

2014年3月，我尝试写荣华山。荣华山是一座国家森林公园，属于武夷山山脉北部支脉，四野无人。这是一座无人问津的山。荣华山是另一个我：孤独，丰茂，时枯时黄。

每次进山，我都做简单明了的笔记。我很细致地观察山林中的一切。我发现我进入了一个广袤无边的生命世界：蛹化蝶，雨润万物，风吹生也吹死，漆果凋落，鸟育雏，禽孵卵……这是一个生动多变的丰富世界。

因为经常在山林独处，有了许许多多的"偶遇"：蛇袭击鸟，鸟啄食蛇；上百只火斑鸠在板栗林悄无声息地觅食；洪水暴涨时，野猪在水浪中挣扎；树鹰猎杀山麻雀；鸟在腐木中营巢。我也出现了很多"意外"：为看一块山田，从高高的墙头摔下去；过独木桥时,桥断了,落下深沟;在山间迷路;因低血糖瞬间爆发,躺在草地吃自带的馒头,一躺就是半个下午……奇妙的事情在毫无预料地发生。这是独自进入山林最迷人之处。除了蛇,似乎没有什么让我害怕的。

常去山谷,我因此结识了形形色色的山民:捕猎的、伐木的、种茶的、开荒的、采药的、养蜂的、捉蛇的、守庙的。他们依存于山。他们对山的认识,有别于其他普通民众。他们不是"寄生"于山,而是与山共存共生共荣。

在荣华山腹地,我生活了十六个月,写了四万余字(十五篇)散文和一本山中日记。日记很简单,仅仅记录见闻。

2014年11月,我回到上饶市生活。对城市生活有些不习惯,我又去附近的乡间闲走。我以假期之便,又去武夷山、武陵山、梵净山、鄱阳湖等地,做一个星期或半个月的短期居住,深入大自然的最深处。

我去了很多地方。那些地方,偏僻无人。在某个山谷或荒野或河滩,我逗留一天或半天。我通常一个人外出,背着帆布包,像个四方游僧。可我一篇也写不出来。如陶渊明所言:"此中有真意,欲辨已忘言。"我想起了约翰·巴勒斯、约翰·缪尔、西格德F.奥尔森。他们风雨无阻,日复一日、年复一年地行走在高山、乡间丘陵、荒野,过着离群索居的生活,观察并记录所闻所见,写出内心精妙之所感。他们的作品既是个人的心灵史,也是自然世界的心灵史。他们伟大的人格、坚韧的实地考察精神、温热绵柔的心灵、醇厚的艺术品质,铸就了他们作品的经典性。

2016年深秋,我突然很想写自然文学。我不愿外出,不愿读书，浑身软绵无力，害了病似的。假如不写，我很可能大病一场。这是写作最理想的状态——极度想表达。我找出写荣华山的四万余字作品，细心地修改；翻看山中日记；再度去荣华山。

历时两年多，我写荣华山系列散文，逾十七万字。我精选了其中的十二万五千字（三十六篇），交由广西师范大学出版社出版，并请著名散文家、翻译家、编辑家张守仁老师写序。张老师生于1933年，已是耄耋老人，年长我父亲一岁。张老师历时三个月，精读书稿三遍，于2019年元月完稿，快递给我。当我拆开大号黄皮信封，展阅手抄序言《自然的圣徒》，我热泪盈眶。张老师在电话中对我说：给你写的序言，是我笔下的最后一篇。我又一次泪如泉涌。我何德何能啊。

2019年2月25日，《世界文学》主编高兴老师，约我写"中国作家谈外国文学"栏目的随笔，我硬着头皮答应了。我当时把以色列诗人耶胡达·阿米亥列为写作对象，我通读过他所有被翻译成中文的诗。但我担心自己谈不好诗歌，更何况他是一个扑朔迷离的诗人。我再次阅读《清新的原野》《醒来的森林》，为写约翰·巴勒斯做准备。4月27日，我写完《在林中遇见约翰·巴勒斯》。我并以此篇作为书稿的后记，献给我的自然启蒙导师约翰·巴勒斯。

此书于2020年5月由广西师范大学出版社出版，责编廖生慧老师定书名为《深山已晚》。这是我的第一本自然文学作品集。我拜托出版社薛梅老师，在第一时间寄书给张守仁老师，以示我的尊重。

薛老师寄书的第三天，我给张老师打电话，张老师以一贯的"高音"爽朗地对我说：书做得很漂亮，我很满意。搁在我心底的一块石头，落了地。我出版了二十来本小书，只有两本书有序。《屋顶上的河流》是我出版的第一本书，入选2006年度"中华文学之星散文卷"，由评审委员会专家、推荐人缪俊杰老师写序。张守仁老师时任评审委员会散文组主任。因此缘分，我得以受到张老师关注。收到《屋顶上的河流》样书，我给张老师打电话，以表谢意。张老师在电话里说：入选"中华文学之星"的作家，其中一部分作家会成为很有影响的作家，是中国作家队伍的梯队人物。噢噢噢，我不敢应声。

其他的书，我不写序，也不请人写序。如我籍籍无名之人，出版小书，不想过多烦劳自己，也不想烦劳他人。但出版《深山已晚》，我很想请人写序。这是我第二十本出版物，也是我进入另一领域写作的开始。张守仁老师擢拔过很多大名家，是改革开放四十年的文学界见证者、亲历者、参与者。中国自然文学的浪潮初涌、兴起，张老师全程见证、组织、参与。张老师对我的散文写作、生活状态、精神风貌很熟悉。我拿着打印书稿，鼓足了勇气给张老师打电话，诚恳地说：为一座山写了本书稿，写了五年，想请老师写个序。我说得哆哆嗦嗦。我怕张老师婉拒——请他写序的人太多，有很多重要的事等着他。没想到，张老师爽快地答应了。

序言《自然的圣徒》是一篇具有重要学术价值的文章，他回顾了世界自然文学兴起、发展的历程，梳理了中国自然文学的传承脉络，论述徐刚、苇岸、胡冬林的自然文学成就，论及我的自然文学作品。

一本书的面世，凝聚了诸多老师、朋友的心血和厚望。我可以怠慢自己的日常生活，不可以怠慢自己的文字。

2017年6月初，我接到湖北省某出版社编辑的电话，约我写一本有关南方草木的书。我很惊讶，我说：我从没写过植物类的散文，手头没有以植物为主题的书稿。国内写植物的散文家比较多，怎么约我书稿呢？我不免好奇，问编辑缘由。编辑说：在朋友圈征集植物书稿，有过半朋友推荐你。

我老实坦白：在我写乡村散文，确实出现过与植物相关的大量描写，但单独写植物的散文，一篇也拿不出。

"你能不能写一本呢？"

"多长时间要？"

"年底吧。"

"我试试看吧，请老师别抱太大希望。"

6月15日，我写下了第一篇《酸橙》。8月30日，书稿完稿了，共写了32篇，连同修改旧作6篇，合为38篇共计12.3万字，以《草木：古老的民谣》为书名。修改书稿一个月，便给了湖北的编辑。编辑性缓，迟迟没有看书稿。12月28日，我将书稿转给了广西师范大学出版社。2018年元月6日，编辑回复：通宵读完书稿，留用出版。

这是一本以上饶市饶北河上游（我的故乡）为地域背景，以松树、桃树、桂花、油桐、葛等普通常见植物为主题，写人与植物的依存关系。没有植物，便没有人类。人与植物的感情，是血脉之情、生死之情。但我并不认为这是一本自然文学作品，却有生态的主题。我以生活的日常为叙事切入点，剖析人的情感、植物的神性。

《草木：古老的民谣》于2018年10月出版，出人意料的是，取得了很好的反响，还因此书提名为"第十七届华语文学传媒盛典年度散文家"。2018年5期《散文海外版》转载的《每种植物都有一张神的面孔》（原刊《草原》2018年第2期），获得了第18届百花文学奖散文奖，还获得了第二届《草原》文学奖（2018-2019年度）散文提名奖。刊发在《山西文学》2018年第1期的《每种植物都有神的面孔》，获得《山西文学》双年奖（2018—2019）。

是的。我熟悉植物。植物是我没有语言功能的乡亲。它们在等待我书写。或者说，那些篇章早已存在于大地之上，只是恰巧我遇上了，捡拾了回来。

2020年第12期《散文选刊》遴选了我两万余字的自然文学作品，以十五个页码，推出"傅菲散文特辑"。著名散文作家江子为特辑撰写的评论如是言：

傅菲在自然主题散文创作上取得了成就，我一点都不意外。漫观他过去的散文创作，虽然他聚焦赣东北近百年的乡土变迁，但对山川草木、植物动物的关注与表达占据了令人惊异的比重，这在当代中国散文作家的创作中并不多见。他出生于江西上饶，那是全中国自然资源最为丰沛的精神故乡。他是个诗人，对自然的关注对美的追求是他的本分。在他的笔下，梭罗、约翰·巴勒斯等人的精魂无所不在，可以看出他在这一主题创作上的师承，但字里行间流布的风土与天色，哲思与情感，线条与节奏，喜悦与悲伤，无疑是中国的，是当代的，是傅菲的。

江子兄溯源寻踪，简明扼要地指出了我的两个大问题：我生活的地域对我自然文学写作的影响；我自然文学写作"师承"于19世纪美国自然文学。这两个问题归根到底是一个问题，即我与自然文学"发生"的关系问题：水土与血缘、精神营养与衍生学。环链由此产生。

确实是这样。正如福克纳所言：童年决定了作家的一生写作。童年决定了作家的观察力、想象力。我出生、成长的地方，是南方（江西上饶市北部小镇郑坊）普通村落，信江主要支流饶北河穿过全境，四面环山。南部为灵山，北部为大茅山，均属怀玉山山脉的主要支脉。丰沛的河流与高耸的山峦，孕育了四季葱茏的草木，也是鸟类、哺乳动物、昆虫的美丽家园，生态极富多样性。

作为穷困之家的孩子，我和同龄人一样，在孩童时代，就去山丘砍柴，去河滩放牛，去田野采摘。八岁那年夏天，我和奶妈的孩子（年长我两岁）世华走了七里的山路，去深山砍柴。中午挑柴回来，脚踩在泉水浸泡的路石上，竹茬刺进了我脚板，血流如注。世华背我回家。我们又饿又累。他背一程，歇一阵。满山遍野的荷木发青，新绿簇拥在树冠。我竟然忘记了脚疼。在山谷的荒地，覆盆子正结着红彤彤的浆果，缀满了枝丫。我和世华去采覆盆子充饥，吃得嘴唇肿胀（没有清洗，浆果有蜘蛛爬过）。

大地之美，大地之繁茂，根植于我肉身，也根植于我魂魄。或者说，我根植于大地之中，如植物，如昆虫。

但并不是说，认识几株植物，认识几只昆虫，就可以写出自然文学作品。没那么简单。但没有博物学的知识储备，根本写不了自然文学作品。今天（2021年9月25日）中午，我和我孩子说书写的重要性，我以约翰·巴勒斯和约翰·缪尔、法布尔为例。他们留名于世，并非因博物学成就，而是经典化的自然文学作品。出生于上饶的杨惟义是世界著名的昆虫学家，却没有留下作品传播，不能不说是个遗憾。中国的博物学家没有一个留下自然文学作品，原因在于他们不会赋予艺术性书写。博物学家与作家重叠时，才有自然文学佳作诞生。

成为一个有博物学知识储备的人，需要一个较为漫长的过程；成为一个作家不但需要努力，还需要天赋；书写自然，还需要漫长的野外考察实践。从这个角度来说，我对胡冬林由衷敬佩。他长居长白山脚下山村，观察野生动物达十余年之久。他是动物行为学家，熟悉山林生活。很惋惜，他英年早逝。2020年，由他妹妹胡夏林整理出版的《山猫河谷》在我眼里，是当下最佳的自然文学作品集，没有之一，并不逊色于世界自然文学大师作品。

我在《鸟的盟约》后记《鸟给予我们渴望飞翔的心灵》埋了个"气孔"：

> 2019年9月，江西省林业局给我派了一个差事，对鄱阳湖区的鄱阳县、余干县、进贤县、都昌县、南昌县等地的候鸟保护情况，进行深入的实地调查。

这是《鸟的盟约》的缘起。确实，写一本主题书，是因为某个动因。鄱阳湖是世界上最大的候鸟栖息地之一，四十年来，栖息地不断碎片化，来鄱阳湖越冬的冬候鸟锐减。这是不可逆的。在二十年前，每年被捕猎的冬候鸟以万计，捕猎手段触目惊心。

湖区因此有了半职业化的候鸟志愿者,无分文报酬,被人误解和唾骂。但他们不改初心。他们是可贵的人。

鸟的一生是多么艰难。鸟又是多么可爱。我们对鸟知之甚少。

我对鸟有过比较长时间的观察实践,我想写一本鸟类生活志。为此,我再次踏上了鄱阳湖之路,无数次去饶北河上游,只为观察鸟类。于是有了《鸟的盟约》。

在我目力所及,1990年以后,国内只出版过诗人津渡《鸟的光阴》(2014年,北岳文艺出版社)的鸟类博物志。国内出版过很多有关鸟类的书,大多出自观鸟爱好者、鸟类摄影家和科考者,图文并茂,以图为主,属于科普或鉴赏的范畴,还谈不上是文学类书籍。作家写植物容易,写蔬菜、写草本,写中药,写水果。植物是静态的,步出户外即可近距离观察,甚至可以种植。作家写高海拔植物却很罕见,因为近距离观察不了,必须远足。国内的作家大多缺乏为写作而中长期在野外实践的勇气。约翰·缪尔写《加州的群山》,翻越了内达华的所有高山。那是世界上最庞大的山系之一。他和牧羊人生活三个月,住草棚睡树袋,写出了《夏日走过山间》。我们没有这样的职业精神。

鸟的生活是动态的。且鸟类在不同海拔、同一地域的不同区域,分布也不一样。即使同一个山丘,因季节不同,生活的鸟类也有不同,需要较长期的连续观察,才会了解鸟的习性。这给作家的观察提高了难度。

自然文学作品需要用脚印写出来。2021年3月,《鸟的盟约》由广西师范大学出版社出版。但这本书,于我而言,有遗憾。虽然说书籍是遗憾的艺术,但我的遗憾在于我没有完成写作目标。

我之前的愿望，是想写一本类似约翰·巴勒斯《飞禽记：鸟的故事》。我的遗憾暴露了我的缺点：写得急迫了，野外考察不够充分；有关鸟类的知识储备不够，不足以支撑自己完成写作目标。

2021年7月由百花出版社出版的《风过溪野》，就不存在这样的遗憾，写得比较饱满，对书中所叙述的内容，有足够的酝酿、思考。2019年11月，我去天津。《散文》主编张森兄和我夜谈，谈及当下散文，谈及我个人的写作。在我写作初期，张森兄就是我的责编（我发表散文的第二家刊物），对我写作的脉络、状态、动向，了然于目。百花文艺出版社是当代文学重阵，旗下名刊有《小说月报》《散文》《散文海外版》及其他多种刊物。我的写作，自始至终没有离开过《散文》《散文海外版》对我的培养。张森兄说起百花文艺出版社对自然文学的关注，不仅举办自然文学论坛，还出版自然文学书系。

2020年10月24日，张森兄来上饶出差，我借机与兄会面，促膝长谈。张森兄谈及我的自然文学写作：兄的精神源头在欧美，方向是东方超验书写。

张森兄有一双X光机一样的眼睛。

《风过溪野》在2020年6月30日完稿，且修改了两遍。这是一本以我故土枫林村为原点散射的自然文学作品。我对那片土地，烂熟于胸。初春，因为新冠肺炎疫情爆发，我在枫林足足待了三个月，山坞、河滩、荒野被我反复走了无数遍。故土，于我而言不仅仅是故土，是我深耕的文学根据地。"枫林村"是我的"文学首都"。我比生活在枫林村的人更熟悉枫林村。3月15日开笔，5月30日完稿，写得非常顺畅。

现代观鸟之父、英国作家吉尔伯特·怀特（1720—1793）写过一本《塞尔伯恩博物志》（又译《塞尔彭自然史》），畅销三个世纪，影响世界。怀特是个乡村牧师，常居在塞尔伯恩村，与朋友通信，阐述村里的动植物。《塞尔伯恩博物志》便是这样一本通信集。这本书对我最大的启发是：写作自然文学，有一块自己的根据地，是多么珍贵。那是作家的落脚点，也是出发点，最终是归属点。

我不知道作家苇岸（1960年1月—1999年5月）是否阅读过《塞尔伯恩博物志》。他的《二十四节气》（收录于散文集《大地上的事情》）因聚焦于村前一块麦地，观察数载而完成。苇岸留下的文字并不算多（不足二十万字），却有深邃的朴素自然主义哲学思想。他是个诗人、哲学家、自然文学作家。从方法论的角度说，《大地上的事情》和《塞尔伯恩博物志》有异曲同工之妙。《风过溪野》是我"就地取材"的一个尝试。

《加州的群山》气势宏伟，取材面广；《塞尔伯恩博物志》亲切典雅，见微知著。如何取材，把材料做足，确实显示一个自然文学作家的功力、眼力。最重要的，还是耐心：对选材进行一层层盘剥，尽可能地"榨取"价值。

《风过溪野》面世后，作为该书的策划人，张森兄在微信中对我说：兄的方向性之好处，是东西莫辨，不落窠臼。

我惶恐。我生怕读者失望。在近年出版的散文集（约十部），均为我全新作品，主题和视角均不雷同或重复，就在于我想"求新求异"。这样做，何其难。

2020年11月13日至15日，我和朋友万涛前往五府山的盖竹洋自然村，在山上小住。五府山是武夷山山脉的支脉，绵延于上饶市广信区境内，与福建武夷山市交界。盖竹洋是高山村，海拔八百米。说是村，其实只有一户陈姓人家，其他村户已移民下山。陈先生养羊，一个人吃一个人住。他家庭的其他成员或生活在山下，或生活在市区。万涛睡帐篷，我睡旅行床。山上不通电，我们过着原始的山民生活。

我和陈先生一起养羊，一起去爬山梁。我走遍盖竹洋方圆八华里的山坞、溪涧和荒田。我收获颇丰。

2021年4月11日，我上庐山，住在庐山国家级自然保护区管理局考察森林七天。5月初，我去武夷山山脉主峰黄岗山，考察南方铁杉；7月中旬，我去闽赣交界第一关分水关，考察雉科鸟类和高山草本植物。

江西是多山地区，上饶境内高山众多，我生活其中，写一本有关森林的书是我的愿望。2020年5月，我便行走在高山之中。"只有深入其中，才方知其中妙趣。"这是我秉承的自然写作理念。写一座山，写山中森林，只有深入了解，才可以把叙述对象贴近自己的内心。山有自己的形态和生命流线，森林也是这样。一草一木，一虫一鸟，均在形态和生命流线之内。

形态和生命流线之下，物与物共生共亡。如何共生共亡，便是自然生态的伦理。所有的单一物种，离不开生命圈。我认为，只有读懂了生命圈，才可以落笔"深雕细刻"。在此意义之下，我不会将《草木：古老的民谣》归类为自然文学作品。我只写了单一物种的单一生命状态，还构不成生命圈。我们对待笔下之物，不仅需要认知，还需要共情。人与物之间，会产生具有生命质感的共鸣。以此作为自然写作的前置标准之一，我们可以"淘汰"过半之多（刊物所刊发和出版）的所谓自然文学作品。"赝品"如此之多，泛滥成灾，对自然文学创作造成极大伤害。令人可笑的是，写风景的抒情诗也被某些评论家称为自然文学。

我们需要一双属于自己的甄别伪劣冒牌的眼睛，以至于自己不迷路。

在气流般环绕的生命圈，人的感受完全不一样，会"神灵出窍"。仅凭叙述生命感受或体验，足以摄人心魄。如美国作家西格德 F. 奥尔森的经典之作《低吟的荒野》。他写芦苇漂在水面，写鱼线抛落水中，那种优美就是生命之美。仅仅写一个自然景色片段，也迷人。

从 2020 年 11 月开始，我着手写哺乳动物系列。这是一个有明确生态主题的虚构系列。每一单篇，写一种哺乳动物。2021 年 6 月 30 日完稿。每篇一万余字，以生活之事或人物和动物为叙述线，双线叙事，以动物写人性，写动物的情感。我写了猴、狗、山麂、黑马、黑熊、野牛、花面狸、狐狸、水牛、云豹、花栗鼠、水獭，计十二种。

哺乳动物系列的写作，给我酣畅淋漓之感。写作对象，有部分是我不曾在野外见过的，如野牛、云豹、黑熊、花面狸。写此系列，源于我在无数次去野外实地考察时听来的山民故事。讲故事的人大多朴实憨厚，不善言谈，但讲起"好玩"的故事，很是生动。2020 年 11 月，上五府山之前，我和万涛、陈先生的儿子（万涛的朋友）在我家楼下小酒馆吃饭。陈兄在饭桌上，讲了猴子的故事。他叔叔打猎（二十年前），打伤了猴子，肠子流下来，猴子撩起肠子塞进腹部，向他叔叔作揖求饶。他叔叔再也不打猎了。我被这个故事深深地震撼了。

人对待动物的态度，可见一个人的本性。我这样认为：残忍对待动物的人不会对人良善。我见过很多猎人、捉蛇的人、捉棘胸蛙的人，这类人，没有一个是相貌堂堂正正的。我相信因果报应，残害生命的人，大多下半辈子活得痛苦。

山民记动物与人的故事，记得很牢、很详细。这些故事嵌入了他们心里。上饶有多座高山，活跃着猴群。如五府山、黄岗山、仙山岭、独竖尖、灵山、大茅山、大鄣山、莲花山、怀玉山、三清山、米头尖等等，都有短尾猴或猕猴。我多次见过猴子，也写过《刀与猴》《灵猴》《孤猴》。我藉此表明：动物与人的生活关联，是如此紧密。人并非独立于大自然之外，人是大自然之一分子。2021年7月，我阅读到某著名文学评论家、学者写的理论文章，言及在生态文学中，"去人类中心化是反人性的。"我太不赞同了。人类不可以凌驾于一切物种之上，假如长期这样凌驾，大自然会反噬人类。人类不复存在。人性与兽性最大的区别在于：人有悲悯。大自然可以塑造人性的温暖。这就是王惠仁老师所说的：有着人类更恒久更共通的精神资源。我认识一个山民，以养羊为生，收入来源很少，勉强糊口。2019年腊月，他宰羊卖。我去他家买羊肉，见他抱着羊哭。羊赤条条躺在地上，满地血。我问他：哭什么呢？

他说，他不知道羊怀了胎，胎死在母羊腹中。我安慰他：死就死了，把羊料理出来，卖给客人，羊肉新鲜，还可以卖个好价钱。

"羊也是生灵，胎还没成型，就被我害死了。我作恶。"他说。

他是一个目不识丁的人。他的话,让我羞愧,无地自容。我太蔑视被称作畜生的生命了。养羊人懂得尊重生命。他的眼泪出自真诚的痛心。这是珍贵的眼泪。

我在散文集《风过溪野》的后记《最美好的旅行》写道:

> 自然文学写作者必须具备三个条件:具有艺术审美的文字书写能力,储备了较为丰富的博物学知识,有长期的野外观察、调查和体验。三者兼而有之的写作者,其实非常少,因此高品质的自然文学作品极其稀缺。

我说得或许有失偏颇。其实,我有更"严苛"的话,还没说出来——一个自然文学写作者还需要一颗自然心灵。

我背着帆布包,拿着竹棍,穿着破皮鞋,一个人行走在山野之中,我常常问自己:我为什么到这里来?我追寻什么?其实,我很难回答自己。我能够回答自己的是:自然文学改变了我的日常生活。我成了一个极简主义者,不吃陆生野生动物,不杀任何昆虫(即使家中的蟑螂,我也不杀),不杀任何飞禽走兽,不砍任何一棵树。我成了一个喜欢种树的人。剩饭也不倒掉,我抛入树林给鸟吃。我尽可能地少买衣物。一个手机用了五年还在用。我不向野外扔任何难以降解的垃圾。我尽可能地不浪费食物。因此,我成了一个生活中比较无趣的人。

在生活中,我常常处于失语状态;有时候,在人群中,我不知道如何说得体的话。在四十五岁之前,我还真是个能说会道的人。

在(任何)艺术上想取得高超的成就,必须付出常人难以理解的勤奋，还需天赋。天赋是天造就的，不可追。去年冬，我坐在老家二楼窗下，重读约翰·巴勒斯的《在铁杉林中》。冬雨绵绵。我在想，就是写到年迈老死，也写不了那么隽美动人的文章。草叶的颤抖之声，他都能听得入迷。他的自然之心是多么淳朴无暇。他是多么敏感多情。知识是可以学的，而博大的心灵是天赋中最高贵的品格。我又安慰自己：即使写不出来，甚至写得很蹩脚，又有什么关系呢？以自然之心去写吧。

文学即人学。自然文学也不例外。

一切物像即心像。自然文学也不例外。

已出版的三本自然文学作品集（《深山已晚》《鸟的盟约》《风过溪野》）虽主题不一，但一以贯之是，我以富有诗性的笔触，去写我所见所闻，努力达到哲学的境界。诗性与哲思，是可贵的品质。

在《深山已晚》，我注入了东方古典美学、日本物哀美学、美国超验美学。我塑造了一个陶渊明式、终南山式的桃花源。其实，这样的桃花源，在工业文明之下，并不存在。但我生活过，在简短的时间里存在过。所以，"深山"是一个乌托邦式的梦境。我在深山之中，发现万物生命的价值，构建自己的美学。一座普通的山，被我写得气象万千。桃花源就是"心向往之，而不达"的境界。

《鸟的盟约》是写鸟的生命历程、生命缤纷之多彩，生命多艰之困苦。这又何尝不是我们自己呢？《风过溪野》所述的是我母土。生态之流变，也即民生之变迁。我在探寻幽微的生命踪迹，去发现美的价值。森林系列作品也是如此。

我的写作得到了刊物长期关注,《湖南文学》《黄河文学》均于 2021 年为我开辟了自然文学专栏。

我为什么要写这些?并还将继续写下去。每个作家有自己的使命。

2013 年 10 月,我读完约翰·巴勒斯作品之后,我问了自己:为什么我对自然文学一无所知呢?为什么对大自然的了解如此匮乏。一年之后,我有了自己的答案:我的祖辈、我的父辈、我、我的孩子,都没有受过自然启蒙教育。约翰·巴勒斯就是给我自然启蒙的导师。我就是那个站在他膝前穿短袖白衫的孩子。

我在《深山已晚》的后记末尾写道:

这是一本致敬约翰·巴勒斯的书,致敬伟大心灵的书。

并将这本书,献给热爱孤独的人,献给迷失喧嚣的人。愿阅读这本书的人,得到大自然的抚慰,找回真实的自己。

我相信大自然是人世间无可代替的良药,可以治愈人类的精神疾病,抚慰每一个人,让我们渡过属于自己的苦厄。"师法自然"不仅仅是艺术的方法,还是人世的"道"。"道"在自然之中。

我们没有接受过自然启蒙,就找不到通往"道"的路。大自然是一切生命存在之所,没有卑贱,只有高贵。生也高贵,死也高贵。生适得其所,死也适得其所。生也欢,死也不哀。四季让一切生命处于轮回之中。一切的存在都是暂时的,一切的存在也是永生的。生在死亡之中诞生。这是最伟大的自然法则,解决一切纷争。我尊重一切生命,哪怕是蚂蚁、蜉蝣。尊重它们,就是尊重自己,因为它们就是另一个我们。互为镜像。

与作家张滢莹对谈时，我谈及自然文学：

> 我认为，自然文学既然旨在给大众自然启蒙、再度认识自然、确认万物的尊严、塑造万物的生命价值、呈现自然天籁之美、梳理人与自然的关系、构建人与自然的伦理、叠高自然文明，并藉此引导我们的生命走向。（《傅菲：以朴素之语尽写万物卑微之美》，作者张滢莹，《文学报》2020年6月11日）

与评论家洪艳对谈时，我谈及自然文明：

> 自然文明就是自然的本质、自然的原理、自然的规则，它涵盖了个体与群体的关系、种群与种群的关系、环境与物种的关系等等。随着人类文明的进步，人类对自然的认识加深，自然文明也随之发展。自然文明的高级之处，在于指导我们认识自然、尊重自然、保护自然、融于自然，指导我们处理与自然的关系。（《自然是一部精彩的默片》，作者洪艳，《当代人》2020年9期）

以自然之心，布自然之道。是我的生命状态。"朝闻道，夕死可矣。"（《论语·里仁》）我没有这样的执着和决绝。我慢慢走，慢慢活，慢慢写。